異人街シネマの料理人 3

Ijingai Cinema no Ryourinin

嬉野君
イラスト：カズアキ

異人街シネマの料理人③

CONTENTS

イラストレーション／カズアキ

RECIPE.05

怪物は夜にささやく

レイトショーが終わり、異人街シネマから最後の客が出て行った。色鮮《あざ》やかな映画ポスターの並ぶロビーが静まり返る。

桃《もも》は一人、満足げにそれらを見回し、すうっと息を吸った。

「何と、今日は」

ポスターのジェームズ・ディーンに向かって両手を組み合わせ、喜びの発表をする。

「異人街シネマ、最終上映の売り上げ記録を更新しました。拍手！」

ひそやかな歓声をあげ、誰もいないロビーで一人、ダンスのステップを踏んだ。人に見られたら頭がおかしいと思われかねないが、どうでもいい。喜びの踊りをひとしきり舞う。

近くのシネコンでジェームズ・ディーンの伝記映画をやっていたのだが、それに便乗《びんじょう》して五十年以上昔のディーン主演『エデンの東』を異人街シネマでかけたら、当たったのだ。完全に乗っかり商法だが、ディーンを懐かしむご年配だけでなく、若い人々も来てくれて嬉しかった。

ポスターに向かって何度も投げキッスをした桃は、ようやく閉館作業にかかることにした。掃除用のエプロンをかけ、チラシやパンフレットを整理し、棚や自販機の埃《ほこり》を払う。

掃除機を引っ張ってきて、赤い絨毯《じゅうたん》を丁寧に吸った。亡くなった祖父がどこかの外国から買ってきたもので、今は色褪《あ》せて模様もよく分からないが、レトロな雰囲気が売りのこの映画館には似合う。だが古すぎて埃の発生源としか思えないので、正直、新しいものに買い換えたい。

ふと、赤い絨毯に白い点々を見つけた。

白い飲み物でもこぼれているのかと掃除機を止めると、桜の花びらだ。お客さんが開閉するドアから、春の便りが舞い込んで来たのだろう。

花びらをつまみ上げた桃はにっこり笑い、エプロンのポケットに入れた。

祖父が亡くなり、桃がこの映画館を引き継いだのもちょうど桜の時期だった。お前は一年間頑張ったんだよ、と桜の花びらに言われた気分だ。

閉館業務をあらかた終え、桃は映写室へと上った。

劇場内カーテンの開閉ボタンを押すと、亡くなった祖父から愛《いと》おしそうに「うちのボロ銀幕《ぎんまく》」と呼ばれていた古いスクリーンがあらわれる。

銀幕、という単語が桃は好きだ。

映画が白黒だった頃の映写幕には、明暗を際《きわ》だたせるため銀色のアルミ箔《はく》が貼られていたそうだ。それが銀幕と呼ばれるようになり、やがて映画を象徴する言葉となったらしい。

――銀幕って言葉にはな、憧《あこが》れが詰まってるんだ。華やかなスターたちが、夢のように美しい物語を見せてくれる。金ほど派手じゃない。銅《どう》ほど安っぽくもない。銀幕には、手が届きそうで届かない別世界が映し出されるんだ。

生前の祖父はそう言っていた。

彼がまだ若く、映画が娯楽の王様だった頃には盛んに使われていた銀幕という言葉。

撮影も上映もデジタル化が進み、世界的な監督も俳優もインターネットで簡単に近況を知れるこの時代、祖父の時代ほどスクリーンに有り難《あがた》みは無くなっただろう。

だが確実に、夢の世界は存在する。

映写機を通して紡《つむ》がれる物語。壮大な歴史も、等身大の恋愛も、ささやかな喜びも悲しみも、人が一生のうちに経験できるであろうことの何倍もの感情を映画はくれるのだ。

劇場と映写室の灯《あか》りを落とす。映写機のスイッチを入れるとローラーが回り出し、35㎜のフィルムが流れ始める。

数秒経《た》ち、スクリーンに風景が流れ出した。

延々と続く石ころだらけの大地に広い空。はるか遠くになだらかな山も見えるが、人工物らしきものが一切無い。

いったいどこだろう。

桃に分かるのは、どうも日本ではなさそうだ、ということだけだ。あまりの広さに最初は北海道かと思ったのだが、ほとんど緑のない殺風景さだから違うだろう。

映像に見入っていると、暗い映写室に誰かが入ってきた。

振り返れば、長年、この異人街シネマで働いてくれている映写技師の皆川《みながわ》だ。

「健《けん》が撮ったフィルムかい」

映画館の前オーナーでもあった祖父のことを、彼は気軽にそう呼ぶ。雇《やと》い主《ぬし》と技術者という関係以前に、若い頃からの映画仲間かつ親友だったのだ。一日の仕事を終え、外で一服してきたのだろう。かすかに煙草の匂いがする。

「あ、皆川のおじちゃん。そうなの、未編集のまま放置されてたのを今、全部チェックしてて」

桃にとっても彼は大事な映画友達だ。祖父と彼がこの映写室で熱い映画談義を交わすのを、桃は幼いころから聞いて育った。

「ずいぶんと古そうじゃねえの、画《え》が揺れとる。どれ」

皆川はフォーカスを合わせ、フレーミングを調整してくれた。さすが映写技師歴半世紀以上のベテランだけあって、劣化《れっか》したフィルムの走行音や通過音のわずかな違和感も見逃さない。

「桃ちゃん、うちオリジナルのマナーフィルム作りたいんだって？」

「うん、最近ミニシアターは初めてっていう若いお客さんも増えたから。お爺《じい》ちゃんが昔、外国で撮ったっていう風景から使える絵がないか探してるの」

二月に起きた冬基《ふゆき》の誘拐事件以来、異人街シネマの知名度は跳ね上がった。

冬基がわざとカメラの前で「兄妹《きょうだい》の感動の再会」を演じたからだが、桃もそれに乗っかって「女子高生の映画館オーナー」を宣伝に使ったのだから、文句は言えない。

あの後、桃はここぞとばかり映画館の宣伝を頑張った。

映画関連の取材はなるべく受け、全国的なミニシアター減少の危機も訴《うった》えた。いくつものスクリーンでデジタル上映するシネコンと対抗するつもりは無く、むしろ共存したい。だからこそ、シネコンでは扱われない小さな良作を上映し続けたいと。

そのインタビューを読んだ全国のミニシアターや名画上映を続けるＮＧＯ団体などからも連絡があり、いずれ映画館の今後を考えるオーナー会議なども開きたいという話にもなった。お互いに協力し合って宣伝し合おうというわけだ。

そして桃は、評判の良かった「映画に出てくる料理を食べながら上映」も毎月の定例化にした。カイは二度と料理を手伝ってくれようとはしないが、調理スタッフを雇って赤字覚悟のイベントだ。映画館の宣伝と割り切って、「ご飯の食べられる映画館」もアピールしている。

さらに映画館のホームページも新しくした。

外部の業者に格安で委託《いたく》していたのだが、以前から冬基に「あれ何？　デザイン古いし使い勝手悪いし」とこき下ろされていた。高齢であった祖父はやはりインターネットの重要さをそこまで理解しておらず、コストをぎりぎりまで抑《おさ》えていたのだ。

だが桃はこれを機にと思い切って、評判のいい地元の業者に切り替えた。プロのカメラマンに異人街シネマの写真を撮ってもらい、見やすく、操作しやすく、かつ「横浜・元町《もとまち》のミニシアター」という地域性も押し出したホームページを作ってもらうと、ネットでの予約率は二割も伸びた。

コストはこれまでの倍に跳ね上がったが、冬基の「客商売が宣伝に金かけないでどうするの」という言葉を信じて正解だったようだ。

そして幸運だったことに、異人街シネマで舞台挨拶《あいさつ》を組んでいた邦画《ほうが》の主役俳優がタイミングよく海外で賞を獲《と》った。地味な作品なので入りはそこまで期待していなかったのだが、受賞で注目度が上がり、舞台挨拶も大盛況《だいせいきょう》に終わった。

桃の努力に運も重なり、自転車操業《そうぎょう》だった異人街シネマも少しずつ経営は上向いてきている。

しかしフィルムのレンタル代も出ないほどの閑古鳥《かんこどり》上映が減っただけで、まだまだ安定とは言《い》い難《がた》い。この映画館を救うために冬基から三千五百万の借金をしたのだが、「このペースだと完済には百三十四年かかるね」と言われてしまった。

だが、小さなことから一歩ずつだ。

まずは去年から作りたいと思っていたマナーフィルムを完成させ、少しでも評判になってくれれば。

皆川が首を振りながら映写機を止めた。

「うーん、やっぱりフィルムがかなり弱ってんなあ。健のやつ、これ一体いつ撮ったんだ?」

桃はフィルムケースにマジックで書かれた数字を読み上げた。

「1978・3・17ってある」

「四十年近く前かい、むしろよくフィルム生きてたな。ちょうど健が映画を作るって息巻いてた頃だよ」

その話なら生前の祖父から聞いたことがある。

若い頃に俳優だった彼は、映画の制作側にも興味を持っていた。俳優業で資金を貯《た》め、意気込んで映画を作ったが大コケ。大きな借金を背負ったらしい。

しかし祖父は懲《こ》りずにまた俳優業でこつこつ資金を貯めて再びメガホンを取った。そして失敗。また借金返済の日々になる。

それでも俳優や制作側として映画に関わり続けた彼だが、四十八歳でようやく自分の才能に見切りをつけ、異人街シネマを開設する。映画を作る方が駄目なら、提供する側へ、というわけだ。どんな形でも映画に関わっていたいという情熱ゆえだった。

異人街シネマは当時のミニシアターブームもあり、軌道《きどう》に乗った。ここでしか見られない良作が多いと評判になり、遠方からも客が来たらしい。俳優としても監督としても大成しなかった祖父だが、映画の選定眼《せんていがん》だけはあったのだ。

だがやはり自分で撮ったフィルムは捨てられず、ここの事務所に積み上げていた。倉庫に放り込むでもなく、大事に管理するでもなく、ただ積み上げていたというのが彼の未練を感じさせる。学校が春休みに入った桃は、彼の遺品整理も兼ねてそれを片っ端からチェックしているところだ。

スクリーンの中では荒涼《こうりょう》とした風景が続いている。桃は首をひねった。

「これ、外国じゃないかって思うの。石ころ？　ばっかりで何だか寂しい風景」

「そうだなあ、人物も建物も映ってねえから、どこだかさっぱりだが。しかし健のやつカメラも大して上手《うま》くねえな。画面にセンスがねえ」

「ふふっ、私もそう思う。ロケハン映像かな？」

「かもなあ」

その時、カメラが空を飛ぶ鳥をとらえた。

鷹《たか》だ。

金色の目と大きなかぎ爪《づめ》で、鳥類に詳しくない桃にも、それが食物連鎖の頂点付近にいる生き物だと分かった。風を切って滑空《かっくう》する姿は威風堂々《いふうどうどう》としている。

鷹はふいに急降下を始めた。

カメラは一瞬見失ったものの、すぐにズームアウトして鷹を見つけた。

猛スピードで墜《お》ちる鷹の先で何かが必死に逃げている。野ウサギだ。

背後からかぎ爪でノックアウトされ、野ウサギはあっさり昏倒《こんとう》した。そのままふわりと持ち上げられ、山の稜線《りょうせん》へと向かっていく。

カメラが鷹を追うと、画面の端に人物が現れた。馬に乗った男が二人、空を見上げている。

鷹は片方の男が差し出した腕に留まり、野ウサギを地面に落とした。もう一人の男が馬を下り、獲物を拾い上げる。

二人の男は毛皮の帽子と民族衣装らしき長い服で、馬には鮮やかな刺繍《ししゅう》の入った布がかけてあった。アジアのどこかだとは思うが、今ひとつ分からない。

「鷹狩りか」

皆川が呟いた。

確かにこれは野生の鷹ではなく人間に訓練されたハンターのようだ。ご褒美《ほうび》に何かを与えられ、喉《のど》を上下させながら飲み込んでいる。

男二人は馬の鼻を翻《ひるがえ》し、斜面を上っていった。そのまま画面から消えてしまう。

カメラはしばらく未練がましく、鷹と男二人がフレームインして来ないか待っていたようだ。だが彼らは尾根《おね》を越えて下ったらしく、現れることはなかった。そこでようやく、諦めたかのように撮影が終わる。

暗くなったスクリーンを見て、皆川が映写機を止めた。

映写室の灯りをつけると、巻き取りリールからフィルムを外して光に透《す》かす。最後に映った場面を見ているようだ。

「男二人、顔は日本人みてえだが、どう見ても日本じゃねえなあ、ここは」

「モンゴルかな?」

「服はそんな感じだが、モンゴルにしちゃあ殺風景《さっぷうけい》だなあ。あそこは草原の国だろ」

「うーん……中国の少数民族とか」

「イランまではいかねえな」

意見を出し合ったが、やはりよく分からなかった。ミニシアターは「ハリウッド以外」をかけることが多いので、桃も皆川もアジア各地の作品には馴染みが深い。だが様々な国の風景を観てきた二人にも、このフィルムがどこで撮影されたのかさっぱりだった。

桃は巻き返したフィルムをケースにしまった。

「じゃあ、このフィルムは『撮影場所不明』に分類しておくね。というか、お爺ちゃんのフィルムそういうのばっかりなんだけど」

「まあ大雑把《おおざっぱ》な奴だったからな。桃ちゃん、まだ他にも健のフィルム観んのかい？」

「うん、一日三本ずつチェックって決めてるの」

すると皆川は腕時計をちらっと見た。心配そうに言う。

「もうスタッフ帰っちまったし、ここに一人で残るんは駄ァ目だぜ。いくら戸締まりしたって、最近妙なのうろついてるだろ」

確かに最近、おかしな客も増えた。

桃が「女子高生オーナー」で映画館を宣伝したから仕方がないのだが、やはり勘違いした変態さんも釣れてしまったのだ。映画館のホームページにしつこく桃宛ての求愛メールを送ってきたり、ロビーで「オーナーを出せ」とスタッフに迫《せま》ったのまでいたらしい。

映画館スタッフは毅然《きぜん》と対応してくれているし、桃が気持ちの悪いメールを読まないで済むようチェックもしてくれる。登下校は必ず真礼《まれい》と一緒だし、そうでなければ実は柔道の黒帯だった宮崎《みやざき》さんと元刑事だったタケさんの夫婦が守ってくれる。外で一人になることはほとんど無い。

だが、今晩は――

「お兄ちゃんが来てくれるから、大丈夫！」

桃が満面の笑顔で言うと、皆川は目を見開いた。ごま塩の無精髭《ぶしょうひげ》を手のひらで撫《な》でながら言う。

「社長さんかい。忙しいんじゃなかったのか」

「そっちじゃなくて、大学院生の方のお兄ちゃん」

「ああ、あの無愛想な方」

ちょうど一年ほど前にやった『麗《うるわ》しのサブリナ』のイベントに、桃はカイを無理矢理引っ張り出して料理をさせた。その時に異人街シネマのスタッフ一同と顔を合わせているのだ。桃に追い立てられ、一言も口をきかずに無表情で料理をし続けていた姿は印象に残っただろう。

桃は両手を胸の前で組み合わせた。

「ちょっと遅いけど、一緒にご飯食べて帰るんだ」

嬉しさを隠しきれず、はしゃいでしまう。

ここしばらく、冬基は会社が、カイは大学院が忙しく、水曜日の晩餐会《ばんさんかい》が取りやめになることが多かった。あの誘拐事件以後、三人がきちんと顔を合わせて食事したのは数えるほどだ。

せめてどちらかとでも食事をしたいと桃が訴《うった》えると、冬基はたとえ水曜日でなくても仕事の合間を縫《ぬ》って付き合ってくれることが増えた。本当に忙しいらしく、放課後に早めの軽い夕食をとったり、休日出勤の彼の会社に桃がお弁当を持って行くぐらいだったが、それでも会話は出来た。

だがカイはほとんど屋敷にも戻ってこず、大学に泊まり込むことが増えた。潔癖性《けっぺきしょう》気味で人付き合いも苦手な彼には苦痛ではないかと桃は心配だったが、「身体は大丈夫？」と聞いても素《そ》っ気《け》なく頷かれるだけだ。

彼の先輩に当たる古葉《こば》や安藤《あんどう》にカイの様子を尋ねたが、研究室で雑魚寝《ざこね》する他の学生と離れ、化石標本置き場となっている空き教室で一人眠っているらしい。

一番心配なのは味覚障害のある彼がきちんと食事をしているかだったが、面倒見のいい古葉に桃がそれを伝えると、せめて一日二食は食べさせると約束してくれた。

しかし桃の懸念《けねん》はカイの健康だけではない。

いくら研究が忙しいと言っても、ろくに自宅にも戻れないほどなのだろうか。

――彼はただ、三ツ野《みつの》邸に戻りたくないのではないか。

原因は、冬基。

血のつながらない兄弟である二人があまり仲良くないのではないかとの疑念は、一年前に三ツ野邸に引き取られて以来、ずっとあった。

だが冬基はそう簡単に腹の底を見せる男ではないし、カイも常に無表情で感情が読みづらい。それに桃は、成人した兄弟の距離感がどんなものだか知らない。

息子を四人持つ宮崎さんは、「男の兄弟なんて喧嘩《けんか》ばかりかお互い無関心のどっちかですよ」と言っていたし、特にカイは誰に対してもコミュニケーションを取ろうとしない。特別に冬基にだけよそよそしいわけではないのだ。

そう自分に言い聞かせていた桃が、やはりおかしいと感じ始めたのは、去年の秋だった。

実の祖父である三ツ野剛太郎《ごうたろう》が、突然、三ツ野邸にやって来た。

屋敷に一人だった桃は彼の怪異な容貌《ようぼう》に驚き、その場で気絶してしまった。さすがに自分でも臆《おく》病者《びょうもの》すぎると反省したが、あの時はサイレント映画『吸血鬼ノスフェラトゥ』の画面から出てきた怪物かと思ったのだ。

彼は三ツ野邸の閉ざされていたサンルームから現れた。

最も日当たりが良い部屋のはずなのに、なぜか冬基がずっと閉鎖《へいさ》していた部屋。

傷《いた》んでいるから、と冬基は言っていたが、桃は何か理由があるのだろうとは思っていた。使用人はもちろん、家族である桃やカイさえ入らせたくない訳が。


——あのサンルームには、不死者《ノスフェラトゥ》がいるんだよ。


冬基はそう言った。

あれ以来、桃はずっと考えている。

亡くなった冬基の母。

彼が呼んだ「不死者」とは、彼女のことだったのではないか。

彼女の死は冬基の中で受け入れられておらず、だからまだ生きているかのような言い方をしたのか。

閉ざされていたサンルームから剛太郎が現れて以来、再びあの扉は閉じられた。冬基は剛太郎のことを口にするでもなく、会わせようともしない。何ごとも無かったかのようだ。

カイも同じく、特に変化は無かった。

だが、二人の間の何かが違う。

少しずつ広がってきたヒビが、音を立てて崩れてしまう。そんな不安が拭《ぬぐ》えない。

桃は小さく首を振った。

もし彼らの間に何かのわだかまりがあるのだとしても、それが修復不可能なものだとも限らないだろう。自分が間に入れば、仲良くやっていけるかもしれない。

実際、カイの方はかなり桃と近づいてきた気がする。

素っ気ないのは相変わらずだが、今日は水曜日でもないのに「迎えに来て欲しい」との頼みを聞いてくれたのだ。少なくとも今晩は、屋敷に帰って寝てくれるはず。

たとえ夜遅くても冬基と顔を合わせれば、一緒にお茶ぐらい飲めるだろう。二人に、今日はお客さんが多かったことを報告したい。

皆川は歯ブラシで丁寧に映写機の掃除をしながら言った。

「真ん中の兄ちゃんの方、ちょっと『エデンの東』の頃のジェームズ・ディーンに似てるね」

「え？」

ドキリとした。

「カイお兄ちゃんって和風顔だし、全然似てないと思うけど……」

「ジェームズ・ディーン本人っていうより、『エデンの東』のあの役柄を思い出させんだよなあ」

桃は黙り込んだ。

エリア・カザン監督の傑作《けっさく》として名高い『エデンの東』は、兄弟の確執《かくしつ》が大きな軸《じく》となっている。

優秀な兄と違い、父にうとまれる乱暴者の弟。

その弟を演じたジェームズ・ディーンは優れた演技力により世界中で一躍《いちやく》有名になるが、わずか二十四歳で交通事故死してしまう。主演映画はたった三作。祖父によると「彗星《すいせい》みたいに鮮やかに現れ、消えた俳優だった」そうだ。

冬基とカイは血のつながりが無いし、実父の愛を争ったとも思えない。実際、冬基もカイも失踪したという父親に対して何のコメントもしたことが無い。まるで存在しなかったかのようだ。

——だが。

サンルームのノスフェラトゥ。冬基とカイを育てたはずの、母親は。

桃は小さく首を振った。単なる想像だ。

「そう言うのあんまり、分かんないな。家族から見ると」

皆川は、桃が不安がっている冬基とカイの確執について何も知っているわけではない。「エデンの東」を持ち出したのも、単純に毎日フィルムをかけているからだろう。

「んー、顔じゃなくて雰囲気だな。何つうかこう、あの真ん中の兄ちゃんの方は」

皆川はしばらく言葉を探していたようだった。映写機を手入れする手を止め、宙を見つめてから言う。

「危うい、だな」

「危うい？」

「どこがどうとは、上手く言えねえんだがね」

確かに、カイを表すのにぴったりの言葉だった。

彼はもろそうでも、弱そうでもない。だが、いつかどこかに消えてしまいそうな気がする。

それはきっと、彼の居場所がここではないどこかだからではないか。

——いつか彼は、冬基と桃のそばを離れていくのではないか。

黙り込んだ桃を見て、皆川は慌てて言った。

「ああ、ごめんな。桃ちゃんの兄ちゃんを早死にした役者にたとえちまって」

「ううん、あの時代の役者さんはもうみんな亡くなってるし、私が気にしすぎなだけだと思う。カイお兄ちゃん、最近忙しそうで心配で」

その時、スマホにカイからメッセージが入った。ロビーの前まで来ているらしい。

「じゃあ皆川のおじちゃん、私帰るね」

「おお、兄ちゃんに美味《うま》いもんいっぱい食わせな」

いそいそと映写室を出た桃は、ロビーのガラス越しにカイの後ろ姿を見た。

鍵を開け、扉を開いて彼の腕にそっと手を添える。

「カイさん」

最近、珍しく彼に会えた時はこうして身体のどこかに触れるのが癖になってしまった。自分の不安が反映されているのだろうが、特に嫌がる様子も無いので、しっかりとつかまえている。

顔色を確かめる。いつも通りの無表情ではあるが、体調は悪くなさそうだ。

少し安心した桃は、彼の腕を引いた。

「ご飯行く前にちょっとだけロビーに来て。見て欲しいチラシがあって」

「何で」

「あのね、五月に上映予定のイギリス映画が考古学者の話なの。発掘シーンとかもあるから、興味あるかなって」

「別に」

「掘るのは恐竜とかじゃなくて遺跡みたいだけど、古葉さんや安藤さんもどうかな？　横浜に遊びに来たいって言ってたし」

カイの短い拒否は完全に無視し、彼を引いてロビーに入った。近日上映予定、と書かれたポスターのうち一枚を指さす。

「ほら、これ」

彼が映画に全く興味はないのは分かっていたが、研究以外の何かをさせたかった。彼が唯一言うことを聞く東森《ひがしもり》教授を引っ張り出せれば、一緒に来てくれるかもしれない。

カイは何の反応もしなかった。

いや、そもそもポスターを見ていなかった。

ただじっと目を見開き、床を見ている。

「……カイさん？」

顔色が異様に白い。

目の焦点《しょうてん》が合っていない。

ふいに彼の身体がぐらりと揺れた。そのまま後ろに倒れそうになる。

短い悲鳴をあげた桃は彼を支えようとしたが、一緒に絨毯に崩れ落ちた。

桃の声をきいた皆川が映写室から飛び出してくる。

「桃ちゃん、一体どうした」

「分からない、カイさんが突然――」

カイは意識を失っていた。真っ青な顔に脂汗《あぶらあせ》が浮いている。

「桃ちゃん、救急車呼ぶぞ。兄ちゃんに呼びかけ続けるんだ」

「う、うん」

彼は去年の夏ごろ、時々発作を起こしていた。何かの香りで誘発《ゆうはつ》されるようだが、いきなり倒れるほど酷《ひど》くは無かったはずだ。

それが何故《なぜ》急に――。

カイの体温がどんどん下がっていく気がして恐ろしい。桃は涙目で彼を呼び続けた。背後では皆川が携帯電話で救急車を呼んでいる。

「カイさん、カイさん」

彼の瞼《まぶた》がピクリと動いた。

そのままゆっくり目が開く。

「カイさん！」

意識が戻った。桃は彼に覆《おお》い被《かぶ》さるよう、必死に言った。

「大丈夫⁉ 聞こえてる？」

やはり彼の目は何も見ていなかった。目の前の桃ではない遠くに焦点を当てているようだ。

そして言った。


「彼を殺さなければならない」

冬基《ふゆき》の母は新緑の季節に死んだ。

植物の静けさを愛した彼女は、声を出さず、ひっそりと佇《たたず》み、彼女自身には何の影響も及ぼさず生きる花や樹や苔《こけ》を好んだ。鳴いたり吠《ほ》えたりする動物は怖いと言っていた。

だが彼女はある日突然、植物の生命力さえ受け付けなくなった。

初夏、みずみずしい若葉が木々に茂り始めると、それが彼女をさいなむようになった。生まれたての鮮《あざ》やかな緑から、おのれの弱々しさを責められている気になったらしい。

三《み》ツ野《の》邸のサンルームで、彼女は嫁入り道具であった首飾りをちぎり、両方の耳に真珠を詰めた。自分の鼓動の音を聴きたくないから、というのがその理由だった。死の直前に残した遺書とも呼べない走り書きのメモに、そう書いてあった。

そして彼女は古い揺り椅子に腰掛け、スズランの花を蒸留した水を飲み干した。そのまま食べただけでも死に至ることもある花を濃縮させたのだから、身体の弱かった彼女には猛毒だった。あまり苦しまずに死ねたらしい。

お気に入りの小物に囲まれたサンルームで、愛用のワンピースを着て、宝石を耳に詰め、花の毒を飲む。最期《さいご》までおとぎ話の登場人物であることを貫《つらぬ》き通した女だった。三年前のことだ。

母の薫《かおる》が没落《ぼつらく》した名家から成金の三ツ野家に嫁《とつ》いできたのは二十歳の時だったそうだ。以来、古い屋敷から出ることもほとんどなく、彼女は二十五年の月日を過ごした。

心も身体も弱い人だったが、冬基を産み、やがて赤の他人の子であるカイを育てるようになってからは、二人の子を持つ責任感が彼女を生かしていた。少なくとも自《みずか》ら死を選ぶほど愚かではなかったはずだ。

だが、スズランの蒸留水で死んだ。

薫が新緑の生命力にさえ耐えられなくなった理由が、どこかにある。冬基はこの三年ずっと、それを探している。

今、あの頃と同じように青々とした若葉が空気を染めている。

普段は観光客の多い横浜元町公園も、五月には過ぎるほどの陽気のせいか、あまり人を見かけない。

樹齢百年以上もの木々に囲まれた外国人墓地を見上げながら歩いていると、冬基のスマホが鳴った。

秘書の佐田《さた》だ。

『社長、今どちらですか』

「元町公園を散歩してた。煉瓦《れんが》の柱がある人工池みたいなとこにいるよ」

ここしばらく仕事で忙殺されていた冬基を心配し、今日は長めの昼休みを取れるよう手配したのは佐田だ。冬基はどれだけ忙しくても疲れなど感じないのだが、無理矢理のように会社を追い出されてしまった。

『煉瓦の柱ならジェラール貯水槽《ちょすいそう》ですね。鯉《こい》が泳いでるでしょう』

「ここ、そんな名前あったの？」

『明治時代のフランス人が、外国船の船乗り相手に水を売っていたんです。煉瓦も製造していたんですよ』

「さすが、仕事に関係の無いことまでよく知ってるなあ」

フランス人、ドイツ人、イギリス人、アメリカ人。様々な国籍の死体が外国人墓地に埋められ、現在でも多くの外国人が住む横浜ではあるが、さて冬基の「血のつながらない弟」はどこの国の生まれなんだろう。

中央アジアのどこか、というのだけは確かなようだが、カイが生まれた頃は政情不安な国が多かったはずだ。彼が冬基の父である啓二《けいじ》から日本に連れて来られ名前も変えられたことと、何か関係があるのだろうか。

お互いに忙しく、最近はろくに顔を見ることもない弟のことを考えていると、佐田が言った。

『例の件、手配を完了いたしました。あちらとも打ち合わせ済みです』

「ん、ありがと」

『軽いお返事ですね。これから戦争を起こそうというのに』

「戦争だなんて大げさな。三ツ野グループみたいな同族経営じゃよくある話でしょ」

『戦争ですよ、グループを乗っ取ろうとしてるんですから』

現在、三ツ野グループの会長は冬基の叔父である三ツ野祐三《ゆうぞう》だ。啓二の弟にあたり、創業者の三ツ野剛太郎《ごうたろう》にとっては生存している唯一の息子となる。

違法すれすれの強引なやり口でグループを急成長させた剛太郎と違い、祐三は慎重で保守的な男だ。経営手腕は凡庸《ぼんよう》だが、企業二代目は手堅い方がいいと言われるように、グループをほどほどにまとめている。

だが創業者の凡庸な息子より、優秀な孫息子を望む声が高いのも事実だ。

冬基は学生時代から経営に関わってはきたが、決して出しゃばった真似はしなかった。祐三が甥《おい》を警戒すればするほどグループ中心からは遠ざかり、三ツ野一族とは何の関係もない会社も自分で立ち上げた。同族経営を嫌い、批判するような素振りまで見せてきたのだ。

十年近く続いたその演技も、明日終わる。

笑顔の下に隠してきた牙《きば》を笑顔のまま見せる時が来た。

「佐田にも迷惑かけたね。三ツ野グループとは何の関係も無いのに」

彼は冬基が立ち上げた人材派遣業会社の秘書で、三ツ野グループの仕事とは関わっていない。

だがだからこそ、魑魅魍魎《ちみもうりょう》が跋扈《ばっこ》する三ツ野一族の中、冬基のクーデター計画をひそかに補助できたのだ。最近はほぼ個人秘書になっている。

電話の向こうでは小さな溜息の音がした。

『ねぎらいのお言葉ありがとうございます、全く心がこもっていないようですが』

「嫌だなあ、付き合いが長いのに社長の言葉を素直に信じることが出来ないの？　もっと信用してよ」

『信用はしていますよ、あなたの頭脳と度胸をね。足固めは万全ですし、明日のクーデター成功も確信しています。私が心配なのは、社長ではなくて桃《もも》さんのことですよ』

冬基は返事をせず、薄く笑った。

非常に優秀で、人を見る目にかけては定評のある佐田が、最近は桃のことを常に気にかけている。

普段なら冬基の私生活には口出ししようとしない男だが、まだ十六歳の桃が懸命に異人街シネマを運営しているのを見ると、個人的に応援したくなるようだ。

『これまでの桃さんは失踪した三ツ野啓二氏がどこかで作った子、という扱いでした。実の孫とはいえ、三ツ野剛太郎氏に何かがあっても財産は相続させない、との約束で。でもあなたが三ツ野グループの若き会長ともなれば話は違います』

佐田の心配はもっともだ。

これまでは冬基の異母妹という存在でしかなかった桃が、突然、三ツ野一族の中心に引っ張り出されることになる。桃の存在を厄介《やっかい》だと思う親類は多いだろう。

明確な分かりやすい敵ならいいが、桃をひそかに懐柔《かいじゅう》しようとする人間も出てくるに違いない。彼女の通うお嬢様校には高校生にしてすでに許婚《いいなずけ》のいるような家柄の子も多いし、桃を婚約という檻《おり》に囲っておこうとする奴もいるはずだ。

『桃さんの周囲には悪人が十倍も寄ってくるようになるでしょう。しかも、善人面《づら》したようなのが』

「桃はね、その善人面した悪人を見抜けるよ。逆に悪人面の善人も見抜ける」

『確かに桃さんは高校二年生のわりにしっかりしていますが、でもやはり私は心配です』

佐田の珍しく強い口調に、冬基は苦笑した。

大企業の人事もつとまりそうなほど人物の読みが鋭い佐田でさえ、桃には騙《だま》される。あのおっとりした無垢《むく》な少女が天性の女優だなどと、誰が思うだろう。

「佐田、桃を十六歳の少女だと考えるから心配なんだよ。桃を『三ツ野冬基と血を分けた妹』だと思ってみて。しかもこの一年は同居して英才教育中」

するど佐田はしばらく黙った。やがてどこか納得した声で言う。

『そう言えばそうでした、あのお嬢さんはあなたと血がつながっているんですね。そして正真正銘の三ツ野剛太郎氏の孫』

――そう、あれは怪物の血を引く娘。

秘められたその力に、周囲も、彼女自身もほとんど気づいていない。

『いやだなあ、桃さんが社長のような悪い大人になったら』

「いやだな、って、それ俺本人に言う？　酷《ひど》い秘書だね」

『酷い秘書はこれから社長を車でお迎えにあがりますから、そのままジェラール貯水槽あたりにいて下さい。午後二時半からは川崎の三ツ野水運です』

「え、自分で運転して行くから平気だよ」

『桃さんに、社長から目を離さないよう頼まれているんです。先月、カイさんが倒れて救急車騒ぎになったんでしょう？　それ以来、あなたのことも心配で仕方がないんですよ』

冬基は軽く肩をすくめ、佐田に従うことにした。

カイが桃を迎えに行った異人街シネマで突然倒れ、救急車を呼ばれたのは一ヵ月ほど前のことだ。救急車の到着前に彼は目覚めたが、病院へ行くことを頑なに拒否した。

その後は特に問題なく日常生活を送っているようだが、あれ以来、桃はさらにカイの世話を焼くようになった。冬基も最近は忙しすぎて屋敷にもあまり戻らなかったが、とばっちりがこちらにも来るとは。

「二十七にもなった兄貴に過保護な妹とはね」

『私だって社長が殺しても死なないほど丈夫なのは重々承知ですよ。でも桃さんと約束しましたから』

冬基本人ではなく、周囲から落とす。普段は一筋縄で行かない佐田でさえ完全に桃の味方だ。

「はいはい。じゃあ、大人しくジェラールさんとこで待ってるよ」

鯉が泳ぐ貯水槽の橋の上で、冬基は足を止めた。手すりによりかかり、思わず聖カテリナ女学院の方角を振り返る。

あそこで呑気《のんき》に授業を受けているはずの妹の、その将来性に思いを馳《は》せ、冬基は少し微笑んだ。

目が覚めた。

時計を見なくても分かる。現在時刻は午前一時五十七分。予定の三分前だ。

音もなく上体を起こしたカイは、目が薄闇に慣れるまでじっとしていた。

静まり返った空《あ》き講義室で自分を取り囲んでいるのは、数億年前の植物や動物の化石だ。発掘されたまま同定《どうてい》も分類もされず、倉庫代わりのこの部屋に放り込まれた石たちだが、調べたところでおそらく学術的価値はほとんど無いだろう。標本にならないまま、ただのカルシウムとして存在している。

暗い窓から外を見る。中庭に面したいくつかの研究室は、こんな時間でも煌々《こうこう》と灯《あか》りがついている。論文の締め切りや学会が近くなると、実験の多い理系の学生は大学に泊まり込むことが増える。この理学部本棟にもいくつか寝袋が持ち込まれており、椅子を並べた即席ベッドの上で白衣のまま死んだように眠る姿をよく見かける。

彼らのほとんどは空調の効く部屋やトイレに近い部屋を好むが、カイは理学部本棟で一番端の、この化石置き場をねぐらに決めている。

なぜか自分は、死んだものばかりに囲まれていると安心する。

本当なら、天井や壁にひそむ昆虫類や、空気中を漂う微生物さえいない空間にいたい。「生」が完全に排除された世界。

だが宇宙空間にでも行かなければそれは難しいので、カイはこの死体の石に囲まれた場所を好む。

スマホのデジタル時計が午前二時を示した。

とたんに電話が鳴る。

一秒の狂いもなく約束の時間に連絡してきた相手は、カイが雇《やと》っている傭兵《ようへい》組織「月氏《げっし》」の一員、コードネーム「教官」だ。彼には今、相棒である「助手」と共に中央アジアの現地に飛んでもらっている。

電話に出ると、教官は淡々と話し出した。

『テジェニスタン現大統領・アマゾフ。十六年前のテジェニスタン二月革命にて市民リーダーとして頭角《とうかく》を現し、二年前に大統領になる。革命後の混乱期は強烈なリーダーシップを評価されたが、現在は国民の金で私腹《しふく》を肥やしていると噂される』

国民の噂、か。

情報統制の厳しいテジェニスタンではインターネットも監視されており、国民は気軽に使うことが出来ない。政府への不満や批判をネット上に書き込もうものなら、すぐに逮捕されるからだ。ネットで拾うことが出来るのは、現政府への空々しい賛美しかない。

『テジェン都市部では、小規模な反政府組織がいくつか発足。国民啓蒙《けいもう》のための地下活動を行っており、そのうちの一つと接触。政府に監視されないネットワークを構築中とのこと』

やはりこの「教官」と「助手」のコンビを雇って正解だったようだ。

最初は純粋に武術の指導のみを頼んでいたが、彼らが単純な傭兵ではなく諜報《ちょうほう》活動にも優れていると知り、迷ったあげくにテジェンでの現地調査も依頼した。するとわずか一ヵ月ほどで地下組織との接触まで果たしてくれた。政府の監視下にありながら国民の生の声を拾ってくるのは、たとえ現地人でも難しい仕事だろう。

だが彼らに頼んだのは調査のみだ。二人にはカイの目的も話していないが、薄々勘づいてはいると思う。

『アマゾフ大統領が現在最も力を入れているのは、ウズベキスタン、アフガニスタン、パキスタンとの天然ガスパイプライン建設プロジェクト。世界銀行融資《ゆうし》により、日本を含めいくつかの企業が入札に名乗りを上げている』

天然ガスと聞き、カイは初めて教官に言葉を返した。

「日本はどの会社だ」

『セイシンコーポレーション』

日本有数の企業で、世界中のあちこちでインフラ開発に関わっているところか。三ツ野グループとはライバル関係のはずだ。

冬基が持つ三ツ野貿易も天然ガス貿易が主力のため、まさかそこがテジェン介入かと一瞬思ったのだが、杞憂《きゆう》らしい。

大丈夫だ、冬基はまだカイの目的を知らないはずだ。

もしセイシンコーポレーションがパイプライン建設を勝ち取ったとしても、ライバルである冬基にテジェン情報を漏らすはずもない。

大統領は今、入札に参加予定の各国企業から賄賂《わいろ》をたんまりもらって潤《うるお》っているそうだ。しばらくは接待漬けで国から離れる予定は無いらしい。

それさえ聞ければ、充分だ。——標的は、動かない。

通話を終えたカイがスマホをポケットに滑り込ませると、誰かの足音が聞こえてきた。この化石置き場に近づいてくる。

「三ツ野ー、起きてるー?」

どこか間延びした声で講義室のドアを開けたのは、同じ古生物学研究室の一つ先輩、修士課程二年の安藤《あんどう》だった。

同じく大学に泊まり込んでいる彼は、ぼさぼさの髪をピンで留め、よれたジャージを着ている。理系の男子学生にしては珍しく小綺麗な格好を好む男だが、研究室泊が続いてそれどころではないようだ。

「二時には起きるって言ってたからのぞきに来た。コンビニでパピコ買ってきたけど、いるか?」

ガサガサとコンビニ袋を漁《あさ》った彼から差し出された冷たい氷菓《ひょうか》を、カイは無言で受け取った。

なぜか安藤はカイがこの商品を好きだと思い込んでおり、最近よく買ってくる。どうせ自分には食物の味など分からないのだから、ただの氷だろうが高級アイスだろうが同じなのだが、カイは黙ってもらうことにしている。

「古葉《こば》さんも起こそうぜ、三時からネット会議だし」

この夏に行われる中央アジア発掘遠征は、ロシアチームとの合同調査だ。ロシア側や現地の大学との細かい打ち合わせが必要だが、時差がある。結局、日本チームが譲る形で真夜中の会議が通例となった。

東森《ひがしもり》研究室に戻ると、パソコンデスクに突っ伏して古葉が眠っていた。

東森教授が国際学会でロサンゼルスに行っているため、その間は古葉が研究室のボス代理となる。自分の研究にくわえて発掘遠征の準備、後輩の研究指導、学部生への講義なども行わなければならず、睡眠時間が激減しているらしい。

古葉は寝息さえ立てず、大型獣の標本のように静かに眠っていた。

そんな彼を見た安藤は哀れみの溜息をつくと、コンビニ袋からジュースを取りだし、古葉の襟首《えりくび》に差し込む。

「古葉さーん。二時だよー」

ジュースの冷たさでは起きる気配さえなく、安藤から何度か揺すられ、古葉はうめきながら身を起こした。

目をしょぼしょぼさせ、無精《ぶしょう》髭《ひげ》の浮いた顎《あご》を手のひらでさすった古葉は、ようやくカイの存在に気づいた。

「あ、三ツ野も起きてきたのか。最近パピコお気に入りだよな、お前」

寝起きの彼はカイが手に握ったままだった氷菓を見て、満足そうに笑った。デスクに置かれていたチョコレート菓子を手に取り、カイに押しつけてくる。

「パピコ終わったら、たけのこの里も食えよ。俺と安藤、桃ちゃんから『カイお兄ちゃんにカロリー取らせて下さいね』って頼まれてんだから」

「かわいー女子高生からウルウルした目でそんなこと言われちゃ、俺たちも逆らえないっすよね。ほんと妹っていいわー、桃ちゃんめっちゃ羨《うらや》ましいよ俺」

「お前は桃ちゃんじゃなくて真礼《まれい》ちゃん狙いだろ、節操《せっそう》ねえな」

「桃ちゃんは完全な妹枠《わく》なんだけど、真礼ちゃんは俺の好みど真ん中なんすよ。全然なびいてくれないけど」

そう言いながら、安藤はカイに握らせた氷菓をビシッと指さした。

「三ツ野もさっさとパピコ食えよ。俺の体感だと、ガリガリ君よりパピコタイプの方が溶けるの速いからな」

カイは黙ったまま、与えられた氷菓を口に入れた。分かるのはその冷たさだけだ。

もともと後輩に親切な古葉はともかく、安藤の方は一年ほど前までカイに対して敵愾心《てきがいしん》を見せていた。それがどういう理由だったのか他人の感情が読めない自分には分からないが、最近は古葉とともによく構ってくる。

おそらくは桃のせいだろう。彼女が現れてから、自分の周囲は変わった。

カイはそう思っていたのだが、桃は違うと言う。


――カイお兄ちゃんが変わったから、二人の先輩とも仲良く出来るようになったんだよ。


これが「仲良く」という状態なのかどうか、自分には分からない。自分が変わったという自覚も無い。

だが、もし自分が変わったとしても絶対に変わらないものはある。

殺さなければならない男。それだけは変わらない。

さきほど報告を受けたばかりのアマゾフ大統領の情報を脳内で整理していると、古葉がチョコレート菓子を口に放り込みながら言った。

「三ツ野、ネット会議始まる前に、ロシア側が送ってきたプレ調査のＰＤＦ読んでくれるか？」

するとカイが返事をする前に安藤が不満そうな声をあげた。

「またロシア語なんすかァ？　英語で書けって送り返したらどうすか」

安藤が文句を言うと、古葉は諦めたように首を振った。

「ロシア語だけじゃなくて、調査予定国の言語もいくつか混じってる。グーグルに聞いてみたら、カザフ語とかウズベク語とか……あと、テジェン語ってのまで」

テジェン、という単語が出たが、カイは表情を動かさなかった。

代わりに安藤が、大げさに顔をしかめる。

「テジェニスタンって、学術調査ビザが欲しけりゃ賄賂よこせってゴネてた国でしょ？　駐日大使がそんなんとか信じられないっすよ」

賄賂、か。

大統領が賄賂漬けなら、当然、政府の官僚たちもそのようなものだろう。駐日大使の立場を利用して外貨を稼《かせ》ごうとする人間がいてもおかしくない。

「そもそもテジェニスタンとかいうマイナーな国、避けて通るわけにはいかないんすか？　大統領の独裁政治で、外国人には色々面倒くさいって噂でしょ」

「掘りたい地層帯のど真ん中だから、避けるのは難しいみたいだな。ロシアチームが頑張って交渉してくれてるみたいだけど」

古葉はテジェニスタン外交政策省のホームページを開いた。観光客の方々へ、というページを表示させる。

真っ白く近代的な大統領府にピカピカの道路、清潔な街並み、笑顔の国民。天然ガス資源により国は豊かであると、対外的にアピールしたいようだ。

「情報統制されてるような国の公式ページなんて信用ならないけど、一応チェックしておいた。でもさ、ロシアチームが資料のつもりか何かで送ってきたこの動画はなかなかいいんだよ」

古葉がメール内のリンクをクリックした。モニタの中に、鮮やかな民族衣装を着た女が映る。

「イギリス人の民俗学者が調査した時の動画だってさ」

刺繍《ししゅう》入りの服に銀細工のアクセサリーを大量にぶら下げたテジエン人の女が、天幕の前に座っていた。足の間には大量の羊毛と木製の器具が置かれてあり、毛糸を紡《つむ》いでいるようだ。

「遊牧民の女性が羊の毛狩りをして織物を作るまで記録してあるんだよ。面白いよな、糸紡ぎの道具にCDの円盤使ってるんだぜ」

「あー、キラキラ光ってると思ったらCDっすか！　なるほど、CDの穴に木の棒を通せば遠心力ついて、簡易紡績具《ぼうせきぐ》になるんだな」

安藤が感心した様子で解説してくれたので、ようやくカイにも彼女が何をしているのかが分かった。

物質の組成表を暗記したり、素数を延々と並べることならいくらでも出来るが、物と物を組み合わせて道具を作るという人間の「行為」が、カイには理解が出来ない。おそらくそこには人間の思考や感情という、自分の読み取り得ないものが介在《かいざい》するからだろう。

イギリス人の学者がつたない現地語で話しかけると、彼女は笑顔でうなずいた。

『部族の女の子はみんな、四歳になったら糸紡ぎを覚えるのよ』

彼女はそう言った。英語で字幕が出ていたが、カイには彼女の言っていることが全て理解できた。

やがて女は紡いだ糸を腕に通して立ち上がり、天幕の中へ入った。イギリス人学者もカメラを構えて続く。

『本当は女しか入れない天幕だけど、あなたは野ウサギも狩れない可哀想《かわいそう》な坊やだから、特別に入れてあげるわ！』


女が学者にそう言うと、天幕の中にいた他の女たちが一斉に笑った。カメラに向かって両手を開いてみせ、小さな円を何度も描いてみせる。

カイはそのジェスチャーの意味も知っていた。「赤ちゃん」、または「坊や」だ。おそらくはイギリス人の学者をからかっているのだろう。

「へー、遊牧民の天幕の中ってこうなってんですね。骨組みは伝統的なのに、普通に電化製品もあるし」

安藤が言うと、古葉が画面の隅を指さした。

「面白いよな、液晶テレビがあるのに未だにラジカセが現役で活躍してたり」

「女の人たちも民族衣装なのに、若い子が中に着てるTシャツがアメリカのポップアイドルのですよ。それにしてもテジェニスタンって日本人みたいな顔、多いなあ」

「中国のウイグル族なんかよりよっぽど、東アジアっぽい顔してるよな。あの赤い服のオバサンなんて俺の九州の親戚そっくりだよ」

「遺伝子情報センターにいるウズベキスタン留学生だと彫《ほ》り深くて、外国人だなーって顔してんすけどね」

古葉と安藤には、その日本人のような顔のテジェン人が隣にいるとは知るよしもない。

画面の中では坊やと呼ばれた学者が、四人並んで作業できる大きな機織《はたお》り機《き》をじっくりと撮影し始めた。

そうだ、この機織りの天幕は長老の妻が仕切っており、男は幼い子どもでないと入るのを許されない。六、七歳になって狩りが出来るようになると、もう一人前の男と見なされ、ここには出入り禁止となるのだ。

最初に毛糸を紡いでみせた女が小さな機織り機の前に座り、カメラに向かって言った。

『坊や、あなたの名前を織ってあげる』

『僕の名前を？　どういう意味？』

『家名は全て図案化されて、織物のパターンになるの。あなたは茶色《ブラウン》という名前でしょう。ここでは茶毛の馬をタリクと呼ぶから、タリク家の図案を織ってあげる。肩掛けぐらいの大きさならすぐ出来るわよ』

『それは楽しみだな！』

女は縦糸《たていと》を織り機にセットし、鮮やかな絡《から》み糸を通し始めた。

一段が終わると、木製の器具で織り目を叩いて詰めていく。

トン、トトン。

トン、トン、トトン。

その小さな音は、独特のリズムを持っていた。

おそらくテジェニスタンの乾燥した気候のせいだろう、毛糸が立てる音にしては澄んだ響きだ。

カイはふいに、この音が何なのか気づいた。

エニシダの香りを嗅《か》いだ時、あの国につながる何かを見た時、自分の中に流れ出す数字と音。

この絨毯《じゅうたん》織りが立てる音は、カイの脳内に流れるあのリズムの正体だ。自分はずっと、生まれた国の天幕の音を聴いていた。

手織りのリズムに合わせて、女の耳飾りが揺れる。

彼女は素早く手を動かしながら、カメラを振り返る。

『手織りの絨毯はとても丈夫よ、坊やの国の機械織りなんかよりよっぽどね。大事に扱えば、百年でも二百年でも残るわ、たとえ坊やが死んだ後でも』

彼女のその言葉で、カイの脳裏《のうり》にふいに蘇《よみがえ》った声があった。

——これは、私の血の叫び。私が死んでも、お前が死んでも、この呪われた名は存在し続ける。

激高した声ではなかった。

感情の高ぶりさえなかった。

ただ地を這《は》うような声で、女は呪いをカイに刻みつけた。

110010011100001010010011110010101110111010
01101010010010111011

目の前に数字の羅列《られつ》が流れ始めた。

凄《すさ》まじい勢いで視界が埋め尽くされていき、絨毯を織る女の笑顔も、パソコンのモニタも、古葉も安藤も見えなくなっていく。聞こえるのはただ、トン、トトン、という手織りの音だけだ。

数字と音に縛られて、カイはどれだけ動けないでいたのだろう。


「カイお兄ちゃん」


ふいに、目の前が明るくなった。

頬にぼんやりと光をまとわせた桃が、カイの目をのぞき込んでいる。

なぜ、彼女がここに。

さっきまで研究室には古葉と安藤しかいなくて、しかも時間は午前二時だ。桃がいるはずもない。

いやそれよりもなぜ、彼女の頬は発光しているのだ。

桃の組成はタンパク質と水とデオキシリボ核酸《かくさん》などで、自ら輝くはずもない。なのにどうして自分には、桃の輪郭《りんかく》だけがくっきりと浮き上がって見えるのだろう。

「また固まってたね。息はしてる？」

そう言われて初めて、カイは呼吸を意識した。呼吸中枢《ちゅうすう》に制御されていた自動的な運動が随意《ずいい》となり、自分の呼吸音が耳に響く。

機織りの音と0と1が、カイの頭からスーッと消えた。

代わりに目にはいるのは、心配そうな桃の顔だけだ。学校の制服を着ている。

ようやく意識がはっきりしたカイは、研究室を見回した。

いつの間にか窓の外が明るい。真昼の陽光だ。壁の時計を見ると、午後三時半。

そして桃の背後には、やはり心配そうな顔の古葉と安藤。特に心配そうではないが、同じく制服の真礼もいる。

自分の記憶が十三時間近く飛んでいることに、カイはようやく気が付いた。

ネット会議は終わったのか？

自分はプレ調査書を翻訳《ほんやく》して古葉と安藤に説明したのか？

午前中、二人から必ず連れて行かれる学食の朝定食を、ちゃんと取ったのか？

カイのデスクには飲みかけの珈琲《コーヒー》があった。自分で淹《い》れ、少し飲んだようだ。

無言のまま桃を見返すカイの頬に、小さな手がそっと触れた。

「冷たいね。お弁当持ってきたけど、食べる？」

桃の手の温度だけは、カイにも分かった。特に空腹は感じなかったが、小さくうなずく。

すると彼女は、ニコッと微笑んだ。温かい手がカイの頬から離れ、学校指定のサブバッグを開ける。

桃が取り出した大きな重箱の中身に、古葉と安藤がおおっと声をあげた。

「昨日の夜から作ってたものと、今日の調理実習で作ったものなんですけど、よかったら研究室のみなさんでどうぞ。教授がいらっしゃらないのが残念ですが」

三段重ねの重箱には、これまでカイが桃のリクエストで作ったことのある料理の数々が並んでいた。彼女が好きな様々な映画に登場したという料理。アメリカやイギリス、ロシアにドイツにフィンランド。中国に台湾にベトナム、インド、オーストラリア。ブラジル、チリ、メキシコ。そして日本。

それぞれの国のデータが一瞬でカイの頭に浮かび、それらは世界地図上で料理の映像とつながった。自分が作らされたあれらがどんな味だったのか、カイは知らない。だが桃と食べた日付、料理の温度、食卓での話題もデータとして残っている。

桃は旺盛に弁当を平らげる古葉と安藤、真礼をにこにこと見つめていた。その合間にちらりとカイを見る。

あれはきっと「不安」な目。

桃の感情だけなら少しは理解できるようになってきたカイは、黙って重箱に箸《はし》を伸ばした。小さなおにぎりを紙皿に乗せると、彼女があからさまにホッとした表情になる。

自分が食べるところを見せれば、彼女は安心する。体温が上がったところも確認させれば、もっと安心するだろう。

その時、安藤のスマホが鳴った。

ちょっと失礼、と言いながら画面を確認した彼の顔が、驚きの表情になる。

「三ツ野グループ、会長が交代だって！」

「……？」

首をかしげた桃に、安藤が興奮気味に言う。

「三ツ野グループの会長が、創始者の息子の祐三氏から、その甥の冬基氏へ交代だよ！　三ツ野と桃ちゃんのお兄さん！」

桃がぽかんと口を開けたが、カイもさすがに驚いた。

あの男の動向は常に探ってきたし、彼の三ツ野貿易での仕事ぶりも把握《はあく》していた。

だが彼は自分が学生時代に立ち上げた方の会社に熱心で、押しつけられた親族経営の会社はお荷物扱いしていたはずだったのに。

桃は首をかしげ、不安そうに聞いた。

「その、それは冬基お兄ちゃんにとっていいことなんですか？　悪いことなんですか？」

「うーん、祐三氏はまだ五十になったばかりの現役《げんえき》だし、完全にクーデターだね、これ。何の前触れも無く突然のトップ交代、つまり冬基さんの勝利ではあるよ」

安藤は昨年の夏、桃のストーカー事件で冬基に会った時「この男が社長の会社なら大丈夫」と確信し、三ツ野貿易とTreasure chestの株を買ったそうだ。以来、これらの関連ニュースはアラートが鳴るように設定しているらしい。

「あ、三ツ野関連の株が上昇し始めてる。やっぱりみんな、冬基さんに期待してんだなあ」

安藤が感心したように言い、ウキウキと株価チャートを見せてきた。

「桃ちゃんや三ツ野のお爺《じい》さん剛太郎氏も引退したとはいえ相談役でまだまだ健在らしいし、こりゃ三ツ野グループはしばらく安泰《あんたい》だろうなあ」

カイが養子であることを知らない安藤はそう言った。

時々、桃とカイは横顔が少し似てるなどと言うし、実の兄妹だと思い込んでいる。わざわざ訂正する気もないが。

桃は小さく溜息をついた。

「お兄ちゃんならお仕事だいじょうぶだと思うけど……会長っていうのになったら、これ以上忙しくなるんじゃないかって心配なんです。最近、ほとんど家にも帰ってこなかったし」

すると古葉が慰めるように言った。

「このクーデター劇の準備で忙しかったんじゃないかな？　もう一番偉い人になったんだから、好きに時間を使えるようになるかもよ」

「そうでしょうか」

「東森教授が、大学だと学部長クラスが一番忙しくて、学長になると案外ヒマらしいって言ってたよ。冬基さんも社長さんから会長さんになったんだし、兄妹水入らずで過ごす時間ぐらい作れるでしょ」

古葉の言葉で桃の顔は少しずつ明るくなった。

彼にうながされ、その場で冬基に「会長って本当？」とメッセージを送ると、すぐに「ほんと。今晩は忙しいけど、明日は水曜だし久々に三人で美味《おい》しいもん食おう」と返ってきたそうだ。

「嬉しい！　三人そろうの、凄く久しぶりなんです！」

桃はそうはしゃいだ後、ハッと気が付いたようにカイを見た。

「……あの、カイお兄ちゃんは平気？　やっぱり今、凄く忙しいんだよね」

無理だ、とカイは答えようとした。

読むべき資料も翻訳すべき文書もまだ山ほどある。学部生の世話が出来ないカイの代わりに古葉と安藤がフル回転で働いているし、自分は発掘遠征の準備を少しでも進めなければならない。

だが断ろうとしたカイが口を開く前に、古葉がさえぎった。

「大丈夫だよ、桃ちゃん。明日は兄ちゃん、解放してあげるから」

すると安藤もミートボールを口に放り込みながら言った。

「兄妹そろって食事しなよ、三ツ野。んで、冬基さんにちょっとだけでいいから三ツ野グループが今どんな感じか聞いてきて」

「お前それ、情報欲しいだけだろ。下手するとインサイダーだぞ」

「いやあ、絶好調！　とか、まあまあ好調、とか、その程度が知りたいだけっすし」

二人にくわえ、真礼も何も言わずともじっとカイを見ていた。もし「帰れない」などと答えようものならお前を殺す、そんな目をしている。

カイはぼそっと言った。

「明日だけなら」

「ほんと！」

嬉しそうに笑った桃の頬は、やっぱり少し光って見えた。これがどういう科学的現象なのか、カイには分からない。

それから桃は、大きな水筒をバッグから引っ張り出した。それぞれに配られた紙コップに、濃く煮出した紅茶が注がれる。

「『運動靴と赤い金魚』っていうイラン映画で、小さな女の子がチャイを淹れて、お父さんに褒《ほ》められるシーンがあるんです。イランのチャイってちょっと変わってるみたいで、ずっと飲みたいなって思ってて」

桃はそう説明しながら、さらに白い石のようなものを配った。

「何コレ、角砂糖？」

そう言った安藤に、ペルシャ語で書かれた説明書を見せる。

「イランの角砂糖ガンドだそうです。砂糖大根っていうのから出来てるそうで、ペルシャ絨毯屋さんで分けてもらったんです」

イランのチャイは、角砂糖を口に含み、紅茶で少しずつ溶かしながら飲むそうだ。カップで完全に溶かしてから飲むインド式やアラブ式のお茶とは違うらしい。

口に含もうが紅茶に溶かそうが摂取《せっしゅ》する糖分の量は変わらないだろうとカイは思ったが、自分をのぞく全員が角砂糖を口に含んだので、真似することにした。どうせ、味は分からない。

桃はお茶を飲みながら、『運動靴と赤い金魚』のストーリーを説明した。

イランの貧しい家庭に暮らす小学校三年生の男の子が、うっかりと妹の運動靴をなくしてしまう。だが父は失業中で、とても新しいものを買ってあげて欲しいとは言えない。

仕方なく男の子は自分の運動靴を妹と共有することになる。イランは男女で小学校が分かれているので、妹が午前の授業を終えると走って下校し、兄とバトンタッチ。運動靴を渡されると、兄が全速力で登校する。

「ある日、お兄ちゃんは小学生マラソン大会の三位の商品が運動靴だってことを知るんです。それで出場したお兄ちゃんは、妹のために必死に走り続けるんですよ」

そこで桃は言葉を切り、古葉と安藤を見てにっこり笑った。

「この映画すっごくお勧めで、ぜひ観て欲しいから、オチは言いませんね。真礼ちゃんと一緒に観たら、珍しく好きだって言ってくれて」

え、そうなの真礼ちゃんが褒めるなら絶対観る、と食いついた安藤を無視し、真礼はチャイをすすった。

「小さな兄ちゃんが、妹のためだけに走るんだよ。でっかい目に涙がいっぱいでね。イランは戦争でしか知らなかったから、あんな美しい世界に美しい子どもがいるとは思わなかったよ」

真礼の鋭い目がカイを見据えた。そのまま視線を当てられ、淡々と言われる。

「あのいけ好かない兄貴が三ツ野グループの会長になったんだ、桃の周りにはろくでもない人間がわんさと寄ってくる。あんたも兄ちゃんの一人なんだし、桃を守りな」

カイは返事をしなかった。具体的に桃をどう守ればいいか、見当も付かなかったからだ。

なぜならば、自分はその「ろくでもない人間」を見分けることが出来ない。物理的な暴力から守ることなら可能だが、そういったあやふやな敵はカイの得意とするところではない。むしろ冬基の分野だろう。

——だが。

桃と真礼が研究室から去ると、古葉と安藤はすぐに仕事に取りかかった。東森教授が帰国するまで、片づけるべき案件が山積みだ。

そんな中、カイはそっと研究室を抜け出し、ねぐらにしている化石だらけの空き教室へ向かった。

コの字型の学舎の行き止まりにあるので、誰も来ることが無い場所だ。

そして国際電話を一本、かけた。

「……はい、お断りします。……はい。……日本でまだやることがあるので」

相手はモスクワ大学の教授で、ロシア国立地質学研究センターの主任も兼ねている。

カイの論文に目を留めた彼は、東京で修士課程を終えたらこちらの大学に来るように、と熱心に勧誘していた。学問の世界でも研究者の引き抜きはよくある話で、教授はかなりの好条件を示してきたのだ。

最初、カイはこの話を受ける気でいた。

この夏の発掘遠征でテジェニスタンに入国は出来るだろうが、一時的なものだ。標的の側《そば》まで行けるかどうか分からない。

だがモスクワ大学に在籍していれば、あの国まですぐだ。テジェニスタンにはロシア人も多いし、入りやすくなるだろう。

「……はい、まだしばらく東森研究室にいるつもりです」

だが、カイは断ることにした。さっき、そう決めた。

理由は自分でもよく分からない。

ただ、観たこともないイラン映画のワンシーンが勝手に目に浮かぶのだ。

妹のために走る少年。大きな目に涙を溜めて。

だから自分はしばらく、日本を離れるつもりはない。

あの国で目的を果たした後、また戻ってくればいいだけだ。

高校二年生になった桃《もも》は、進学クラスとなった。

卒業後はエスカレーター式で隣接の女子大に行く生徒が多い中、わずかながらも外部受験や留学を目指す生徒が集められているクラスで、授業も試験も格段に厳しい。

一年生の時は異人街シネマにかまけて成績の悪かった桃には、ついていくだけで精一杯だ。真礼《まれい》とも再び同じクラスになったが、こちらは余裕のようだった。

以前は卒業後、異人街シネマの経営に集中しようと思っていた桃だったが、冬基《ふゆき》から「映画館の経営をしたいならもっと学べ」と言われ、進学クラスへ行くことを決めた。心配した担任からはエスカレーター進級を勧められたが、頑張って外部受験組についていきます、と宣言し、必死に勉強している。

自分の二人の兄は、方向性は違うがとても頭の良い人たちだ。

今までは冬基が、どんな話でも「桃にも分かるように」優しく教えてくれていた。カイとはそもそも思考レベルに差があり過ぎて、長く話すことさえ無かった。

だがいずれ桃が成人し、名実ともに異人街シネマの立派なオーナーになれたら、二人と対等に話せるようになりたい。いつまでも庇護《ひご》されるべき「妹」のままでは、あの規格外の兄たちと真実の意味で分かり合えない気がするのだ。

そのために、自分の学力で何とかなるレベルの大学を目指し、学び、経験を積み、映画館も盛り立てる。そう決めた。

数学は苦手なままだが、冬基から得意分野を伸ばせ、とアドバイスされ、英語は飛躍的に点数が上がった。これまでも映画のおかげでヒアリングだけは自信があったのだが、敬遠していた文法も満点が取れるようになった。

そして今、桃がもっとも頑張っているのは英作文だ。

英語教師であるアイルランド系アメリカ人のシスター・ジョイスはとにかく厳しいことで恐れられていて、彼女が担当のクラスは毎週毎週、きっちりレポート用紙一枚分の作文を提出しなくてはならない。

テーマは毎回定められており、「全くキリスト教を知らない友人に聖書のエピソードを解説するとしたら」「日本におけるカトリック教会の歴史」など宗教的なものもあれば、「日本に生まれたあなた方が、海の無いミネソタに生まれた私に教えたいこと」「あなたの友人知人で最も変人だと思えるエピソードを持つ人」など、世間話のような内容もある。

正しい英文法よりも伝えたい内容を伝える努力をしなさい、とシスター・ジョイスは言うが、どの生徒も四苦八苦《しくはっく》だ。インターネット上で拾った文章などを盗用《とうよう》しようとしても、彼女からはすぐに不正を見抜かれ、聖書書き取り二時間の罰を与えられてしまう。

先週に出されたテーマは、「最近食べた美味《おい》しいもの。できれば家族や友人と」であった。時に時事問題に及ぶこともある彼女のテーマの中では珍しく、非常に易《やさ》しいといえよう。

桃はそのテーマを張り切って書いた。

今日はその作文が返ってきたが、シスター・ジョイスは毎週、最も面白かったものを選んで生徒に朗読《ろうどく》させる。英作文として優《すぐ》れているかどうかではなく、単純に彼女が「これは面白いからクラスの生徒たちに聞かせたい」と思う内容を選ぶのだそうだ。

「ミス・ミツノ。今日はあなたの作文を読み上げて下さい」

授業の冒頭、シスター・ジョイスから名前を呼ばれた桃は、驚きとともに立ち上がった。選ばれるような内容を書いた覚えは無かったからだ。

だがシスター・ジョイスは、普段は厳しい表情を少し緩《ゆる》ませ、ゆっくり頷いてみせた。

「あなたの作文を読んでとてもお腹が空《す》いてしまいました。四時間目の授業でそれを朗読してもらうことで、クラスの皆さんのお腹を更に空かせましょう」

「は、はい」

桃は自分の頬に血が昇るのが分かった。

緊張すると出てしまうどもりが、今日ばかりは引っ込んでいてくれることを願いながら、頑張って書いた英作文を読み上げる。

『シスター・ジョイスは「運動靴と赤い金魚」という映画をご覧になったことがありますか?

1997年のイラン映画で、貧しい家庭の少年アリと、妹ザーラのお話です。とても可愛らしいお話なので映画の筋を全部説明したいぐらいですが、今回のテーマに外れるので、止《や》めておきます。

映画の中で、妹ザーラがお父さんにチャイを淹《い》れてあげるシーンがあります。

私はそれを観てイランのチャイを飲んでみたくなり、兄とお友達と一緒に飲みました。角砂糖を口に入れ、紅茶で少しずつ溶かしながら飲むのです。とても美味《おい》しかったです。

でも、お茶を飲むと、今度はイランのご飯が食べたくなりました。

イランってどんな国だろう？　普通の人はどんなご飯を食べてるんだろう？

そう思った私は、横浜駅近くの中近東食材店に行き、レシピ本と食材を買ってきました。

そして二人いる兄のうち若い方に、これとこれを作ってね、と頼みました。

若い方の兄は、大学院生です。とても手先が器用で、頼めば何でも作ってくれます。私はいつも、映画で観た食べたいものを作ってもらいます。

一番上の兄は、珈琲《コーヒー》も淹れることが出来ません。でも好き嫌い無く何でもたくさん食べます。お酒に合う料理がいいと言います。

昨日は三人で、若い方の兄が作ってくれたイラン料理を食べました。


1・羊肉のミートボールをヨーグルトソースで煮込んだもの。さっぱりして美味しかったです。砕《くだ》いたピスタチオをたくさんかけます。

2・プルーンと茄子《なす》を重ねて蒸したもの。甘酸《あまず》っぱくて美味しかったです。数種類のハーブの味がします。

3・鶏肉のピラフ。鶏肉を茹《ゆ》で、その茹で汁とサフランで細長いイランのお米を炊《た》きます。その米をヨーグルトで和《あ》え、茹で鶏と交互に鍋にギュッギュと敷き詰めて、蒸します。これはとっても、とっても美味しかったです！　お米がちょっと焦《こ》げたところに、鶏肉の汁と脂が染みこんで、素晴らしかったです。

4・断食月《ラマダン》などで食べるお菓子。小麦粉をヨーグルトで練って薔薇《ばら》の形に絞《しぼ》り出し、油で揚げます。それを薔薇水のシロップにひたして食べます。私は四つも食べたので、太ったと思います。

私たち三人には、両親がいません。三人で食べるご飯が、一番美味しいと思います』

桃がつっかえながら読み終わると、教室の後ろの方で盛大なお腹の音がした。

振り返ると、一番後ろの席の真礼が腹をおさえ、眉根を寄せて首を振っている。

シスター・ジョイスが声をあげて笑った。

「最初の被害者はミス・デイドね。私もこの作文を読んだ時、お腹が鳴ったのよ」

それを聞いて桃はホッとした。

作文の半分近くが料理の名前やレシピを並べただけなのだが、気に入ってもらえたようだ。

「私は大人になった今でも、世界で一番おいしいのは母親が作るシチューだと思っているの。家族で食べる料理が一番美味しいわよね、二人ともいいお兄さんね」

「はい、シスター・ジョイス」

兄妹三人で食べた料理を褒《ほ》めてもらえて、いいお兄さんだと言ってもらえて、桃は嬉しかった。

もし生まれてから今までで一番美味しかった料理がテーマならば亡くなった祖父との食事も入ってきただろうが、最近食べた、というならあのイラン料理だ。

久しぶりに兄妹三人がそろった。

しかもカイは、桃が差し出した日本語レシピの分量が曖昧《あいまい》だからと、自分で英語のレシピを探してきた。そんなことは初めてだった。

昼休みになり、桃はいつものように真礼と二人でカフェテリアに行った。

二年生になったので、焦《あせ》って席取りをしなくても暗黙の「上級生のテーブル」に座れるようになったのが有《あ》り難《がた》い。一年生の頃は上級生のお姉様方の邪魔にならないほんの数席を取り合う有様だったのだ。

英作文では「イランのお菓子を四つも食べたので太ったと思います」と冗談のように書いた桃だったが、実際に1・5キロも太っていた。カフェテリアのメニューを見上げ、本当はローストビーフのサンドイッチにしたいところを、グッと我慢してサーモンを選ぶ。いくら食べても太らないという真礼が、ポークカレーとカルボナーラを同時に食べるのを羨《うらや》ましく眺めつつ、桃が昼食を取っていた時だった。

「三ツ野《みつの》さん、出井戸《でいど》さん」

遠慮がちに声をかけてきた生徒がいた。

サーモンのサンドイッチから顔を上げれば、三年生の呉間由比子《くれまゆいこ》だ。

「呉間さま」

慌ててサンドイッチから手を離し、桃は椅子から立ち上がった。

上下関係に厳しい聖カテリナ女学院では、上級生には敬意を持って接しなければならない。必ず名字に「さま」付けで呼びかけるし、部活動などで親しくなれば名前にさま付け呼びが許される。

だが学年の上下よりも根強い暗黙のルールが、「家格《かかく》」だ。

皇族関係、元華族の家柄をトップとし、歴史ある財閥《ざいばつ》関係、著名な伝統芸能の家柄などが続く。桃の三ツ野家や真礼の出井戸家は、「新興の成金」として最下層に位置する。

もともと祖父とつましい庶民《しょみん》暮らしをしてきた桃にはピンと来ない上下関係だし、アメリカ生まれの真礼も全く気にしてはいないが、やはり聖カテリナの中で厳然と存在する序列《じょれつ》ではある。

呉間由比子は元公爵家として名高い一族の娘だ。いくら家格が高くとも金が無ければ大人しくなるものだが、呉間家は明治以降の財閥と婚姻関係を続けることで、家格を保ってきたらしい。これも全て聖カテリナに入学してから、噂話で自然と学んだことだ。

上級生かつ家格トップクラスであるその呉間由比子から、桃に接触があったのは一昨日《おととい》のことだった。

桃のクラスにハープ演奏部の子がいるのだが、彼女から「部の先輩が三ツ野さんとお話をしたいそうよ」と言われた。

入学した時はハープの部活動があるのにも驚いたものだが、見知らぬ上級生から「歓談会《かんだんかい》」やら「お茶会」に招待されるのにも驚愕した。

以前は冬基やカイの情報を求めての興味本位の呼び出しが多かったが、冬基が三ツ野グループの会長になってからというもの、本格的なご招待が激増《げきぞう》した。格下の成金とはいえ勢いのある企業グループ会長の妹と、面識を持っておこうとしているのだ。

こうした上級生のほとんどはおっとりしたお嬢様で、本人には政治的な思惑など無い場合が多い。父親にせっつかれて「三ツ野の娘」とつながろうとしているだけで、父親は自分の娘を冬基にあてがおうとしていたり、適齢期の息子がいれば桃本人を目標としていることもある。

そうした誘いは異人街シネマ運営の忙しさを理由に断っていたが、あまりの多さに冬基に相談してみた。すると明快な答えが返ってきた。

――桃がお友達になりたいと思う上級生がいるなら、好きにすればいいよ。もしくは将来、異人街シネマの経営に有利になりそうな人脈なら、築いておくといい。

まずは個人的な人格で選べ、次に有利な人脈か。

聖カテリナ女学院の生徒たちには浮世離れした金持ちも多く、攻撃的な人種など皆無だと言っていい。性格の良い子が多いが、桃や真礼のような「野育ち」が浮いてしまうのも本当だ。金で苦労したことが無い人間は、それ以外の人種と分かり合うのは難しい。つまり、桃にとって積極的に友達になりたいと思える上級生は少ない。

だが。

呉間由比子はどこかおずおずした様子で言った。

「今日の放課後、オークションの下見に付き合って頂くというお話、大丈夫かしら。ジャン・コクトーの絵が出ますの」

桃はにっこり笑った。

「はい、お付き合いさせて頂きます。コクトーなら私も見てみたいです」

「ありがとうございます。絵画なら少しは詳しいと自負しているのですけれど、コクトーはよく分からなくて」

「私も映画の方しか知らないんですが、お役に立てるなら」

「お願い致しますね。婚約者へのプレゼントにしたいの」

呉間由比子は丁寧に頭をさげ、去っていった。深窓《しんそう》の令嬢とは後ろ姿まで完璧だなあと感心する。

それまで黙っていた真礼が、小声で言った。

「あの先輩のご招待は、受けるんだね？」

「うん」

「桃が選んだなら、まあいいか。何の人？」

「呉間家は映画配給会社大手の大株主なの」

「なるほど」

真礼は納得した様子で、ポークカレーを口に運んだ。

人物の厄介《やっかい》さや危険度を嗅《か》ぎ分ける能力には自信がある、と言っていた彼女だが、呉間由比子は大丈夫のようだ。あちらが三ツ野グループと接触をはかりたいなら好きにさせておけ、とのスタンスらしい。

放課後、必ず車で送ってもらうんだよ、との真礼の忠告に桃は頷いたが、呉間由比子の様子が以前と少し違っていたようなのが気になった。

何かに怯《おび》えている、そんなようにも見えたのだ。

ジャン・コクトーは映画監督であり、小説家であり、詩人であり、画家でもあった万能の人だ。だが桃は映画『美女と野獣』しか観たことがなく、彼自身についてはあまり知らない。何だか凄《すご》いフランス人、というイメージしかない。

従って、コクトーの絵を選びたいから映画に詳しい三ツ野さんに付き合ってもらいたいの、と言われても、かなり苦しい誘い方だな、としか思えない。

だが呉間由比子も親に「三ツ野家とつながりを持っておくように」と言われて下級生を誘っただけだろうし、お互い、この下見会をきっかけに交流を持ちましょうね、という合図に過ぎない。

放課後、桃は呉間家の車で東京の一流ホテルを訪れた。ここの中規模ホールでオークション下見会が行われるそうだ。

桃は初めて知ったのだが、美術品などのオークションはいきなり行われるのではなく、目録が作られ、下見会が開かれ、顧客に情報を提示した後でようやく本オークションが開催されるそうだ。

女子校の制服で下見会に訪れた由比子と桃はさすがに目立ち、「呉間の娘と三ツ野の娘」が連れ立っていることに目を留める人間も多かったが、由比子は全く気にしていないようだった。妙にそわそわしており、それどころではない、という様子だ。気になる。

重たい目録をめくってコクトーの場所を探していると、由比子の知り合いだという銀座の画廊オーナーがやって来た。

彼は由比子に丁寧に挨拶《あいさつ》し、桃のことを全く知らないふりで「どちらのお嬢様ですか」と聞いてきた。三ツ野だと名乗ると完璧な笑顔でうなずいただけだが、最初から知っていたに違いない。

画廊オーナーは二人を目当ての出品物の前に連れて行き、説明をしてくれた。

「コクトーの晩年の作品が三点、出品されております。コート・ダジュールの収集家が手放したもので、そのうち一点は画集にも収められておりません。当時の華やかなフランス文壇とのつながりを示す写真も残されており……」

にこにこと説明を聞きながら、桃はコクトーの絵を眺めた。

正直言って、抽象画《ちゅうしょうが》は全く分からない。キュウリとピーマンを組み合わせたロボットに見える人物を眺めながら、これが予想落札価格二千万円以上って凄いな、と呑気《のんき》に感心する。

さて、少しは絵画鑑賞の目があると言っていた由比子はこの絵を見てどう思っているのだろう、と桃は横目で彼女を見た。

由比子は絵をじっと見つめていた。

いや、見つめているようで何も見ていなかった。キャンバスの一点を凝視する目はうつろで、顔色は真っ青だ。画廊オーナーの説明も耳に入っていないらしい。

「呉間様？　いかがなさいましたか」

彼の声で、由比子はハッと息を飲んだ。

我に返った様子で二人を振り返ったが、どこかいたたまれない顔で桃から目をそらす。

「……その……わたくし……」

「呉間さま、ご気分は大丈夫ですか？」

桃は慌てて彼女の顔をのぞきこんだ。発作を起こして固まっているカイの姿が目に浮かび、あれと同じような症状だろうかと心配になる。

彼女の額にうっすらと冷や汗が浮いているのを見て、桃は彼女の背にそっと手を当てた。

「下見は切り上げて帰りますか？　運転手さんは――」

「いえ！」

突然、彼女は大きな声を出した。

辺りから注目されたことに気づく様子も無く、何度も首を振る。

「少し休めば大丈夫です。このホテルのどこかで」

「では支配人を呼びましょう」

画廊オーナーが電話をかけると、すぐにホテルの支配人がすっ飛んできた。スイートルームを用意したので、そこで休憩するように言われる。

桃は由比子に付き添って最上階へと昇りながら、金持ちの扱いって凄いなあとしみじみ感心した。

高校三年生の少女が二千万近くの絵画を下見しようとホテルにやってくれば、銀座の画廊オーナーが世話を焼き、少し気分が悪くなると支配人からスイートルームが提供される。冬基が「金持ちの周りの人間はほとんどが、人じゃなくてその人の背後に見えてる金額を見ている」と言っていた意味が痛いほど分かる。

もし桃が放課後の外出中に気分が悪くなったとしても、自力で涼しいカフェを探すぐらいだろう。呉間由比子や聖カテリナのほとんどの生徒は、他人から奉仕されることが当たり前の環境で生きてきたのだ。

寝室が三つもあるスイートルームに入ると、支配人と画廊オーナーは桃に由比子の世話を任せ、すぐに去っていった。おじさん二人に側《そば》で待機されては由比子もゆっくり休めないだろうから、その配慮は有り難い。

「呉間さま、水分を取ってからメインベッドルームでお休みしましょう。ご家族の方に連絡はできますか？」

桃は冷蔵庫にあったミネラルウォーターを由比子に手渡そうとしたが、彼女に反応は無かった。

そしていきなり両手で顔を覆《おお》ったと思ったら、絞り出すような声で呟いた。

「三ツ野さん、ごめんなさい……！」

「え？」

「わたくし、わたくし、ここに貴女《あなた》を連れてくるように言われて――」

連れてくるように言われて？

いったい誰に？

桃が混乱していると、背後でドアの開く音がした。

慌てて振り返ると、立っていたのは長身の老人だ。


三ツ野剛太郎《ごうたろう》。


桃の、実の祖父。

驚きで固まる桃をよそに、剛太郎は滑《すべ》るような動きでスイートルームに入ってきた。相変わらず奇妙な歩き方で、足を動かしているようには見えない。

両手には黒い手袋をしている。去年の秋に会った時と全く同じ格好だ。まるで不死者《ノスフェラトゥ》。

剛太郎は由比子に近寄ると、少しだけ身をかがめて彼女を見下ろした。

「俺の孫をおびき出してくれて、ありがとよ。お嬢ちゃん、ほら。約束の写真だ」

剛太郎は由比子の前に写真を何枚かばらまいた。

由比子が小さく悲鳴をあげ、それらを必死に回収する。写真を両腕で抱き締め、彼女は泣き出した。

「呉間家のお姫様が、泥酔《でいすい》して男といちゃついてる写真なんてなあ。俺もまさかと思ったよ、お嬢ちゃん」

剛太郎が笑うと、由比子は涙声で言った。

「わたくし、あれがお酒だとは知らなかったのです！　その男性も全く知らない方で……」

「じゃああんたは、パーティで知り合った初対面の男と酒飲んでベタベタしてたってことになるな、呉間のお嬢ちゃん。孕《はら》んでねえか？　大丈夫か？」

薄く笑って剛太郎がそう言うと、由比子は号泣《ごうきゅう》した。必死に首を振り、そのような行為はしていないと訴える。

しばらく彼女を見下ろしていた剛太郎は、やがて苛《いじ》めるのに飽きたかのように、顎をしゃくった。

「ほら、もういいぜパパママんとこ帰りな。俺は今から孫娘と大事な話があるからよ」

由比子は泣きながらよろよろと立ち上がった。ドアの前で桃を振り返り、深々と頭を下げる。

「三ツ野さん、本当にごめんなさい。わた、わたくし、この写真をばらまかれると言われ、こ、怖くて」

呆然としていた桃は、震えながら謝る彼女を見て、ようやく我に返った。

桃はこれまで冬基に守られ、剛太郎から遠ざけられていたようだ。おそらくは剛太郎が接触を図《はか》ろうとしても、彼が拒否してきた。

だから剛太郎は強引な手段を取った。桃の上級生に目を付け、パーティで罠《わな》にはめ、脅迫《きょうはく》して桃を連れ出させたのだろう。さすがに聖カテリナ内の交友関係まで、冬基が完全に見張ることは出来ない。

頭に血が昇るサーッという音が聞こえた。目の前が一瞬、赤くなる。

人の視界は感情で本当に変わるのだ。

今、桃の目に映る剛太郎の姿は薄赤く染まっている。だが輪郭《りんかく》はくっきりと浮き上がっており、怪物を描いたグロテスクな宗教画のように見える。

桃は剛太郎をなじる言葉を投げつけようとした。

だが口を開く寸前、冬基の言葉が頭に蘇《よみがえ》る。


——どんな人間相手にも、話す時はいったん、その言葉を脳内で言ってみること。自分が話す内容で相手がどう反応するかシミュレーションしてから、実際に口にすること。


どうしてそんなことをするの、実の祖父とはいえ、私はあなたが大嫌いです。

そう桃が言ったところで、剛太郎は蚊《か》に刺されたほども感じないだろう。どうせうっすら笑っているだけだ。

ならば桃が今、真っ先に言うべき言葉は。

「呉間さま、いえ、由比子お姉様。こちらこそ、こんなことに巻き込んでしまってごめんなさい」

桃も由比子に向かって深く頭を下げた。

この場面で第一に考えなければならないのは、剛太郎に感情をぶつけることじゃない。由比子を守ることだ。

「その写真を回収しても、元のデータが心配で仕方がないと思います。私が責任を持って回収し、何としても破棄《はき》します」

頭を下げたままそう言い、ゆっくりと顔を上げると、由比子は泣き笑いの表情になっていた。

そんなこと、貴女にできるの。

そう言いたいのだろう。だが、やるしかない。

「……お願い致します」

それだけを言い残し、由比子はスイートルームから逃げていった。

桃はそのドアに大股で近寄り、鍵をかけた。内部からチェーンもかけて振り返ると、剛太郎が少し面白そうな顔になっている。

「こういう場合、普通は退路《たいろ》を確保しとくのが女だろ。わざわざ自分を部屋に閉じこめたのか、桃」

「あなたがどういうつもりで私を呼び出したのか知りませんが、ここの話が外部に漏れたら、またあなたの犠牲者が増えると思います。私はそれを防ぎたいだけです」

一言一言、はっきり発音した。

自分は今、大きな敵と対峙《たいじ》している。

冬基が絶対に会わせようとしなかった、自分たち兄妹の祖父。去年の秋、強引に三ツ野邸に侵入してきた。

彼の目的はまだ分からない。

だが冬基が三ツ野グループの会長になったタイミングで、剛太郎は再び桃に接触を図ってきた。慎重に行動しなければ。

剛太郎はどさりとソファに腰掛け、桃に言った。

「桃、何か飲み物を作れ」

「その冷蔵庫に水がありますよ、フランス産の高級品が。ご自由にどうぞ」

淡々とそう答えると、剛太郎の垂《た》れ下《さ》がった瞼《まぶた》が少しだけ引き上げられた。予想外の反応だったらしい。

「顔に似合わず、意外に気の強い娘のようだな」

「現代っ子ですから」

吸血鬼ノスフェラトゥのような外見の剛太郎に、桃は抜きがたい恐怖を抱いている。彼の血が自分にも流れていることに、本能的な怯えさえ感じる。

冬基と疎遠《そえん》とはいえ実の祖父にそんなことを考えていいのかと桃は悩んだこともあったが、今、はっきりと分かる。

この男に取り込まれてはいけない。

彼に対する恐怖心を、自分の身を守る盾《たて》に変えなくては。

「今日はどのようなご用ですか」

「どのようなご用、と来たもんだ。ドブ板横町育ちの俺の、孫娘がなあ。上品に育ってくれて、俺はありがてえよ」

桃は表情を変えなかった。

頭の中では必死に、こんな時に冬基ならどう受け答えするかを考えていた。

「宿題がたくさんあるんです。よければ、用件を早めに聞かせてくれると有り難いです」

「桃、お前は薫《かおる》が死んだ理由を知ってるか？」

剛太郎は唐突に言った。

まるで今日の天気の話でもしているかのような、気楽な口調だ。

「冬基お兄ちゃんのお母様ですね。三年前に病気で亡くなったと聞いています。元々、あまり丈夫な方ではなかったとか」

「自殺さ。手作りの毒水を飲んで、パタン、だ」

自殺。

冬基や宮崎《みやざき》さんは病死だと説明していたが、剛太郎がわざわざ桃をおびき出してまで言うのだから、本当なのだろう。

自分の亡き母のことを話さない冬基。残されていない遺品。開かずのサンルーム。

あまり考えないようにはしていたが、桃が薄々予想していた通り、あまり幸せな死に方ではなかったようだ。

「まともな遺書も無かったからな、心不全《しんふぜん》ってことで処理させた。俺の息子の嫁っ子が自殺なんて、聞こえが悪いからな」

桃は薫の写真さえ見たことがない。冬基と桃はよく似ていると言われるから、お互いに父親似なのだろう。

じゃあ冬基の中にある薫の面影は、どんな顔なんだろう。

「カイとか言ったか、啓二《けいじ》が拾ってきた馬の骨。薫はあの子どもを可愛がっていた。実の息子である冬基以上にな」

その言葉に桃は衝撃を受けた。

あまり母のことを話さない冬基。

剛太郎の言うことが本当なら、実母がカイを可愛がっていたことが兄弟の確執《かくしつ》の原因なんだろうか。

「馬の骨が啓二から連れてこられたのは、七歳の時だった。何も話さず、瞬《まばた》きさえせず、じっと座り込んでいるだけのポンコツだったらしい。それが薫に世話されるようになってから、少しずつ人間に近づいた」

七歳のカイの姿を想像してみる。

話さず、動かず、何の反応も返さない子ども。

カイがなぜ、三ツ野家の養子になったのかは知らない。誰も話そうとしないし、本人に聞いても教えてくれないだろう。

だがたった七歳の子どもが生命の無い人形みたいになるほど、辛《つら》い何かがあったのだけは確かだ。

今のカイは無表情ではあるものの、ちゃんと桃や冬基や研究室仲間の言葉に反応する。桃にご飯を作ってくれるし、桃のご飯も食べてくれる。

冬基とは仲良し兄弟とは呼べないだろうが、彼に対してカイはちゃんと憎悪《ぞうお》や警戒感といった感情を表す。少なくとも人間らしい反応だ。

人形だった彼が、少しずつ人間に近づいたその過程を思い、桃は涙が出そうになった。会ったことのない薫に対し、ありがとうと言いたくなる。

今までは「自分の父は冬基の母を裏切って、桃の母を妊娠させた」との思いが辛かった。どう言いつくろっても、冬基に優しくされても、結局のところ自分は不義《ふぎ》の子だと、薫に対して申し訳なく思うことさえあった。

だが今は、カイを人間らしくしてくれたことへの感謝とともに、なぜ二人の息子を残して死んだの、とも聞きたい。

冬基以上にカイを可愛がったというなら、あの超然とした冬基だって少しは傷ついたはずだ。七歳で冬基が誘拐された時、薫は酷《ひど》く取り乱したと宮崎さんが言っていた。彼女は冬基を愛さなかったわけじゃないのだ。

そしてロボットみたいだったカイを人間に近づけたというなら、きっと愛情を持って育ててくれたのだ。

なぜ、彼女は死んだのだ。

「薫が自殺したのは、ちょうどこの季節だった。馬の骨の誕生日は五月九日ってことになっててな、その二十歳の誕生日当日のことだった。なあ、桃よ。なぜ薫は死んだ」

「分かりません」

分かるわけがない、会ったこともない人物だ。

だが一つだけ想像がつくのは、きっと悩んで苦しんだあげくに死を選んだということだけだ。

桃を育ててくれた祖父は、自分が死んだ後のことをいつも気にしていた。自分ほど桃を愛せる人物がこの先あらわれるのかが心配で、それを探すためなら何でもすると言っていた。わが子を愛するとはそういうことだ。

きっと薫だって、冬基やカイに精一杯の愛情を注《そそ》いでくれる存在を、待っていたはずだ。あまり丈夫ではなかったらしいが、育てた息子たちを安心して託《たく》せる相手、それを見届けるまでは生きたいと思っていただろう。

それなのに、何故。

剛太郎はソファから立ち上がった。

一歩、桃に近づく。

「薫はな、日記をつけていた。それがあの、閉鎖《へいさ》されたサンルームにある」

また一歩、剛太郎は桃に近づいた。

長身をかがめるようにして、桃から目をそらさずに。

「サンルームにはドイツ製のキャビネットがある。おそらくそこに日記が入っている」

剛太郎は間近で桃を見下ろした。

この前は、この距離で触れられて恐ろしさに悲鳴を上げてしまったのだ。まるで人間ではない何かに触られた気がして。

剛太郎が自分の右手を上げた。左手で手袋をつかむ。

桃は唐突に言った。

「その手袋を外すんですか?」

彼の動きがぴたりと止まった。黙って桃を見下ろしている。

その目を見上げ、桃はゆっくりと言った。

「手袋を外して、指が三本ずつしかない両手を見せて、私を脅すんですか? この前みたいに」

声が震えないよう必死だった。

弱みを見せれば食いつかれる。それが本能で分かった。

剛太郎の顔がゆっくり、ゆっくりと歪《ゆが》んだ。それが笑みの形であると桃がようやく気づいた時、彼は言った。

「顔に似合わず気が強いし、頭の回転が速い。さすがに俺の孫だ」

外見で脅すのかと指摘されると、今度は血のつながりを強調してくる。きっと桃を懐柔《かいじゅう》するための策なら、彼は何通りも持っているのだろう。

桃は小さく唾《つば》を飲み込み、自分に言い聞かせた。

気を引き締めろ、強気を保《たも》て。

亡くなったお爺ちゃんが大事に大事に育ててくれた私じゃないか。その私が傷つけられるようなことがあったら、お爺ちゃんが天国で泣いてしまう。

無言で精一杯に剛太郎を睨み付けていると、彼の顔がまた歪んだ。再び笑ったようだ。

「キャビネットの鍵を探すんだ、桃。俺も冬基もずっとそれを探している」

「鍵の場所なんて見当もつきません」

「あの馬の骨が持ってる。冬基のような男でも見つけられないなら、それしか考えられない。あの馬の骨、ポンコツだが知能だけは高いようだしな」

さっきから剛太郎がカイのことを馬の骨だのポンコツだの言うのに耐えられなくなってきた。自分の血を引いていないとはいえ、戸籍上はカイだってあんたの孫じゃないか、と叫びたくなる。

「桃、お前はその可愛い顔で馬の骨から好まれてるそうじゃないか。薫以外、誰にも懐《なつ》こうとしなかったのに。男を懐柔する手管《てくだ》は、お前の母親からの遺伝か？」

「顔なんか関係ありません！　ましてや私のお母さんなんか！　私はカイお兄ちゃんの妹だか――」

「いいか桃、鍵をもらってこい」

剛太郎は強引に桃の言葉をさえぎった。

ゆっくりと背を向け、ドアに向かいながら再び言う。

「呉間由比子の泥酔画像データと引き替えだ。あの娘の人生を滅茶苦茶《めちゃくちゃ》にされたくなかったら、キャビネットの鍵を手に入れるんだ」


水曜日の晩餐会は、再び三ツ野邸で定期的に開かれるようになった。

三ツ野グループの会長となった冬基は水曜日の夜を必ず空けるようにしたし、カイもカイで何とか時間を作っているようだ。研究室は発掘遠征調査の準備で忙しそうだが、睡眠時間を削《けず》って桃との食事を確保しているらしい。

その夜の食事はロシア料理だった。

桃が愛する「チェブラーシカ」というネズミだかモグラだかのロシア映画にちなんで、ということらしい。桃が並んだ料理の説明を嬉々《きき》としてしていたが、冬基は「酒にあえば何でもいいな」と考えて笑顔で聞き流した。

桃ははしゃいでいた。

また三人での食事会が復活したこと、桃がレシピを探してこなくてもカイが自分で外国語の本場レシピを探してきてくれること、冬基が「これからの水曜日は必ず帰宅するから」と宣言したこと、それが彼女を舞い上がらせていた。一番お気に入りのワンピースを着て、髪も可愛く編み込んでいる。

だが気がかりなこともあるようだ。時折、顔がちらりと曇《くも》ってしまう。

気を抜いた桃が浮かない表情を浮かべるたび、カイがじっとそれを見る。彼は桃の感情の変化だけなら、感じ取れるようになった。

冬基はナプキンで口元を拭《ぬぐ》い、考えた。


——桃は触媒として完成した。彼女のおかげでカイは変化した。頃合いだ。


日付が変わるまでねばっていた桃も、睡魔に勝てずに二階へと上がっていった。色々と気を張って疲れていたのだろう。

カイも続いて自室に戻ろうとしたが、冬基が引き留めた。

「話がある」

「手短に言え」

お、返事があった。

しかも了承だ。

本当にこの男は変わった。敵と認識している冬基との話し合いに応じるなど。

「母のキャビネットの鍵を渡して欲しい。桃はそれが心配で、落ち着かないんだ」

「……桃が？」

カイの表情が変化した。ちらりと桃の部屋の辺りを見上げている。

「俺が会長になってからは、桃の身辺には密《ひそ》かに護衛をつけていた。普段は真礼、彼女がいない時は宮崎さんかタケさん、それ以外にもシークレットサービスを何人か雇ってね。誘拐なんかされたら困るし」

桃を一人にしないようにしていたのは本当だ。彼女自身もずいぶんと用心深くはなっていたが、強引に車に引っ張り込まれたりすれば終わりだ。最大限の注意は払ってきた。

「だけど、聖カテリナの内部のことまではね。上級生を使われて、学外に呼び出されて、まんまと罠にはまった」

「誰の」

カイの声が少し苛《いら》ついているのを楽しみ、冬基はしばらく経《た》ってから答えた。

「俺の祖父。三ツ野剛太郎だよ」

カイの目が見開かれた。

刃《やいば》みたいな形の目が、何度か瞬《まばた》きする。

「用心はしてたんだけどね、さすがに俺の祖父だ。俺の警戒網《けいかいもう》をかいくぐって桃をホテルの一室に呼び出し、母の鍵を探してこいと命令した。そうでないと、桃の上級生の恥ずかしい写真をばらまくと」

それから冬基は、桃がおそらく異人街シネマのために呉間由比子の誘いに乗ったのだろうと話した。

純粋だった少女が、ちょっと商売に色気を出して名家とつながりを持とうとし、騙《だま》された。哀れな話だ。

「呉間由比子の写真の現物は確認出来ていないけど、祖父のやることだしまあエグいもんだろうなって想像はつく。旧家のお嬢様にとっては死にたいぐらいのもんだろう」

冬基は大げさにそう言ったが、実際は大したことがない写真であるとの調べはついている。パーティで酒を飲まされた由比子が、介抱《かいほう》するからと近づいてきた男に身を預けている、その程度だ。

だが婚約者のいる彼女にとって、まずい写真であるのは間違いない。そして、たとえ呉間家が権力で写真を抹消《まっしょう》したとしても、深窓の令嬢である由比子にとっては恥辱《ちじょく》以外の何ものでもないことも。

「桃は、自分の祖父が上級生の人生を握っていることに恐れを抱いている。でも、鍵を下さいとお前に言い出せない。なぜだか分かるか？」

分からないだろう。

カイにはきっと、分からない。

「母の自殺の原因が分かれば、俺とお前が決定的に決別するんじゃないかと恐れているからだ。日記に、お前への愛情が綴《つづ》ってある反面、俺のことは愛せないだの何だの書いてあるんじゃないかって疑ってる」

カイの目は再び見開かれた。

今度は瞬きもしないまま、じっと冬基を見つめる。

「あのね、俺は母親が実子より養子のお前を気に入ってたのなんか、最初から知ってたよ。たぶん、幼児の頃から何でも出来た俺より、弱り切った状態で屋敷にやってきたお前の方に、手をかけたくなったんだろうね。まあ一種の母性だろう」

ただ美しいだけで何の取り柄も無かった薫は、自分の産んだ息子が頭脳も身体能力もずば抜けていることに怯えていた。最初は息子の優秀さを喜び、普通の母親のように愛していたが、やがて恐れるようになったのだ。

「俺は母が可愛がったことに嫉妬したことは一度も無い。お前が来る前から、あの人は俺を怖がっていたからな。だが、自殺の原因がどうしても分からない。俺はだから日記を読みたい」

こう説明しても、カイにはきっと嫉妬という感情の意味が分からないだろう。


「カイ。鍵を渡してくれる？　桃のために」


このセリフを言うためだけだ。

――このセリフを言うためだけに、桃を引き取った。

触媒の妹は上手く作用し、カイの感情を揺り動かした。

彼はしばらく黙り込んでいた。鍵はおそらく、貸金庫か何かに預けているのだろう。散々調べても突き止められなかったが、横浜からそう遠い場所に保管しているわけでもなさそうだ。

カイはやがて顔を上げた。

「ちょっと待ってろ」

そう言ってダイニングルームから出て行ったカイを、冬基は怪訝《けげん》な顔で見送った。

彼の部屋に鍵は無いはずだ。金属探知器で散々探したし、そんなすぐ分かる場所にカイが鍵を保管していたとも思えない。

やがてカイは、ダイニングに戻ってきた。

シャワーを浴びたのか？　髪と肌が少し濡れている。

そして、少しだけ漂っているのは――血の臭い。

カイは無言で手を出した。

小さくて精巧な鍵が乗っている。

冬基はそれを凝視した。いったいどこに保管していたのだ、部屋じゃないとしたら、いったい。

冬基はようやく気づいた。

シャワーを浴びたカイ。血の臭い。そして彼の酷《ひど》い顔色。

「……お前、肌の下に埋め込んでたんだね。それを刃物で取りだしたのか」

少々呆れて言いながら、冬基は手を差し出した。鍵をつまみ上げると、カイの皮膚の下で守られていたとは思えないほど冷たい。

「なるほど、お前が他人に肌を見せたがらないのは、鍵を隠していたからってのもあるんだね。他にも何か隠してるようだけど」

カイは返事をしなかった。

彼が夏でも長袖《ながそで》を着ている理由。学校のプール授業を拒否した理由。医者にも絶対に行かない理由。

全ては、彼の秘密のためだろう。おそらくは肌に何か彫《ほ》っている。

彼は七歳でここに連れてこられた時から、その「秘密」を隠してきた。

そして三年前、死の間際の薫に鍵を託された時、その元もと持っていた「秘密」の上に、鍵を埋め込んだ。絶対に誰にも見せないという強い意志があったからだろう。

冬基は鍵に軽くキスをした。

カイにウィンクしてみせ、ひらっと手を振る。

「ありがとう。じゃ、今から母親が自殺した理由を読んでくるよ」

そう言い残し、冬基はダイニングルームから出た。

いつもと同じ笑顔を残せたかどうかは、分からない。


桃《もも》は木曜日が好きではない。水曜日に一番遠い日だからだ。

だがクラス対抗の賛美歌コンクールを控《ひか》えているし、異人街シネマのシルバーデイもあるし、何だかんだで忙しい。学校や映画館でバタバタしていると木曜日はすぐに過ぎる。

冬基《ふゆき》とカイと三人で「チェブラーシカのご飯」を食べた翌日もまた、桃は忙しかった。

賛美歌のオルガン伴奏《ばんそう》をする子が「私じゃ無理」と泣き出し、その子をなだめたり、代わりの演奏者を探したりで、クラス中が大わらわだったのだ。

しかも今日から異人街シネマではタルコフスキー監督特集を組んでいる。シルバー世代だけでなく、マニアックな一般客も来てくれるはずだ。そのためにはオーナーの自分が映画館にいないと。

何とかオルガン伴奏の子を復活させ、クラス全員で放課後の賛美歌練習をこなすと、桃はすかさず異人街シネマに駆けつけた。

すると映写技師の皆川《みながわ》が、顔色を変えて桃に駆け寄ってくる。

「桃ちゃん！」

「皆川のおじちゃん、どうしたの？」

もう上映まで間もない時間帯だ。映写室にこもって機械の調整をしているはずの彼が、なぜホールに飛び出してきたのだろう。

他のスタッフもわらわらと桃の周りに集まってきた。心配そうな顔だ。

大学生スタッフの一人が桃にスマホの画面を見せた。

「コレ見て桃ちゃん、ついさっきのニュース！」

怪訝《けげん》な顔でそれをのぞいた桃は、思わず硬直した。

『三ツ野《みつの》グループ、セイシンコーポレーションに合併《がっぺい》吸収。実質的な身売りか？』

そんな記事のタイトルだ。

桃は混乱して、スタッフたちとスマホ画面を何度も見比べた。

「え？　え、これどういうこと？　合併って、えと」

「冬基さんが三ツ野グループをライバル企業に売ったんだよ！　クーデターで会長になったとたんに！」

大学生スタッフは興奮気味に言った。

皆川も、ごま塩の顎髭《あごひげ》を撫でながら溜息をつく。

「こりゃあ、ライバル企業の協力でクーデターを成功させたんだろうな、吸収合併を条件に」

そう説明されても、桃にはよく意味が分からなかった。

冬基はライバル企業に身売りするために、三ツ野グループを乗っ取ったのか？　一体どうして？

ふと、剛太郎の顔が脳裏《のうり》に浮かんだ。

祖父が身一つで興《おこ》した会社を全て、ライバルに叩き売る。

もしかしてこれは、冬基の復讐か？　薫《かおる》が自殺したことと何か関係があるのか？

嫌な予感がする。

真っ青になった桃は、冬基の秘書である佐田《さた》に電話をした。

『桃さん！　よかった、こちらから連絡しようとしていたところです』

「あの、冬基お兄ちゃんは大丈夫ですか？　会社のことはよく分からないんですが、三ツ野一族の人たちに恨まれませんか？」

『――恨まれます。たくさんの人間がクビになりますから』

下手な慰《なぐさ》めは無駄。

佐田はそう思ったのか、諦《あきら》め気味にそう答えた。息を飲んだ桃に、更に続ける。

『ヘタをすると、社長を――冬基さんを道連れに心中しようと考える者も出てくるでしょう。それぐらいのことをしでかしたんです、冬基さんは』

佐田も今回の吸収合併については何も知らなかったそうだ。クーデターには密《ひそ》かに協力したが、まさか何十年もいがみ合ってきたセイシンコーポレーションと手を組むとは、想像だにしなかったらしい。

その時、桃にさらなる着信があった。

画面に表示されているのは――冬基の名だ。

桃は慌てて佐田に断りを入れ、通話を切った。すぐに冬基からの電話を受ける。

「お兄ちゃん⁉」

『桃？　どうしたの焦《あせ》ってるみたいだけど』

「だ、だって…っ」

冬基の声はどこかのんびりとしていた。いつもと全く変わりがない。

一瞬、この吸収合併劇も冬基にとっては何でもないことなのかと思った。身売りどころかライバル企業に食い込んで、我が物にしたのかと。

だが冬基の次の言葉で、桃は凍り付いた。

『桃、今から屋敷のサンルームにおいで。俺の母親の日記を読ませてあげる』

冬基はそう言って唐突に通話を終えた。

——剛太郎が読みたがっていた薫の日記。

冬基は、キャビネットを開けることが出来たのか？　カイが持っていたはずの鍵を、どうやって手に入れたのだ。

ごく普通に、冬基がカイに鍵をちょうだい、と頼んだとは思えない。その程度でカイが鍵を渡すなら何年も前にそうしていただろう。

もしかして冬基は、カイに対して強引な手段を使ったんじゃないだろうか。まさか、物理的な暴力や拷問《ごうもん》など——。

桃は真っ青になり、混乱しながらも「三ツ野邸に戻る」とスタッフに説明した。

すると車より速いから、と皆川さんがバイクの後ろに桃を乗せてくれる。制服のまま彼の荷台に横座りした桃は、すっ飛ばすバイクの後ろで必死に祈っていた。

母親の自殺の理由を、きっと冬基は知ってしまった。

たぶん、母親が自分を愛していなかったことも。

三ツ野邸に到着すると、皆川さんは桃の肩をポンと叩いた。

「しっかりしな、桃ちゃん。あの兄ちゃんは大したタマだ、今度の波もきっと乗り切るさ」

「うん」

皆川に礼を言って別れた桃は、屋敷に入った。

いつもなら出迎えてくれるはずの宮崎《みやざき》さんがいない。屋内が静まり返っている。

だが突然、二階から獣《けもの》のような唸《うな》り声が聞こえてきた。

いや、獣とも思えない。金属がきしむような耳障《みみざわ》りな音。本能的に人を不快にさせる音階。

「お兄ちゃん！」

何か良くないことが起こっている、それだけは確信した。

階段を駆け上った桃は、一瞬足を止めた。――サンルームのドアが開いている。

大きく深呼吸し、桃はサンルームにゆっくりと足を踏み入れた。

「桃」

笑顔の冬基。

みずみずしい緑が映る窓を背景に立っている。窓枠《まどわく》をフレームにした絵画みたいだ。

そして彼から数メートル離れたところに、杖《つえ》をついた剛太郎。桃の存在に気づく様子もなく、肩で大きく呼吸している。

彼は震えながら言った。

「よ、よりにもよって、セイシンの奴らに身売りだと」

人間の声とは思えなかった。さっき聞こえた耳障りな音は、彼が絞《しぼ》り出す呪いの声だ。

「最も条件が良かったんですよ。俺がそうまとめたんですけどね」

笑顔の冬基に、剛太郎は激高した。

「あいつらは資本の少なかった俺を貧乏人だと笑ったんだぞ！　セイシンは政府から援助を受けてたくせに、身一つで会社を興《おこ》した俺をドブの臭《にお》いがすると嘲笑したんだぞ！」

興奮のあまり赤黒くなった剛太郎に、冬基は平然と返した。

「それは感情論ですよ、お爺様。三ツ野グループの将来にとって、これが一番いいと思ったまでです。お爺様も俺が祐三《ゆうぞう》おじ様にとって代わる時は黙って見守っていてくれたのに、どうして今回だけ騒ぐんです？」

「祐三よりお前が会長にふさわしいと思ったからだ！　俺の血族の中で一番優《すぐ》れているのはお前だからだ！　お前ならもっともっと三ツ野を盛り立ててくれると思っていたのに、セイシンに身売りなど……っ」

剛太郎の身体の震えが、やがて痙攣《けいれん》のようになってきた。

かと思うと大きく咳《せ》き込《こ》みだし、自分の喉《のど》を両手で押さえて床に倒れ込む。

それまで固まっていた桃は、慌てて剛太郎に駆け寄った。

「お爺様！」

本当は祖父と呼びたくない人物だが、そうも言っていられない。明らかに身体に異常をきたしている。

救急車。

いやその前に応急処置か。

桃がおろおろしていると、冬基が剛太郎の肩を靴で踏んだ。

「お兄ちゃん⁉」

衝撃で固まる桃に目もくれず、冬基は邪悪な笑みを浮かべた。

「おい聞こえてるか、クソじじい。お前の作った会社は全て壊れたよ、もう三ツ野の名が株式欄をにぎわすことはない」

普段とはまるで違う乱暴な冬基の口調に、桃は怯《おび》えた。

そんな場合ではないのに、せめて剛太郎の肩から冬基の靴をどかさなければ、そんなことを考えている。

「最初はグループ乗っ取りしか考えてなかったよ。セイシンの奴らの協力だけを取り付けて、吸収合併の話は反故《ほご》にする予定だった。だが母親の日記を読んで考えを変えた。お前の会社なんか潰してやるってな」

冬基の靴は、桃がどんなに力をこめても動かなかった。ぎりぎりと剛太郎の肩に食い込んでいく。

「あとな、お前の血族の中で一番優秀な俺は、今後絶対に子孫を残さない。結婚はしない、婚外子《こんがいし》も作らない」

「ふ、冬基……」

荒い息で見上げた剛太郎を、冬基は憎悪の目でにらみつけた。

「てめぇの薄汚え血はここで途絶えるんだよ、分かったか」

冬基の靴が剛太郎の肩を蹴《け》り上《あ》げた。

ドスッと容赦《ようしゃ》ない音がして、桃は泣きながら冬基の脚を押し返そうとした。

「止《や》めて！　お兄ちゃん止めて、お爺様が死んじゃう！」

それでも冬基は桃を見なかった。

凍るようないちべつを剛太郎に向けると、そのまま背を向け、サンルームから出て行ってしまう。

さっき絵画のように美しいと思った兄が、一瞬で仮面を脱ぎ捨て、笑顔の下の本性を剝《む》き出《だ》しにした。

それからのことはあまり覚えていない。

救急車を呼び、剛太郎が運び出される頃、ようやく宮崎さん夫妻が帰ってきた。冬基から遠ざけられていたようだ。

異変を察知した真礼《まれい》も駆けつけてきたが、彼女の言葉が桃には届かなかった。

サンルームに残された桃は、ただ泣いていた。

冬基の剝き出しの憎悪。

それを見てしまって怯えているのではない。

冬基が剛太郎にあんな仕打ちをするほどのことが、薫の日記には書かれていたのだ。

——冬基の母は、冬基に酷《ひど》いことをしたのだ、きっと。

カイの幼少期も幸せではなかったようなのに、冬基まで。

「桃、ほら、せめて椅子に座りな」

真礼にうながされ、桃はようやくふらふらと立ち上がった。古い揺り椅子に座らされる。

冬基の母が愛した部屋。きっとこの揺り椅子に座り、窓の外を眺めたのだろう。初夏の鮮《あざ》やかな緑に、目を焼かれる。

窓枠には、一冊のノートが立てかけられていた。

——薫の日記だ。

じっとその表紙を見つめた。

どのぐらいの時間そうしていたのか、ようやく桃は意を決した。

「真礼ちゃん。しばらく一人にしてもらえる？」

「……分かったよ」

真礼は何か言いたそうだったが、桃の頭に軽く手を置くと、そのままサンルームから出て行った。

揺り椅子から立ち上がった桃は、日記を手に取った。

表紙はスズランの押し花だ。手作りのようだが、毒のある花を表紙にした薫の心境が、桃には理解できない。

最初のページを開いた。日付を見ると、薫が自殺する三ヵ月ほど前から始まっている。

『2月12日
怪物の義父と、怪物の息子。
二人の怪物に挟まれ、私も怪物になりそうだ。
人間でいたい。せめてあの日までは。』

『2月13日
血を分けた息子を怪物と呼ぶなんて、昨日の私は何て恐ろしいのだろう。
怪物だなんて。怪物だなんて。』

『2月14日
人の心を読む力は、超能力なのかもしれない。
私があの子を愛せないことを、あの子は知っている。
知っていて笑っている。』

『2月15日
四月にはカイが大学二年生になる。
あの日が近づいてくる。
あの日までは。あの日までは。』

律儀に三行ずつ書かれた日記は、ずっとその調子だった。

「私」以外に登場するのは「怪物の義父」と「怪物の息子」、「あの子」、「カイ」、それだけだ。

「怪物の息子」と「あの子」は冬基だろう。文面から、我が子を愛せない苦しみが伝わってくる。

だが、「あの日」とは何のことだろう。カイが大学二年生になった年のことのようだ。

ページをめくるのが桃には苦痛だった。

どの文章も断片的ではあったが、彼女が結婚してからのことが少しずつ分かってくる。

まだ二十歳の時、薫の家柄に目を付けた剛太郎は、大金で買って息子・啓二《けいじ》の嫁にあてがった。

啓二は全く家庭を顧《かえり》みず、自称ジャーナリストとして外国を飛び回っていた。

やがて薫は妊娠したが、「愛していない男の子供が私の中にいる。それが恐ろしい。」と綴《つづ》ってある。

初産《ういざん》は拷問のようだった。

それでも、生まれてきた息子の顔を見ると愛《いと》おしく思った。目元が薫に似ていた。

息子は優秀で、最初はその美しさと賢《かしこ》さが誇《ほこ》らしかったが、その息子が段々と義父に似ていくことに、薫は怯えた。

わずか五歳で人の心を読み、愛らしい笑顔で他人の心を鷲《わし》づかみにする。冬基は幼児の頃から周囲の人間をたくみに操った。恐ろしい義父にそっくりだった。

薫には我が子が異常とも思えたが、誰に相談することも出来なかった。初めての子を無条件で愛さないなんて女じゃない。お前は何て残酷な人間だ。そう非難されることを恐れた。

何よりも怖かったのが、冬基がそれを悟《さと》っていたことだ。

彼が七歳になったある日、不思議そうに「お母さまはぼくがこわいの？」と聞いてきた。

そんなことはない、私はお前を愛している。そう言ったが、きょとんとした冬基は、やがてにっこりと笑った。「お母さまがそんなにあわてるってことは、ぼくをこわがってることを、まわりに知られちゃだめなんだね」と言った。

それから冬基は、薫が息子を愛せないことを周囲に悟らせないよう行動した。親戚や家政婦の前では「とても優秀だけど母親の前でだけは少し甘ったれ」になる子供を演じた。「だいすきだよ、お母さま」、その言葉は、二人の他に誰かがいる時だけ発せられた。要するに観客が必要だった。

それでも冬基が誘拐された時は、薫はひどく取り乱した。

もうあの子に会えないのではないかと泣き叫び、気も狂わんばかりだった。

だが冬基を心配する一方、「誘拐された息子を思って泣き叫ぶことが出来る自分」に安心した。

やっぱり私は息子を愛している、私は普通の人間だ。そう思うことが出来た。

やがてカイが突然、啓二によって三ツ野邸に連れてこられた。

誰の子かも分からない存在に、薫は最初、怯えて混乱した。

だがカイが全く話さず、視線を動かさず、何の反応もしなかったので、薫は少しずつ彼を愛するようになった。「私が愛する植物に似た子供だった。水と日光で少しずつ成長していくが、話さない」。

そして啓二は、薫にカイを託《たく》したまま外国へ行き、失踪《しっそう》。何らかの戦乱に巻き込まれたらしいが、情報は無かった。

薫は古い屋敷に、怪物の実子と他人の子とともに残された。

冬基は手がかからない子供だったが、カイを育てるのには苦労したようだ。薫が食べさせて、話しかけ続けた。だがどうしても着替えだけは手伝わせてくれなかった。彼は他人に裸を見られるのを極端に嫌った。

それから二年経《た》ち、カイはようやく薫へと視線を向けるようになった。

彼は外国のロケット打ち上げ中継を見て、初めて言葉を発した。「これから寒くなる」と。

その言葉は桃にも覚えがあった。去年、桃がカイと一緒にロケット打ち上げ中継を見た時、そのようなことを言った。大気に穴が空くからだそうだ。

ここまでの内容は大体、桃が予想していた通りだった。剛太郎が言っていた「薫は冬基よりカイを可愛がっていた」というのは本当だったのだ。

冬基がこれを読んで、平気だったはずがない。

聡《さと》い彼のことだから、母が自分よりカイを愛しているのには気づいていたはずだ。

それでも、こうして日記という形でそれを突きつけられることは、心臓にナイフを突き立てられるのに等しい。冬基がいくら強い精神力を持つ人間でも、辛くないはずはないのだ。

だが、冬基があれほど剛太郎に怒った理由がまだ分からない。ここまでの内容だと、薫は単純に義父を怖がっているだけだ。そして謎の「あの日」。

日記を読み進めていくうちに、それらは判明した。

驚いたことに、剛太郎は啓二が失踪した翌年から薫に身体の関係を迫っていた。

失踪した息子を心配するどころか、その間に息子の嫁を我が物にしようとしていたのだ。

その年から薫の剛太郎への恐怖は大きくなっていく。彼女は屋敷に閉じこもるようになり、剛太郎に会わないよう避け続けた。住み込みの家政婦を常に側《そば》に置き、非常ベルも手放さなかった。

やがて啓二が失踪して七年経つと、剛太郎は裁判所に失踪宣告を出させようとした。そうすると啓二は法律上では死亡扱いとなり、剛太郎は薫と再婚できるからだ。

だが薫はかたくなに啓二の失踪宣告を拒《こば》んだ。

どれだけ剛太郎が脅《おど》してもそこだけは譲らなかったようで、再婚を拒否し続けたようだ。

剛太郎から逃げ続けることで、薫の精神は少しずつ摩耗《まもう》していった。

元来、彼女は強い心の持ち主ではなかった。怪物の義父と戦うには弱すぎた。

やがて薫の日記には頻繁《ひんぱん》に「植物になりたい」という言葉が現れ出す。「水と日光だけで生きたい。何もしゃべることが出来ず、誰の言葉も耳に入らない。そんな存在になりたい」。

明確に死を暗示する言葉だった。「土の下に潜《もぐ》りたい」「冬眠したい」という言葉も出てくるようになる。

剛太郎は薫と再婚し、自分の子供を産ませようとしていた。啓二との間に冬基という優秀な子供を産んだのだから、俺の種ならもっと優秀な子供が産まれるはずだ。そう言っていたようだ。

桃は段々と吐き気がしてきた。剛太郎は怪物だ、紛《まぎ》れもなく。

ここまでの内容は全て回想だった。

日記は薫が自殺する三ヵ月前から書き始められており、おそらくは死を覚悟して、これまでの人生を振り返っているのだろう。

彼女はカイが大学二年生になった四月、「やっと解放される」と「もうすぐ」と綴っている。

日記の最後のページは「5月9日」だった。

桃は思わず眉をひそめた。カイの誕生日じゃないか。

『5月9日
カイが成人する。
もう親権《しんけん》は発生しない。私が死んでもカイをあの怪物の義父にとられることはない。
私はカイを守り通した。だから植物になって眠る。』

カイの親権。

ようやく桃は全てを理解した。

薫はずっと、カイの親権が剛太郎に行くことを恐れていたのだ。

もし薫がさっさと自殺してしまえば、未成年のカイの親権は剛太郎へ行ってしまう。すでに成人していた冬基や叔父の祐三氏なども考えられるが、剛太郎がカイを強引に引き取って、道具のように扱うのでは、と恐れたのだろう。

最後のページを読み終わった桃は、深い溜息をついた。

薫が死んだのは、剛太郎から逃《のが》れるためだ。

彼の子供を産まされるぐらいならと、彼女は死を選んだ。

だがカイが成人するまでは、彼女は耐えた。カイを愛していた証拠だ。

それなのに、冬基は。

実母から「怪物の息子」と呼ばれ、薫の死の直前にはその存在さえ日記に書かれていなかった冬基は。

日記を閉じようとした桃は、裏表紙にもメモ書きがあるのに気が付いた。

色紙にボールペン字なので読みづらいが、光の角度を変えると文章がいくつか浮かび上がってくる。


『この日記は、剛太郎氏に言われて書き始めた。彼の言葉を記《しる》す。』

『俺から逃げ続けるのは辛いだろう、俺が怖いだろう、だったらそれを日記につけろ。日記が溜まったら俺が読む。俺は他人が俺を恐れているのを見るのが大好きだ。お前に怯えられる俺が大好きだ。』

『私は言われるままに、死の直前となった自《みずか》らの心境を書き連ねた。そして剛太郎氏に日記の存在を伝えた。』

『私に恐ろしく執着している彼。だが絶対に日記は読ませない。彼が読みたがる日記は存在するのに、読むことは出来ない。カイが守ってくれる。キャビネットの鍵を守り続けるよう伝える。』

薫は剛太郎への復讐のために、この日記を書いたのか。

単なる告発ではなかった。

彼が読みたがる内容を赤裸々《せきらら》に綴《つづ》り、その存在を伝え、なのに読ませない。それが薫のささやかな復讐だった。

カイは薫に頼まれ、ずっと鍵を守ってきたのか。

なのになぜ突然、それを冬基に渡したのだろう。

桃が考え込んでいると、スマホが鳴った。

――カイだ。

一瞬、桃は電話に出ることを躊躇《ちゅうちょ》した。

あんなに怒った冬基を見たのは初めてだったし、その理由はカイの存在そのものにも原因がある。

だが、自分たちは兄妹だ。三人できちんと話せば、きっと分かり合えるはず。

桃は電話に出ると、勢い込んで話し始めた。

「カイお兄ちゃん!? あのね聞いて、たった今、冬基お兄ちゃんが」

『桃』

彼の声はどこか遠かった。

いつものように硬いが、それだけではない。何かを決意した響きがある。

「……お兄ちゃん?」

『桃。俺はモスクワの大学に行く』

モスクワ。

というと、ユーラシアの端っこ。あんなに遠い場所に、何の用が？

カイの言葉を理解できないまま呆然としていると、彼は言葉を続けた。

『夏の発掘遠征を終えたら、そのままあちらの大学院に編入する。もう日本には戻らない』

「……ど、どうして」

自分の身体が震えているのが分かった。足元が崩れ落ちるようだ。

カイはしばらく沈黙していたが、やがて言った。

『キャビネットの鍵を、俺があいつに渡した。俺があいつを壊した。もうその屋敷には戻れない』

再びカイは黙り込み、言った。

『じゃあな、桃』

そこで電話は切れ、桃は床にがくりと座り込んだ。

戻らない、じゃなくて、戻れない。

桃は震える手で、冬基に電話をかけた。

呼び出し音は鳴り続けたが、彼が電話に出ることはなかった。

RECIPE.06

水底のひまわり

桃《もも》の初めての海外はイタリアになりそうだ。

自分が外国を訪れるならまずハリウッドのあるアメリカだろうと思っていたが、聖カテリナ女学院の修学旅行が毎年イタリアとバチカンらしい。さすがカトリック系の金持ち女子校だと感心する。

梅雨入《つゆい》りした六月のある日、珍しく早めに帰宅した冬基《ふゆき》に桃がそう報告すると、彼は軽く言った。

「イタリア？　飯が美味《うま》いからいいいんじゃない」

桃が作ったタコとオリーブのサラダを口に放り込んだ彼は、あまり口に合わなかったか軽く首をかしげ、次に半日ほどオリーブオイルに漬け込んだ牛肉にフォークを伸ばした。今度はお気に召したらしく、表情が少し緩《ゆる》む。

「ん、美味いね。これ何？」

「カルパッチョですよ。日本だと鮮魚のイタリア風お刺身みたいなのばかりだけど、本場では牛肉がほとんどだそうです」

豪快にルッコラを巻き込んで牛肉カルパッチョを平らげた冬基は、満足そうに赤ワインを流し込んだ。はっきりした味付けを好む彼に合わせ、胡椒《こしょう》とワインビネガーを利《き》かせたのが良かったようだ。

冬基はディナーならワインボトル一本ぐらい軽く空《あ》ける。本人には酒を飲んでいるという意識さえ無いらしく、口の中をさっぱりさせる液体という扱いのようだ。そもそも桃は、彼が酔っているのを見たことがない。

「桃、料理うまくなったよね。メインが楽しみだな」

今日は水曜日。

いつもの三ツ野《みつの》家晩餐会《ばんさんかい》の日だが、カイはいない。中央アジア発掘遠征のプレ調査というのに行っており、中央アジアに滞在するらしい。本格的な発掘前に現地で調整が必要だそうで、東森《ひがしもり》教授の通訳兼助手として付き添っているそうだ。

数ヵ国語が出来る彼は国際合同調査チームで重宝されているらしく、寝る間もないらしい。桃がメッセージを送れば十数時間後に短い返事は来るが、あちらの状況はよく分からない。むしろ日本にいる古葉《こば》や安藤《あんどう》に聞いた方が早いぐらいだ。

ちゃんと食べているのか、潔癖性気味のくせに外国の宿で過ごせるのか、あの無愛想さで多数の外国人と交流できるのか、心配事は山のようにある。だが日本で遠征準備を進めている古葉と安藤も死ぬほど忙しそうで、彼らを質問責めでわずらわせることも出来ない。

桃はカイがいない淋しさと、心配と、弟について何一つ話そうとしない冬基へのもやもやを顔に出さないよう、にこりと笑った。

「今日のメインは、オムレツですよ」

「オムレツ？　ディナーに？」

意外そうに言った彼にうなずいて見せ、桃はカウンターを回ってキッチンに入った。今日はカイの代わりに、桃が料理人兼給仕だ。

「十月の修学旅行でイタリアに行くって言ったら、異人街シネマのスタッフさんが自宅でイタリア映画大会を開いてくれたんです。そこで、マルチェロ・マストロヤンニとソフィア・ローレンの『ひまわり』に出てきたオムレツを食べてみたいね、って話になって」

桃は相模原《さがみはら》の農園から通販した高級な卵を、次々とボールに割り入れた。本当は片手でかっこよく割ってみたいが、自分の小さな手では難しいので大人しく両手を使う。

カッカッ、と何度も卵を打ち付けていると、冬基がテーブルから不審そうな声をかけてきた。

「卵、何個割ってるの？」

「二十四個です」

「二十四！」

さすがの冬基も驚いたようだった。わざわざ立ち上がり、カウンター越しに桃の手元をのぞき込んでくる。

「うわー、妖怪百目《ひゃくめ》みたいになってる……これ、二人分？」

「冬基お兄ちゃんが頑張って食べて下さい。だってマストロヤンニが焼く田舎《いなか》風のオムレツは、卵二十四個が絶対なんですよ」

料理や食事シーンが印象的な映画は数あれど、「びっくりした料理シーン」でよく名前をあげられると言えば、この『ひまわり』のオムレツだ。たった二人のために二十四個も卵を使うという衝撃映像に、映画の筋は忘れてしまったのにオムレツだけは覚えているという人も多い。

マストロヤンニは、死んだ祖父も結婚式の翌日にこれを焼いたんだと言いながら、フライパンからはみ出さんばかりの巨大オムレツを新妻に出す。物悲しいストーリーの中、二人でオムレツを食べるシーンだけが唯一、幸せの象徴だった。

「うーん、ディナーにオムレツかあ」

「ちゃんと他にお肉あります！　あるからお願い、マストロヤンニのオムレツ食べるの手伝って。冬基お兄ちゃん？」

卵をかき混ぜながら小首をかしげて見せると、冬基は苦笑した。

「二十点。笑顔があざとすぎ」

「落第点ですか」

「相手の男によるけどね、あんまり自信無さそうに料理を出した方が効果的なこともあるよ」

「ふふっ、肝《きも》に銘《めい》じておきます」

桃は笑顔を崩さなかった。

今は楽しい兄妹の時間。たわいもないじゃれ合いの会話をキープしなければならない。

冬基の亡くなった母である薫《かおる》の日記を読み、彼女の死の真相を知った彼は、祖父・剛太郎《ごうたろう》の興《おこ》した三ツ野グループを乗っ取ったあげくライバルに売り渡すという復讐をやってのけた。剛太郎だけではなく三ツ野一族全体を巻き込んだ、テロのようなものだ。

もちろん冬基は三ツ野一族からの凄《すさ》まじい怨嗟《えんさ》の声を浴びることとなったが、どこ吹く風だった。怒り狂う老人たちは相手にもせず、自分が立ち上げた会社Treasure Chest《トレジャーチェスト》だけはしっかり守るため、株の半分以上を信頼の置けるアメリカ人部下に譲ったそうだ。そしてTreasure Chestでは「外部から招かれた顧問《こもん》」という形で、今までと全く同じ業務をこなしているという。

もし冬基に恨《うら》みを持つ三ツ野一族がTreasure Chestに攻撃をくわえたとしても、現在の表面上の代表取締役はアメリカ人だ。訴訟《そしょう》大国の人間相手に下手《へた》なちょっかいをかけようものなら、ややこしいことになってしまう。しばらくはこの形態のまま、いずれ事態が落ち着けば、また冬基が代表に返り咲く算段らしい。

桃には難しいことはよく理解できなかったが、冬基の個人秘書の佐田《さた》に、「もしそのアメリカ人が裏切って会社を返さなかったらどうするんですか」と聞いてみた。すると佐田は苦笑してこう言った。

——あの社長にそんな隙があると思いますか？

彼はそれだけしか教えてくれなかったが、想像はついた。おそらく冬基はそのアメリカ人部下を完全に掌握《しょうあく》しているのだろう。利益をちらつかせたか、弱みをがっちり握っているか、どちらにしろ冬基が自分の会社を乗っ取られるようなへまをするとは思えない。

もう一つ桃が心配だったのは、いずれ冬基が「Treasure Chest」の社長に返り咲いたとしても、多少の時間をおいたぐらいで三ツ野一族の恨みが収まるとは思えなかったことだ。冬基が社長に戻ったとたん、一斉に攻撃されるのではないか。それも佐田に尋ねてみた。

すると意外な返事が来た。

——冬基さんがセイシンコーポレーションとの吸収合併を発表した翌日から、三ツ野一族でも変わり身の早い方々がご機嫌伺いの列を成していますよ。

すでに三ツ野グループという名が消滅してしまった以上、泣いてもわめいても仕方がない。ならば次善《じぜん》の策は、セイシンコーポレーションから相当の地位と権利を約束されているであろう冬基に何とか取りすがり、保身に走り回るだけだ。若くてまだ将来のある者ほど、さっさと三ツ野の名に見切りを付けて冬基の傘下《さんか》に下《くだ》っているという。

佐田によると、セイシンコーポレーションとの合併は三ツ野グループにとってそう悪い話でもないらしい。むしろあの条件の悪さでよくここまで持ってこれたもんです、と褒《ほ》めていたぐらいだ。

お互いに成績のぱっとしない部門を補《おぎな》い合い、流通も一本化したため、かなりの経費削減《さくげん》が見込めるそうだ。冬基は今後、セイシンの国内事業に深く関わっていくらしい。

冬基の仕事の方は何ら問題ない。あの兄が足下《あしもと》をすくわれるような事態に陥《おちい》るとは思えないし、佐田も大丈夫だと太鼓判《たいこばん》を押している。桃が一生懸命に読んでみた経済新聞でも、あの劇的な合併劇を褒める論調だった。

だが、桃が不安に感じているのはそのことではない。

薫の日記が出てきて以来、冬基とカイは顔を合わせていないはずだ。

合併劇を仕切った冬基は以前にも増して忙しく、ほとんど屋敷に帰ってこない。今晩の晩餐だって久しぶりだ。

そしてカイはと言えば、明確に冬基を避けている。

桃が学校に行っている時だけ屋敷に戻ってくるらしいが、滞在することはない。どうも大学の近くにアパートを借りているようで、桃が話をしたくても出来ないのだ。

夏からの発掘遠征が終わったらそのままモスクワの大学に編入するというカイ。

桃はそのことを、どうしても冬基に言えない。

彼は今、カイの存在を無かったものとして振る舞っているわけではない。あれ以来全く会っていなくても、ごく普通に「あいつも忙しそうだね」とは言う。

表面上はただ、仕事に忙殺《ぼうさつ》される長兄《ちょうけい》と研究の忙しい次兄《じけい》が一ヵ月ほど顔を合わせていないというだけだ。

だがカイがモスクワに行くつもりであることを話せば、冬基は平然と笑って言うだろう。「俺から逃げたんだね」と。それは表面的な平和さえ無かったことにしてしまう言葉だ。

桃は思う。兄妹三人がそろっていた水曜日はもう、訪れない。

自分たちは今、薄氷《はくひょう》の上を歩いている。

氷の上には美しい季節の花が咲き、豪華な屋敷があり、衣食住に何ら不自由しない生活がある。しかしその下には凍《こご》えるような水ばかりでなく、わずかな水流の乱れで爆発しかねない火山が眠っている。

冬基が剛太郎を踏みつけ罵《ののし》ったのは、ほんの少し噴煙《ふんえん》が上がったに過ぎない。

本当の爆発は、冬基とカイの全面対決。

今、彼らは顔を合わせない方が良いのだと、桃は必死に自分に言い聞かせている。それが永遠に会わない方がいいとなってしまう危険性は、なるべく考えないようにしていた。

二人は少なくとも、カイが養子として引き取られてから十五年、同じ三ツ野邸で過ごしてきた。きっと何か、薄氷の下のマグマを鎮《しず》める道があるはずだ。

桃は料理をしながら、それらの思いを表情には決して出さなかった。

熱々のフライパンに黄金色《こがねいろ》のバターを溶かし、流し込んだ卵を笑顔でかき回す。トロトロになるまでじっくり火を通し、オムレツの縁《ふち》がほんのり固まってきたら中央に寄せてまた混ぜる。

卵料理は火加減が命で、卵の温度や室温に大きく左右されるから、「弱火で何分」というマニュアルは通用しない。だからきっと、カイには美味《おい》しいオムレツが作れない。

彼がちゃんと栄養を取っているのか、もう何度目になるか分からない心配をしながら、桃は直径三十センチもありそうなオムレツを焼き上げた。大皿の上でポンとひっくり返す。

横浜で一番美味しいと評判のパン屋で買った田舎風バゲットを添え、桃はマストロヤンニの巨大オムレツを食卓に運んだ。

「うっわ、パンケーキみたいだね」

「予想以上にふわふわになってくれました」

桃はBGMに『ひまわり』のサントラを流した。辛気《しんき》くさいメロディだなあという冬基のぼやきは無視し、祖父の形見《かたみ》である映画のパンフレットも見せる。

「ほら、二十世紀イタリアを代表する美男美女スターですよ」

桃が内心ひそかに冬基に似ていると思っている、垂《た》れ目《め》で甘い顔立ちのマストロヤンニには目もくれず、冬基はソフィア・ローレンのみを褒めた。

「いいね、背が高くてグラマーで、凄く気が強そう。こういう頬骨《ほおぼね》の張った獰猛《どうもう》な顔、好きだな」

一年以上も一緒に暮らせば兄の異性のタイプも分かってくるが、冬基は一貫してきつい顔立ちの女性を好む。愛想笑いや天然のふりなどすぐ見抜いてしまう彼は、本心剝《む》き出《だ》しの強い瞳の方がいいのだろう。

だが彼は剛太郎に、「結婚はしない、子孫は残さない」と宣言した。ただ三ツ野の優秀な血を絶やしたいという、祖父への復讐のためだけに。

ふと、桃は想像した。

冬基とカイと自分が再び同じ屋敷で暮らすようになる。冬基が連れてきたソフィア・ローレンみたいな美女も水曜日の晩餐会に加わり、自分は初めて出来たお姉さんにドキドキする。

どうせカイはまた無言をつらぬくだろうから、桃は必死に場を取《と》り繕《つくろ》い、「いつもこうなんで気にしないで下さい」と彼女に言うだろう。きっと冬基はニヤニヤしながら、そんな自分を見ている。

——そんな日が。

そんな日が来ると夢想《むそう》してしまう自分が、悲しい。

「桃」

ふいに声をかけられ、桃はビクッと肩をすくめた。いつの間にか自分は、バゲットを手にしたまま固まっていた。

「さすがに俺一人じゃ、二十四個分の卵は食べられないよ。せめて四個分ぐらい頑張って」

「……四個は無理です、二個分で」

「最初から俺に二十二個分食わせるつもりだったの？」

冬基の笑顔はいつもと変わりがなかった。

何も聞かない彼には、何も聞いてはいけない。自分はこのまま、「カイはただ研究が忙しいからここにいないだけ」という演技を続けなければならない。

この何気ない日常のシーンは、いつ終わるのだろう。

いつまでこの緊張状態を続けなければならないのだろう。

ぎりぎりで形を保っている半熟オムレツをスプーンですくい、バゲットに乗せた。とろとろと崩れそうになるそれを口に運ぶ。塩胡椒《しおこしょう》とバターだけのシンプルなオムレツは、美味しいかどうかも分からなかった。ただ、火を通した卵と塩と胡椒の味がする。

「桃。最近、周囲で変わったことはない？」

突然そう聞かれ、桃は戸惑った。冬基の笑顔は相変わらずで、全く読めない。

「学校でですか？」

「学校でも、映画館でも、その他でも」

「変わったことって……しいて言えば、二年生は修学旅行の話でもちきりなことぐらいでしょうか。クラスメイトの三分の一はもうイタリアに行ったことがあるそうで、さすがお嬢様学校って感じです」

「転校生や、急遽《きゅうきょ》赴任してきた先生なんかはいる？」

転校生や新しい先生？

冬基が何を聞きたいのか分からないまま、桃は首を振った。すると重ねて尋ねられる。

「じゃあ異人街シネマのスタッフに、新しい人はいる？」

「ずーっと同じです。一番新しい人でも、一年以上前に来てくれたバイトさんですよ」

申し訳ないほどの時給しか出せないのだが、スタッフはよく働いてくれている。みんな、ただ映画が好き、映画館に関わっていたい、という思いで続けてくれているのがよく分かる。

「じゃあお客さんで、急激に桃に接近してきた人はいる？」

「お客さんですか……」

二月の冬基誘拐事件ですっかり有名になった異人街シネマも、さすがに数ヵ月も経《た》つと興味本位の客は減ってきた。

だが定期的に通ってくれる人も増えたし、メンバーズカード会員も二割ほどアップした。未《いま》だにどの映画が当たるかは博打《ばくち》状態だが、マイナー作品であればあるほど桃に直接感想を言いたがる客も多いので、なるべく最終上映後にはホールに立つようにしている。

「お客さんは増えましたけど、特別に私と親しくしたがるような人は……年配のお客さんなんかは同年配の映画友達を欲しがるから、ホールでよく立ち話をされてますね」

インターネットを使えない世代は、映画友達を映画館での出会いに求める傾向がある。地元密着型の異人街シネマは良い出会いの場になっており、ホールに設置された感想ノートに長文を書き込む老人同士が、やがて交換日記を始めることも多い。

こうした人々に対し、桃は「映画は大好きだがしょせん十六歳の知識量しかない小娘」を演じて見せている。すると彼らは口々に古い映画の上映当時の様子を桃に語って聞かせ、やがてお互いに意気投合して一緒に飲みに行く。

桃は自分をひそかに「シルバー合コン幹事」だと自負しているぐらいだ。幹事にしつこく絡《から》んでくるような老人は、少なくとも異人街シネマにはほとんど来ない。

そう話すと、冬基はしばらく考えた後に再び聞いた。

「桃がよく行ってる、ミニシアターオーナーの会合に新入りは？　銀座でやってるっていう」

年々少なくなっていくミニシアターのオーナー達が集まり生き残る道をさぐる「ミニ映連《えいれん》」は、銀座の老舗《しにせ》名画座の支配人が同業者に声をかけて回ったのが発端だ。彼の知名度により実現したと言っても過言ではなく、昔はしのぎを削《けず》ったライバルシアター同士が今は手に手を取り合っている。

ミニシアターの立地も違えば客層も違うから、お互いに知恵を出し合っても参考になることは少ない。最終的には熱心な映画談義になって終わることも多い会合だが、桃は楽しみにしている。

「ミニ映連はお兄ちゃんの誘拐事件の後で私が雑誌にインタビューされて、ミニシアターの危機を訴《うった》えたのがきっかけで出来たばかりなんです。まだ四ヵ月ぐらいの集まりだし、みんな顔なじみですよ」

「そう」

冬基はそれ以上、質問はしなかった。

剛太郎や三ツ野一族からの攻撃を警戒しているのだろうと、桃は再び身の回りのことを考えてみたが、急激に接近してきた人は全く思い当たらない。勢い込んで映画の感想を語ってくる客はいても、それが三度も四度も続くことはない。良い映画に出会えた感激はすぐネットのＳＮＳにぶつけられ、簡単に発散されてしまうからだ。

その夜、マストロヤンニの巨大オムレツは残されることとなった。

「俺ね、人より胃袋は大きい自覚はあるけど、卵ばっかりは飽きちゃうよ」

「仕方ないですね、じゃあこれは明日、サンドイッチにします。冬基お兄ちゃんには特別に『グッドフェローズ』に出てきたミラノ風カツレツを出しますね」

「最初からそっち出してよ……」

ぶつぶつ言う冬基に、桃はいたずらそうに笑ってみせた。

もしこれが映画ならここでカットとなり、幸せそうな兄妹の食事風景シーンは終わるところだ。

青の都と呼ばれるサマルカンドはその美しさで有名だが、寒暖差《かんだんさ》が激しい。内陸の乾燥した気候のため、冬は氷点下をはるかに下回り、夏は摂氏《せっし》四十度を超えることも多い。昼夜の気温差も大きく、一日で二十度ほど上下することも珍しくないそうだ。

だが、匂いがあまりしない。

そこがカイは気に入った。

乾燥しきった空気は分子を活発化させない。人間の体臭や鳥獣《ちょうじゅう》の糞尿《ふんにょう》、古い脂《あぶら》、香油《こうゆ》、下水、そんなものが放つ匂いもこの街では大人しく、嗅覚《きゅうかく》細胞の受容体《じゅようたい》をわずらわせることもない。日差しは強烈だが木陰《こかげ》に入れば涼しく、砂混じりの風が全てを運び去ってしまう。

「うわあ、三ツ野くん見て見て」

民家を改造したホテルの中庭で資料を読んでいたカイの耳に、東森教授の素《す》っ頓狂《とんきょう》な声が飛び込んできた。

振り返れば、彼は生《お》い茂《しげ》った葡萄棚《ぶどうだな》の下のベンチで自分のカカトをさすっている。

「乾燥凄《すご》いねえ、ちょっとサンダルで歩いただけで、ひび割れしちゃった。日本の真冬より乾ききってるよ」

東森教授は妙に感心した様子で自分のカカトを眺めていたが、向かいに座っていた大柄な男が言った。

「オリーブオイルじゃなくて馬の脂を塗《ぬ》るんだ、ヒース。ただし猫が舐《な》めに寄ってくるだろうけど」

昼間からビールをあおっている彼は、合同調査のロシア側隊長であるコーネフ教授だ。東森教授の久人《ひさと》という名を発音できないため、勝手にヒースと呼んでいる。

彼はつまみの乾燥チーズを目当てにすり寄ってきた猫を、大きな手で撫でながら言った。

「ヒースもカイも、脂を塗るだけじゃなくてもっと食うんだ。日本人はみんな猫の餌《えさ》にもならないほど痩《や》せている」

強いロシア訛《なま》りの英語でそう言われた東森教授は、のほほんとした笑みで答えた。

「君たちと同じぐらい食べてたら、日本人は太る前に糖尿になって死んじゃうんだよ。ウォッカでアル中になって死ぬ君たちより寿命は長いから、心配しないでも大丈夫だよう」

「太れないなんて弱い遺伝子だ、進化の袋小路に向かっているに決まっている。日本人は二十二世紀まで生き残れるのか？」

「僕は日本人が滅びる前にロシアという国そのものが消滅してると思うなあ。君たちは政治経済が袋小路だしねえ」

始終こんなやりとりをしている彼らだが、意外に馬が合うらしい。東森研究室とメールでやりとりしている間は、強引に我《が》を通そうとするコーネフ教授と、のらりくらりとしながらも絶対に引かない東森教授でぶつかること多数だったが、実際にプレ調査を始めてみるとお互いの率直さが気に入ったようだ。

しかし東森教授は笑って、「本調査で古葉くんが来たら、ロシア側とのやりとりで胃に穴が空《あ》くかもねえ」と言っていた。最近では少しずつ他人の会話の機微《きび》が分かるようになってきたカイにも、常に他人に気を遣っている古葉は合同発掘調査で苦労するだろうと思われた。コミュニケーション能力に長《た》けた安藤は大丈夫だろう。

日本側とロシア側から二人ずつ、合計四人だけで行われている発掘プレ調査隊は現在、ウズベキスタンに足止めされている。隣国のテジェニスタンがこの期《ご》に及んで最終的な発掘調査許可を出し渋っているためで、交渉は膠着《こうちゃく》状態だ。

緑の中庭に、お盆を持った老婆が入ってきた。

『昼ご飯ですよ』

ウズベク語でそう言った彼女は、ベンチテーブルの上に皿を並べ始めた。串《くし》に刺さった牛肉や、羊肉のピラフ、羊肉の汁なしうどん、平たい焼きパン、西瓜《すいか》、瓜《うり》などがひしめき合う。これらは昼食にしてはかなり豪華なメニューだそうで、気前のいい外国人客にサービスしてくれているらしい。

コーネフ教授は老婆に大げさな礼を言って、さっそく肉にかぶりついた。東森教授ものんびりとパンをちぎり、肉汁したたるピラフを乗せている。

カイは迷ったあげく、最も食べやすそうな水餃子スープに手を伸ばした。サワークリームがたっぷりかかっているのでカロリーは取れるだろう。どうせ味は分からない。

もそもそとスプーンを動かしていると、豪快に牛肉を囓《かじ》っていたコーネフ教授が顔を上げた。

「カイはチュチュバラしか食べないのか？」

この水餃子スープはそういう名らしい。カイが何と答えようか迷っていると、東森教授が助け船をくれた。

「三ツ野くんはね、どの料理でもいいからせめて一種類一人分、平らげる約束なんだよ」

「せめて一種類？」

「放っとくとこの子、食事を取ることそのものを忘れちゃうの。だから目の前に皿が並んだら、どれでもいいから機械的に摂取《せっしゅ》するよう義務づけられてるんだよ」

するとコーネフ教授は哀れなものを見る目でカイに言った。

「君は風の精霊のつもりか何かじゃなかったら、ちゃんと食事を取るんだ。君にせめて一種類でもと義務づけているのは、妻か？　恋人か？」

その質問に、カイはほとんど何も考えずに答えた。

「妹です」

そしてその直後、自分が生まれて初めてその単語を口にしたことに気がついた。

――妹。

ただの言葉だ。

物質ではない。

なのになぜか、舌にその重みが残る。

コーネフ教授はゆっくりとうなずき、片手で猫の腹をまさぐりながらも、真剣な顔で諭《さと》した。

「家族の言葉は他人の言葉の倍、聞いた方がいい。好き勝手に干渉してくる他人と違って、家族はみな、言葉に愛を乗せて君に話すのだから」

言葉に愛を乗せる。

言葉とは概念《がいねん》を伝えるためのもの。だがカイには愛という概念が理解できないから、愛を乗せられた言葉も飲み込むことが出来ない。

桃から二日に一度ほど遠慮がちに来るメッセージを思い出した。体調を尋ねる言葉の合間に、「プレ調査が終わったら本格的な発掘の前に一度帰国できるのか」と尋ねてくる。

東森教授はそうするだろう。まだ日本で準備すべきことはあるし、発掘準備以外にも仕事は山積みしている。

だが、自分はどうすべきなのだ。

「やあ、みなさんお揃《そろ》いですね」

スーツに眼鏡の男が一人、中庭に入ってきた。

真《ま》っ直《す》ぐに葡萄棚のベンチに近づき、如才《じょさい》のない笑みで三人に挨拶《あいさつ》する。

「豪勢なランチですね。ご一緒してもよろしいですか」

彼はロシア側プレ調査メンバーの残る一人、現地コーディネーターのアンドレイだ。

カザフスタン、ウズベキスタン、テジェニスタンの三ヵ国にまたがる発掘は各国政府から許可を得るだけでも大変な上、現地民をスタッフとして雇《やと》ったり、発掘予定地を縄張《なわば》りとする遊牧民の長《おさ》に話をつける必要がある。それを一手に担《にな》っているのが彼だ。

「もちろんだ、アンドレイ」

コーネフ教授は大きな身体をよっこらせと横にずらし、ベンチに空きを作った。笑顔でアンドレイを招く。

「やあやあ、ご苦労さまですアンドレイくん」

東森教授も笑顔になり、老婆に彼のための飲み物と皿を頼んだ。

以前は他のコーディネーターを雇っていたのだが、なかなか各国との交渉が進まないことに業《ごう》を煮やしたコーネフ教授が首にして、新しくアンドレイと契約しなおした。そのとたんするすると日程調整が進み始めたので、コーネフ教授も東森教授も、彼を下にも置かない扱いをしている。ロシア系カザフ人にして妻がテジェン族のため五ヵ国語を操るアンドレイは、あっという間に調査チームになくてはならぬ人物となった。

アンドレイは軽く礼をすると、三人を見回して言った。

「ところで、独断ではありますが雇いたいスタッフを連れてきたのです。紹介してもいいですか」

彼に手招きされて中庭に入ってきたのは、二十代に見える東洋系の男だった。Tシャツにジーンズ、リュックで、ごく普通の若者だ。

「彼はテジェン族のレナト。私の妻の遠縁にあたります。映像記録スタッフとして発掘隊にくわえてはどうかと思いまして」

「映像記録スタッフ？」

コーネフ教授は不思議そうに聞き返した。発掘中の撮影はすでに外部プロダクションに依頼してあり、わざわざ現地スタッフを雇う意味が分からない。

するとアンドレイは、レナトに向かって言った。

「レナト。レギスタン広場のティラカリ神学校を真正面から見た図を描いて下さい」

最も有名な観光地の建物を指定されたレナトは、軽くうなずくとストンとベンチに座った。リュックからスケッチブックを取り出すと、恐ろしい速さで鉛筆を走らせ出す。

コーネフ教授と東森教授は不審そうに顔を見合わせた。このレナトという男が絵を描けるからといって、一体何なのだろう。発掘調査に絵描きはいらない。

十五分ほどでティラカリ神学校を描いたレナトは、無言でスケッチブックを三人に差し出した。

「これが何か？　僕たちは化石を掘りに行くんであって、いくらアンドレイの親戚でも観光地のイラストレーターは必要ないよ」

コーネフ教授はそう言ったが、レナトの絵をまじまじと眺めていた東森教授が突然、ノートパソコンを開いた。ティラカリ神学校を検索し、写真をみんなに見せる。

「見てくれ、コーネフくん、三ツ野くん。レナトくんが描いたティラカリ神学校は、恐ろしいほどに正確だ。まるで写真みたいに」

興奮気味の彼の言うとおり、レナトの絵は写真の完璧なるコピーだった。縮尺《しゅくしゃく》も角度も複雑なアラベスク紋様《もんよう》も全て完璧に描かれている。

「レナトくんは、記憶だけでこの複雑きわまりない建物を描いてみせたんだよ！　脳細胞に画像データが刻まれているんだ！」

「その通り」

アンドレイは無表情なレナトの肩に軽く手を置き、微笑んだ。

「レナトは一度見たものは全て記憶しています。他の人間のように印象によって細部が改変されたり、あやふやだったりすることはありません。デジタルカメラと同じです」

まだ、それがどうしたと言いたげなコーネフ教授に、アンドレイは微笑んだ。

「プロフェッサー・コーネフ。私は以前、発掘資料の国外持ち出しの危険性についてお話ししましたよね。特にテジェニスタンの」

「ああ」

日本とロシアの大学が金を出している以上、発掘された化石はこの二大学に所有権があるとの契約が結ばれている。それが普通だ。

だが独裁国家にして情報統制の厳しいテジェニスタンでは、もし重要な発見があれば事前の契約など反故《ほご》にして国外持ち出し禁止を言い渡されかねない。撮影した機材はおろか、パソコンやスマホまで没収《ぼっしゅう》されてしまう可能性がある。しかもネット通信も厳重に見張られているため、データを送っておくことも出来ない。

「もし化石そのものどころか写真まで完全に没収されてしまえば、あなた方のテジェニスタンでの発掘は全て無駄になります。そんな時、せめて化石の形状だけでも完全に記憶している人物がいれば、役に立つと思いませんか？」

アンドレイの言葉に、コーネフ教授と東森教授はそろって考え込んだ。

化石の没収は確かに痛いが、こちらに正当な権利がある以上、交渉次第で戻っては来るだろう。だがその間、研究は全てストップしてしまう。

しかし現地で出来る限りの分析を終えて数値化し、化石の完璧な形状もレナトの記憶としてテジェン国外に持ち出せたなら。少なくとも形質的な進化系統の見当ぐらいはつく。

二人の教授はしばらく話し合い、レナトにいくつかの絵を描かせた。

サマルカンドの有名な建築物、駅のホーム、この宿に来るまでに通ったはずの曲がり角、宿の玄関口に咲いていた花の数々。

人工物から自然物まで、レナトは全て完璧に再現してみせた。綺麗な写真や絵と違って、煉瓦《れんが》の欠けやひび、観光客が残したゴミ、吸《す》い殻《がら》、雑草を這《は》う虫まで描いてある。構図へのこだわりも何もなく、写真の下手《へた》な人間が機械的にシャッターを押したかのような絵だ。

しかも写真と決定的に違うのは、細部に至るまでピントが合っていることだ。近距離撮影の写真を繋《つな》ぎ合わせて全体図を描いている。

やがて東森教授が言った。

「レナトくんをデジタルカメラとして雇おうよう、コーネフくん」

「そう思うかい」

「テジェニスタンはとにかく難しい国だよ。発掘は常に軍人から見張られるだろうし、僕たちの予想もつかないトラブルもあるだろう。そんな時、完璧な記憶媒体《ばいたい》がいてくれれば助かる。うちの三ツ野くんは数字関連ならやはり完全に記憶できるから、二人そろえば最強だよう」

コーネフ教授は再び考え込んでいたが、やがて大きくうなずいた。

「アンドレイの推薦《すいせん》だ、聞いておくことにしよう。テジェニスタンは厄介《やっかい》だからな」

「ありがとうございます」

二人の教授は席を立ち、それぞれの部屋へと戻っていった。すぐに大学側に連絡を入れ、スタッフ増員に対する費用の相談をするのだろう。

カイはアンドレイ、レナトと共に中庭に取り残された。

アンドレイはフォークを使って西瓜を崩し、レナトは羊肉のピラフを黙々と食べている。

やがて、ふいにアンドレイが小声で言った。

「では、あなたとレナトは初対面ということでよろしいですね、カイ君。私もあくまで発掘スタッフの一員ということで」

「ああ」

カイは短く答えた。

この二人はカイが雇った民間軍事会社「月氏《げっし》」のメンバーだ。コードネームはアンドレイが「教官」

で、レナトが「助手」。諜報員《ちょうほういん》としても優《すぐ》れている彼らを雇い、対人格闘訓練やテジェニスタン現地の調査を頼んでいた。

目的の達成のため、最初はそうした手伝いだけで充分だと思っていたカイだったが、予想以上に標的のガードが堅いことが分かった。そこで彼ら二人を実戦にも投入することにしたのだ。

テジェニスタンで合流したい旨《むね》を彼らに伝えると、わずか一ヵ月ほどで教官は合同発掘調査チームに潜り込んできた。どうやってコーネフ教授へのコネをつかんだのか分からないが、すでにロシア側からも日本側からも絶大な信頼を得ている。

その教官が推薦した助手なので、「レナト」もあっさり採用された。きっと本調査の際も、他のメンバー達とするする馴染んでいくのだろう。

アンドレイ教官は言った。

「テジェニスタン入国までは、お互いにただのスタッフとして接しましょう。あなたとレナトはそもそも無口だから、交流を図《はか》らずとも誰も不審がらないでしょう」

了承、の意味でカイは小さくうなずいた。

いよいよだ。

いよいよ、あの男の近くへ行ける。

七月になってもカイは日本に戻ってこなかった。

桃《もも》へはメールで、プレ調査が立て込んでいること、東森《ひがしもり》教授はいったん帰国するが自分だけはそのまま中央アジアに滞在し本調査隊と合流すること、今回は第一回発掘調査で数ヵ月の予定であり、それが数年に及ぶ可能性があること、との文章を送ってきた。モスクワの大学編入については何も触れていなかった。

桃はしばらく返事をすることが出来なかった。

彼が東京の大学に籍《せき》を置いたまま外国にいるのと、外国の大学に行ってしまうのでは、雲泥《うんでい》の差がある。

今どき海外留学など珍しくもない。むしろアメリカなんかに比べたらモスクワは近い方だし、ネットがあれば毎日でも顔を見て話すことは可能だろう。

だが桃は、カイが外国に行ってしまえば二度と会えなくなるような気がしていた。

彼と冬基《ふゆき》との確執は根深い。

無理矢理に「兄弟」にされた他人同士。薫《かおる》の実子である冬基は怪物として母から恐れられ、養子であるカイはその弱さを愛された。

あの日記が出てきてしまった以上、もうあの二人が元に戻ることはないのだろう。

元々、いびつな関係だった。

それを桃が必死につなぎ止めてきただけだ。たった一年と少しの努力で、彼らが本当の家族になれるはずもなかった。

でも、どうしても桃は夢を見てしまう。

冬基と、カイと、自分で囲む食卓。

桃が大好きな映画に出てきた料理をカイに作ってもらって、自分はその映画をとうとうと語り、冬基が返事をしてくれる。カイは無言だけれど、一応ちゃんとご飯を食べ、午前零《れい》時までは側《そば》にいてくれる。あの空間が。

桃は丸一日考えたあげく、カイには短い返事を送った。

『一緒にご飯が食べたいです』

それ以外、言葉が浮かんでこなかった。

カイからは何の返事も来なかった。

桃の高校が夏休みに入る直前、東森教授率《ひき》いる発掘調査日本隊がウズベキスタンへと出発する日となった。まずは先発として古葉《こば》と安藤《あんどう》のみを従え、現地にいるカイやロシア隊と合流するそうだ。

桃が真礼《まれい》と共に成田空港まで見送りに行くと、彼らは回転寿司にいた。出発前に最後の日本食を食べたかったそうだ。

二人が店に入ると、安藤が大感激で立ち上がり、両腕を広げて見せた。

「出国前に真礼ちゃんに会えて嬉しいよ！　桃ちゃんもありがとう！」

真礼は彼を完全に無視していたが、その扱いにも慣れたもので、安藤はニコニコしている。いずれ彼氏に、という淡い夢をまだ捨てていないらしい。

東森教授と古葉も笑顔で言った。

「おお、聖カテリナ娘たち、わざわざ来てくれたんだねえ」

「教授がおごって下さるそうだから、遠慮せずに食べるといいよ」

「ありがとうございます」

カウンターしか無い店で五人が横並びになった。話しにくいことこの上ないが、幸い他に客もいなかったので、声を張り上げて質問する。

「ウズベキスタンまでは直行便ですか?」

「残念ながらねえ、直行便は無いのよ。アエロフロートでモスクワ経由、十時間ちょっとね」

東森教授の返事に、桃は暗い気持ちになった。

——モスクワ。

カイを奪っていく街か。

彼は今、サマルカンドという街に滞在しているらしい。ロシア語が堪能《たんのう》な彼に発掘前の準備を一任しているそうだが、他人とろくに会話さえ出来ないのに大丈夫かとますます心配になる。

真礼は遠慮無く光り物三点セットと北海道特盛りセットを頼んでいたが、桃はあまり食欲も無く、流れてきた玉子を一皿、目の前に置いた。

するとその姿がよほどしょんぼりして見えたか、東森教授が慰めるように言った。

「桃くん、そんなに心配しなくても大丈夫よ。ロシア側コーディネーターのアンドレイくんって人が凄《すご》くしっかりしててね、対外交渉は全部やってくれてんの。三ツ野くんがやってるのは、発掘予定地の下見と学術的な地質調査だけだよ」

「そうなんですか」

ホッとしながらも少し疑問だった。

何年も同じ研究室にいる古葉や安藤とさえ、カイが馴染《なじ》むのには時間がかかった。それなのに会ったばかりのコーディネーターと同じ宿で過ごせるのだろうか。

「あと撮影スタッフに三ツ野くんと同い年ぐらいのテジェン人がいるからね。二人で並んでスマホゲームとかやってたよ」

「ス、スマホのゲームですか？」

カイがゲームをする姿など、桃は一度も見たことがない。それどころか彼は、他の若者と違って必要最低限以外はスマホに触れることもない。本だってずっと紙のものを好んでいる。

それには古葉と安藤も意外だったらしく、二人同時に顔を上げる。

「三ツ野が？　会ったばかりの外国人と？」

「ええー、あいつの心開かせるのに俺たちめっちゃ苦労したのに、何それ」

すると東森教授は面白そうに言った。

「それがね、そのレナトくんってテジェン人と三ツ野くん、全く会話はしないのよ。スマホのアプリでチェスやってるだけ」

「チェス、ですか？」

カイがチェスをすることも桃は知らなかった。兄に関する新しい情報が次々と入ってきて混乱してしまう。

「レナトくんもある意味天才でね、三ツ野くんとは気が合うのかなあ。どうせスマホなのにわざわざ並んで対戦してるから、ちょっと面白くてね」

それを聞いて、桃の気持ちはますます沈んできた。

自分は今、その見知らぬテジェン人に嫉妬している。

一年以上を一緒に暮らしても、桃がカイを理解できることはなかった。知能のレベルが違いすぎるのだ。

だが東森教授をして天才と言わしめるレナトという人は、あっさりカイと通じ合ってしまった。

ふと思う。

方向性は違えど、冬基も非常に頭の良い人だ。

だからこそ冬基とカイはお互いを理解し合い、反発し合ったのではないか。

桃の理解を超えたはるか頭上で彼らの感情は交錯《こうさく》し、反発し、離れていった。自分が彼らを仲良くさせたいなどと思うのは、おこがましいのではないか。

玉子握りを手にぼんやりしていると、真礼がボソッと言った。

「桃。食べな」

ハッと息を飲んだ桃は、玉子握りを口に運んだ。

東森教授や古葉や安藤に、余計な心配をさせてはならない。自分はただ、生活能力の無い兄を心配する過保護な妹でいなければ。

一同はカフェに移動し、フライト時刻ぎりぎりまでそこにいた。

東森教授によれば、カザフスタンとウズベキスタンにいる間はネットも使えるし、カイとはいつでも連絡は可能とのことだった。

「ただねえ、テジェンって国は情報統制が厳しくてネットも携帯も使えないのよ。ホテルに滞在してる間は固定電話で連絡も取れるけど、発掘地でテント張ってる間は無理だね」

今どきネットも携帯も禁止というのが桃には信じられなかったが、テジェニスタンは別に発展途上国や最貧国《さいひんこく》というわけではないらしい。むしろ天然ガスと石油で潤《うるお》っており、首都の街並みはとても綺麗だそうだ。

「検閲《けんえつ》はされるけど手紙は届くらしいから、桃くん、心配だったら三ツ野くんに手紙を書くといいよ」

「……はい」

すると古葉が桃を慰《なぐさ》めるように言った。

「テジェンに入るまではネット自由だからさ、発掘隊の様子はブログに上げる予定だよ」

「そうそう、発掘資金調達で応援してくれてる人のために、差《さ》し障《さわ》りない情報や写真はどんどんアップしてく予定だよー。三ツ野にちゃんと食べさせるのも任せて」

安藤も調子よく請け負《うお》ったので、桃はにこりと笑顔で答えた。

桃と真礼は出発ゲートまで東森教授たちを見送った。

本格的な夏休み前とあってそこまで人は多くなく、あっという間に彼らの姿は見えなくなってしまう。

本当は彼らと一緒に中央アジアに飛んで、カイを日本まで連れ帰りたかった。

だけど自分にはそんな強さが無い。金も無い。

——何より、カイを説得できる自信が無い。

出発ゲートを見つめてぼんやり立ちつくしていると、隣の真礼が低い声で言った。

「桃。あたしたちは今から、エスカレーターに向かって移動する」

「え？　え、うん」

なぜわざわざそんなことを言うのだろう。今から帰るのだから、エスカレーターに乗るのは当たり前のことなのに。

「歩きながら、あたしは店頭に東京ばななを並べてる店を指さし、桃に話しかける。新作出てるよ、って」

「……？」

真礼が言っている意味がよく分からなかった。今からの会話をわざわざ桃に説明している？ それも、ただ東京ばななの新作のためだけに？

「あの、私、東京ばななはあんまり」

「あたしが指さした店を桃も見る。そうしたら適当に答えるんだよ。東京ばななは嫌い、とかそういうんでいいから」

「……うん」

彼女の声は平静だった。だが、何か緊迫したものを感じる。

真礼は桃の腕をとり歩き出した。宣言どおりに売店を指さして言う。

「新作出てるよ、東京ばななの」

「私、あんまり好きじゃなくて」

「そうかい。あたしもなんだよ」

何が何だか分からなかった。

だが真礼が土産物屋に顔を向けているので、桃もそちらを見る。

「冷蔵ケースの前にいる男、見たことあるかい」

売店でサンドイッチを物色《ぶっしょく》している男がいた。

ごく普通のスーツ姿で、片手は小さなキャリーバッグの柄《え》に添えてある。空港にも駅にも山のようにいる中年のサラリーマンとしか思えない。見かけたとしても一分後には忘れてしまいそうな、ありふれた容姿だ。

「見たことは……無いと思うけど……」

「じゃあいい。視線をそらして次は時計見ておくれ、さりげなくね」

彼女に言われるまま、金属製の時計塔に目をやった。午後一時二十三分。緊張で頬がこわばっており、長針と短針の角度がくっきりと目に焼き付く。

「いつもみたいに笑うんだよ、桃。さて、横浜には電車で戻る？　バス？」

「バスがいいな。私、ぼーって窓の外眺めるの好き」

「その調子だよ、桃。じゃあバス乗り場に行こう。絶対に振り返ったりしちゃ駄目だよ」

二人はおしゃべりをしながらエスカレーターに乗った。話題は十月の修学旅行だ。真礼はイタリアには行ったことがないそうだが、料理は楽しみにしていると言った。桃はローマやフィレンツェを舞台にした映画のタイトルを次々とあげ、はしゃいで見せた。

バスに乗り込んだが、あのサラリーマンは追ってきていないようだった。電車ならともかく、乗客の限られたバスの中にまでついてくるのは難しいだろう。

横浜行きが発車した後、桃は隣に座る真礼にさっきの男のことを聞こうとした。

だがその前に、真礼からスマホの画面を見せられる。

『追尾《ついび》がスイッチした』

追尾、スイッチ、という言葉の意味をしばらく思い出せなかった。そしてようやく、尾行が他の人間に引き継がれたのだ、と気づく。

ゾッとした。

バスの乗客はそんなに多くない。乗ってくる客を桃はさりげなく見ていたが、海外帰りで疲れ切っています、という様子の普通の人々ばかりだった。

誰が。

誰が、自分たちを尾行しているのだ。

いや、そもそもなぜ尾行されているのだ。

桃が真っ青になっていると、真礼は再びスマホを操作し、画面を見せてきた。

『あんたの二番目の兄ちゃん、見張られてるよ。研究室も、家族も』


カイを見張っているのは誰なのか。

横浜に戻った後、桃は真礼にそう聞いてみた。カイはあの顔だから、妙なストーカーでもついたのかと思ったのだ。

だが真礼は、「誰」ではなく「どこ」だろうと答えた。

「あの追尾の仕方はプロだよ。何らかの組織だ」

その答えに桃はひどく動揺した。

十五年前、冬基と自分の父である三ツ野啓二《けいじ》が突然連れてきた子どもがカイだ。

啓二はカイを妻の薫に押しつけ、自分は外国で行方不明になってしまった。もはや誰も、カイがどこから来たのか知らない。

カイは「何らかの組織」に見張られるような出自《しゅつじ》なのか。いったい何者なのだ。

真礼は空港で初めて尾行に気づいたのではなく、以前から薄々感じていたそうだ。今回は東森研究室のメンバーと一緒にいるところを何度か写真に撮られたため、はっきり分かったらしい。

そのプロ集団はカイを見張るだけではなく、誘拐したり、監禁したり、まさか命を狙うようなことも――

「落ちつきな、桃」

パニックを起こしかけた桃を、真礼は淡々とした口調で宥《なだ》めた。

「二番目の兄ちゃんがすぐさま危害が加えられることたないさ」

「ど、どうして？」

「何らかの組織が次兄《じけい》に用があったとする。だが本人に接触はせず、周囲の人間をじっと見張っている。次兄が誰を最も信頼しているか、誰と頻繁《ひんぱん》に連絡を取るか、組織は慎重に見定めている段階だ」

彼女が何を言いたいのか分からず、余計に不安になった。

自分が見張られているのは、この際もうどうでもいい。どうせ冬基誘拐事件の後はずいぶんと色んな人につけ回された。

だが、カイの周囲が全て監視されているなんて。

「こっからはあたしの勘だけどね、組織は次兄の正体も目的も分かっていない。だから周囲を含めて観察してるんだよ。まだ大丈夫だ」

彼女の言葉は確信に満ちていた。

桃を尾行してきた男がいるという、ただそれだけの事実で、どうしてここまで言い切れるのだろう。

それに、真礼の「追尾」という言い方が少し気になる。

スパイ映画の字幕でたまに見る単語だが、情報部や軍部などが使っていた。真礼は帰国子女だから尾行という言い方を知らず、マイナーな言葉の方を覚えているのだろうか。

一ヵ月ほど前に冬基に突然聞かれたことを思い出した。


——桃。最近、周囲に変わったことはない？


おそらく冬基にも監視がついていた。

彼はそれに気づき、桃にも確かめたのだろう。

だが冬基はそれ以上、桃に何か聞こうとも、注意を促《うなが》そうともしなかった。つまり彼の判断で、今のところ桃に危険はないと考えたのだ。

あの謀略《ぼうりゃく》に長《た》けた兄がそう考えるのなら。

そして女子高生とは思えないほど妙に鋭い真礼が大丈夫だと言うのなら。

「奴らの正体については、あたしが調べてみるよ」

「うん、ありがとう」

組織的に尾行をするような団体をどうやって調べるのか、桃には想像もつかなかった。

だが亡くなった祖父から、時々ハッとするほど鋭いと言われた自分の勘が、告げている。今はジタバタせず、真礼に頼るべきだ。自分が余計な行動をとれば、逆に彼女の邪魔になってしまう。

「カイお兄ちゃんの件については、真礼ちゃんに任せる。私は私に今できることを、やる」

「桃に出来ること?」

「異人街シネマの夏の企画を成功させること」

そう言い切ると、真礼は目を見開いた後、大笑いした。

「それでこそ桃だ。あんたは何が大事かよく分かってる」

桃が守りたいものは二つ。

新しく出来た大事な家族と、亡くなった祖父の残した異人街シネマだ。これは絶対に変わらない。

家族の方を真礼にいったん預けたからには、映画館は自分で頑張らなければ。

「冬基お兄ちゃんにも相談すべきかな」

「放っておきな。あっちは今、仕事が死ぬほど忙しいから監視なんか無視してんのさ。桃も知らないふりの無視でいいよ」

彼女の忠告に従うことにし、桃は冬基には何も言わなかった。もっとも、言いたくても顔を合わせる機会はほとんど無かったが。

やがて夏休みに入り、異人街シネマも忙しくなった。

若者に人気の横浜中華街にほど近い立地のため、長期休暇や大型連休には観光客が激増する。暑さのあまり一休みしようとしても安いカフェや喫茶店はすぐ満席になってしまい、あぶれた彼らは元町《もとまち》あたりをウロウロする。そこで学生料金がシネコンより低めに設定されている異人街シネマを発見し、この料金で二時間近く涼めて映画も観られるならと、飛び込みで入ってくる。

もちろん桃は、客が勝手に入ってくるのを待っていただけではない。

祖父が経営していた頃に比べて、異人街シネマの外観はかなりお洒落《しゃれ》になった。もともと古い洋館タイプではあったものを最低限リフォームし、女性客が入りやすいようにした。桃がずっと気になっていた狭くて暗いトイレも明るくした。冬基への借金は増したが、おかげで口コミによる女性客やカップル客が定着した。

そしてこれまでは桃の一存でかける映画を選んでいたが、ホラー好きなスタッフの意見も採《と》り入れて新しい試《こころ》みを行ってみた。「B級とおりこしてC、D級」というふれこみの馬鹿馬鹿しいホラー映画を連夜のごとく上映し、お盆前後にはゾンビ特集も組んだ。

これを恒例の「映画に出てくる料理を食べながら鑑賞デー」と組み合わせ、近所のカフェレストランと提携《ていけい》して「臓物《ぞうもつ》シチュー」や「ゾンビの指フライ」「血みどろカレー」などをメニューにくわえると、飛ぶように売れた。携帯さえ切っておけば上映中に大声を出してもOKとしてビールも出したので、連日大盛況《だいせいきょう》だった。

桃もスタッフも大忙しだったが、みんな顔が輝いていた。

これまではどうしても女性向けや古典的名作に偏《かたよ》りがちだったラインナップが、「夏だけ」「夜だけ」限定で悪趣味映画を流してみれば大当たり、結果的に異人街シネマの知名度を高めることとなったのだ。

客が若いと、とにかく料理も酒もどんどん出る。客単価は安いものだが、彼らはネットで評判を拡散《かくさん》してくれる。ゾンビナイトは期間を延長することになった。

桃も出来る限りホールに立ち、客を出迎えては見送った。

横浜が記録的な熱帯夜となった夜は、伝説的馬鹿カルト映画『死霊《しりょう》の盆踊り』に過去最高の客が集まった。

桃には何が面白いのかさっぱりなのだが、もうお化けが登場しただけで爆笑、踊りを始めればさらに爆笑、ヤジが飛んでビールも売れた。

古き良き時代の映画を愛する映写技師の皆川《みながわ》はこうしたイベントを嫌うかと思っていたが、彼は大騒ぎする客たちを映写室から楽しそうに見つめて言った。

「今じゃ映画館のほとんどで会話禁止、飲食も遠慮しろ、って身動きもロクに出来ないぐれえマナーにうるさいけど、昔の小屋っつったらそりゃあ騒がしかったもんさ」

皆川の青春時代は石原裕次郎《いしはらゆうじろう》が大人気で、立ち見もぎっしりの映画館は野太い声援、黄色い悲鳴で大層《たいそう》うるさかったらしい。彼らは映画を「鑑賞」しているつもりなど毛頭《もうとう》無く、裕次郎が恋をすれば大声でアドバイスを送り、喧嘩をすれば必死に応援した。

「こういうゾンビだか妖怪だかの映画は、みんな家でビデオなんか観《み》てもつまんねえんじゃないのかい。仲間たちとワイワイ言いながら酒飲んで、下らないシーンにゲラゲラ笑いてえのさ」

それを聞いて桃は、異人街シネマの方向性がようやく少し見えた気がした。

一人で観たくない映画。

もし一人で来ても、終わったらすぐに感想を言い合える映画館。見知らぬ人とも簡単にそれが出来るようになればいい。そのためにはどうすればいいか。

オールナイト上映の「死霊の盆踊り」だが、桃はいつも十時の回が終わると帰宅させられる。本当は夜通しお客さんの反応を見守っていたいのだが、皆川や他のスタッフが許してくれないのだ。

シアターからぞろぞろと出てきた客を笑顔で見送りながら、一人一人の顔をしっかり観察した。


——桃についてるのは二十四時間体制の追尾だよ。自分の周りにいる人物の顔をよく見ておきな。


真礼はそう言った。

シアターから流れ出る客を観察していると、見知った顔を見つけた。

「やあ、桃ちゃん」

「町田《まちだ》さん、来てくれたんですか」

ラフな格好をした人の好《よ》さそうな男は町田といい、渋谷のミニシアター『バッカス館』の支配人だ。ミニ映連《えいれん》で知り合ったが、五、六十代が中心のメンバーの中では町田と桃だけが「若者」と呼べる年代だ。客層もかぶっているので、それぞれの映画館を客として訪れることも多い。

町田の隣にはキャリアウーマン風の若い女もいた。仕事帰りの彼女と待ち合わせてデートといったところか。

「まさか町田さんがゾンビナイトに来て下さるとは思いませんでした」

バッカス館はアート傾向《けいこう》の強い映画の他、無名の新人の意欲的実験作なども積極的にかけ、新人コンペもよく開いている。町田本人も映画を語り出せば非常に熱い人物だが、俗っぽい映画には全く興味を示さなかったはずだ。

町田は苦笑しながら隣の女性をちらっと見た。

「いや、彼女がホラー映画大好きでね。桃ちゃん紹介するね、僕のガールフレンドの美亜《みあ》さん」

「初めまして」

丁寧に頭を下げた美亜に対し、桃も聖カテリナ仕込みの斜め四十五度お辞儀《じぎ》をゆったりと返した。最近では自分より年上の人々に礼を尽くされても、慌てることなく対応することが出来るようになった。

「初めまして、異人街シネマオーナーの三ツ野《みつの》桃と申します。ホラー映画、お好きなんですか？」

笑顔で尋ねると、美亜は苦笑した。

「好きというより擦《す》り込《こ》みなんです。父がもう熱狂的なホラーマニアで」

その返事で桃はピンと来た。

「もしかして美亜さんのお名前、『ローズマリーの赤ちゃん』の主演ミア・ファローから取られたんですか？」

すると美亜は驚いた顔になり、町田は楽しそうに笑った。

「さすが桃ちゃん。美亜さんも初対面で名前の由来を当てられたの、初めてじゃない？」

「もちろん初めてよ。父がホラーマニアっていうヒントだけから、いきなりミア・ファローが出てくるなんて」

一九六八年の『ローズマリーの赤ちゃん』はホラー映画の古典的名作だ。おどろおどろしい化け物も狂った殺人鬼も出てこないが、悪魔崇拝《すうはい》者の団体に若い妊婦がじわじわと追いつめられていく様は背筋がひんやりする。映画史に残るラストシーンも桃ははっきりと覚えている。

しばらく彼らと立ち話をした。町田と美亜は結婚を前提に付き合っているそうで、十月にはヨーロッパ旅行に行くそうだ。

「私も修学旅行で十月はイタリアなんですよ」

「もしかしたら会えるかもね。観光客が行くところなんて決まってるし」

「イタリアで映画館に入ったら町田さんに会えそうですね」

これは冗談でも何でもなく、町田は街を歩いていて映画館を見かけると衝動的に飛び込んでしまうそうだ。ミニシアターだろうがシネコンだろうがピンク映画専門館だろうがお構いなく、あの薄暗さと音響を求めて吸い込まれてしまうらしい。

その性癖はもちろん海外旅行中でも健在で、インドでは画面の下に五ヵ国語の字幕がついたボリウッド映画を十本近く観たそうだ。ちなみにあまり面白い映画には出会えなかったらしい。

「そうだ、桃ちゃん。明後日《あさって》のミニ映連の会合で、皐月《さつき》さんが健《けん》さんの撮ったフィルム、観たいって言ってたよ」

「皐月さんが？」

皐月は銀座の老舗《しにせ》名画座「皐月シアター」のオーナーにして、ミニ映連の発起人《ほっきにん》だ。映画評論家としても名が通っており、総白髪《そうしらが》の老人となった今でも精力的に記事やコラムを書いている。

実に気難しい人物で桃は少々怖いのだが、あちらは桃のことを気に入っていて何かと声をかけてくる。亡くなった祖父・健が撮った映画を雑誌で酷評《こくひょう》したことがあり、健は面識の無い皐月を嫌っていたのだが、皐月の方は気にもかけていないようだ。むしろ高校生でありながらシアターを経営する桃を応援してくれている。

「お爺《じい》ちゃんが撮ったフィルムって、どれのことでしょう」

「ほら、鷹狩《たかが》りの男が二人、馬に乗ってるっていう映像。アジアのどこかだと思うけど分からない、って桃ちゃん言ってたでしょ」

健が若い頃に撮り溜めたまま、異人街シネマに放置していたフィルムのことか。春ごろに整理しようとして一つずつ観たのだが、日時も場所も描いていないものが多く、ほとんどを「分類不能」の箱に入れてしまっている。

「皐月さんが、ぜひ拝見したいから次の会合で持ってきてくれるかいだって。相変わらず僕をメッセンジャー扱いだよ」

七十代の皐月は携帯電話は一応持っているものの、メールやネットは使えない。そのため、よくミニ映連仲間の映画館にふらっと現れては、メンバーへの伝言を頼むらしい。

「この前もいきなりバッカス館に来たかと思ったら桃ちゃんへの伝言だけでさ、上映中のうちのラインナップをチラって見て、『相変わらずお前が選ぶのは芸術家気取りの監督ばっかりで気にくわん』と来たもんだよ」

それを聞いて桃は苦笑してしまった。いかにも皐月が言いそうなことだ。

「分かりました、デジタル化していきますか?」

「いや、皐月シアターの空《あ》いてるスクリーン使うって。フィルムのままでいいよ」

そう言うと、町田は美亜を伴《ともな》って異人街シネマを去ろうとしたが、ふと思い出したように戻ってきて言った。

「そう言えば皐月さん、桃ちゃんの身の回りに最近変わったことはないかって聞いてたよ」

「わ、私の身の回りですか？」

「うん、つきまとってる男がいるんじゃないかって心配してた」

——皐月が？

急激に桃の脳味噌《のうみそ》が回り出した。

町田と美亜に対する笑顔は保ったまま、言葉の意味を考える。

六月には冬基から、周囲に変わったことはないかと聞かれた。

七月には真礼から、カイとその周辺には監視がついていると聞かされた。

そして八月も半《なか》ばとなった今、皐月から「つきまとっている男がいないか」などと聞かれた。

冬基や真礼ならともかく、皐月とはプライベートでの交流などない。ミニ映連の会合で会うか、桃があちらの名画座を客として訪れるぐらいだ。だが皐月はスタッフをしているわけではないので、映画館で彼に会ったこともなかった。

それなのに何故、彼は桃の身に異変が起こっていることを知っている？

桃はさりげなく尋ねてみた。

「聖カテリナの制服を着ていると、変な男の人にジロジロ見られることはよくありますよ。そのことでしょうか」

「う、うーん……僕もよく分からないけど、皐月さんは『最近』って言ってたよ。桃ちゃんが制服着てるのは去年からだから、そういう変態とかの話じゃないんじゃないかなあ」

町田も戸惑っているようだった。ミニ映連の中では若い上に人がよい彼は、高圧的な皐月にいいように使われている。そんなの自分で直接聞けよ、と言い返すことも出来ないだろう。

「皐月さん、桃ちゃんのことは妙に気にかけてるからね。何せ、桃ちゃんのインタビュー記事を読んでミニ映連を立ち上げたぐらいだし」

町田の言葉に桃は硬直した。

そうだ、確かに皐月は桃が訴えたミニシアター危機に共鳴し、ミニ映連を発足《ほっそく》させた。五ヵ月前のことだ。

冬基が尋ねた「最近まわりに現れた人」の中に、皐月も入っているとは言えないだろうか。

他のミニシアターオーナー達とも一気に知り合いになったから、彼だけが特別に突然現れたとは思っていなかった。

だがもし皐月が、桃に会うためだけにミニ映連を発足させたのだとしたら。

彼はカイや桃を監視している組織の側なのか。それならば何故、わざわざ変わったことはないかなどと聞くのか。探りを入れているのか。

考えても考えても分からなかった。

気がつけば町田と美亜はとっくに異人街シネマからいなくなっていた。自分はちゃんと挨拶《あいさつ》して送り出したようだ。

翌日、桃は真礼に会って皐月のことを伝えた。

電話やテキストメッセージで余計なことを話すなと言われていたので、周囲に気を付けて小声で話す。

彼女は軽くうなずいた。

「その爺さんのことも調べてみる」

あっさり言う彼女の横顔を、桃はじっと見つめた。

そして聞いた。

「真礼ちゃんって、何者?」

すると彼女はニヤリと笑った。

「あんたの親友だろ」

その不敵な笑みは、桃が好きな銀幕の女優たちと似ていた。マレーネ・ディートリッヒ。ローレン・バコール。ジェーン・フォンダ。フェイ・ダナウェイ。どれも美しいや可愛いではなく、まず「かっこいい」と言われる女たちだ。

こんな笑い方を出来る真礼が、ただの女子高生のはずがない。

「真礼ちゃんってもしかして、冬基お兄ちゃんから私を守るように頼まれてる?」

冬基は桃のために元刑事のタケさんと柔道黒帯の宮崎《みやざき》さん夫妻を屋敷に住み込ませた。だったら学校にもボディガードを配置させたはずだ。

真礼は桃の頭にぽんと手を置いた。

「さすがあたしの桃だ。鋭《するど》いね」

「いや、鈍《にぶ》いと思うよ……一年以上、気づかなかったなんて」

「そりゃ隠してたからね。まあ、桃のことは何があろうと守るさ。安心しな」

真礼が桃を守ってくれる。それはとても心強い。

だがおそらく彼女の目的は桃を守ること、それだけだ。

――カイを守ることは含まれていない。

それは桃が自分で何とかしなければならないのだ。


砂混じりの風が空を覆《おお》っている。

カイはここしばらく青空というものを見ていない。どこか薄ぼんやりした色合いが頭上を丸く覆い、その膜《まく》越しに真夏の太陽が照りつける。

ここはキジルクム砂漠と呼ばれる荒野《こうや》だ。ウズベキスタンとテジェニスタンを隔《へだ》てる国境のウズベク側にある。

背丈の低い草と砂礫《されき》、岩が転がり、地平線は陽炎《かげろう》で曖昧《あいまい》だ。

日陰は無い。

水も制限されている。ジープが故障したためで、二日ほど給水がストップしているのだ。

現地語で「緑色の崖《がけ》」と呼ばれる火山岩《かざんがん》の地層帯《ちそうたい》にテントを張った発掘隊は、もう二週間もここで過ごしている。

日中で最も暑い時間は休憩となるし、イスラム教徒の現地スタッフが祈りを捧《ささ》げる時も作業は中断するが、それでも作業はきつい。

車の陰にぐったりと伸びきった安藤が、ぶつぶつ呟いている。

「……冷たい水……刺身《さしみ》……油の浮いてない米……醤油《しょうゆ》味……新鮮な野菜……あっさりした蕎麦《そば》……」

カイには分からないが、現地スタッフが作る料理はそれなりに美味《おい》しいらしい。基本的に羊の肉で、買い出し隊が戻ってきた夜は牛肉や鶏肉も出てくる。だがとにかく脂っこい。

最も繊細《せんさい》な味覚と胃腸を持つ安藤は真っ先にやられたが、古葉は平気そうだ。

「俺、羊肉好きだけどなあ。言うほど臭くないよな」

「臭いとか臭くないとかの問題じゃないんですよ、脂と香辛料《こうしんりょう》がもう……」

そこで安藤は手で口を覆って黙り込んだ。青ざめているのは、香辛料の匂いが口の中に蘇《よみがえ》ってしまったからららしい。

彼は恨《うら》めしそうにカイを見た。

「三ツ野なんか真っ先に倒れると思ってたのに、全然平気そうじゃねーか。何で？　何でー？」

すると古葉が笑いながら、水で絞《しぼ》ったタオルを安藤に投げかける。

「三ツ野に八つ当たりすんなって。三ツ野、食が細いように見えて出されりゃちゃんと食うし、好き嫌いないし。食事とるの忘れがちなだけで、あれば何でも食うんだって」

古葉の言うとおり、カイは目の前にあるものは何でも食べる。どうせ味は分からない。

それに咀嚼《そしゃく》して飲み込むのが面倒くさいな、と感じた時も、最近は桃の顔が目に浮かぶ。

——成人男性が一日に必要なカロリーは決まってるんだよ？

泣いているような怒っているようなあの顔が桃のどんな感情を表しているのか、自分には理解できない。だが、食べないと彼女がずっとあの顔のままなのだけは分かる。

だから、とりあえず目の前のものは口に入れるようになった。

三人でぼんやりしていると、遊牧民の族長のもとへ挨拶に行っていたロシア隊が戻ってきた。

「死んでるねえ」

「そっちこそ」

お互いに訛《なま》りのきつい英語でしゃべるのももう慣れて、最近ではロシア語と日本語と現地語が混ざるチャンポン英語になってきている。

強烈な日差しを恐れて目以外はグルグル巻きになったロシア人たちは遊牧民そのもので、お土産らしき子羊まで抱いているものだからとても学術調査隊には見えない。

彼らは車の横に素早く簡易天幕を張ると、折りたたみ椅子とテーブルを引っ張ってきた。

「ほら、死んでる日本人に土産だ」

テーブルに並べられたのはコーラの瓶《びん》だった。とたんに安藤が起きあがり、目を輝かせる。

「冷たい？」

思わず日本語で尋ねてしまった彼に、ロシア人が笑って答える。

「ツメティ、ツメティ」

遊牧民の長が、子羊と共にコーラを一ダースくれたそうだ。彼らの天幕にはバッテリーの冷蔵庫も備えてあるので、客には冷えた飲み物をくれることがある。

「ずいぶんと気前いいですね。この前、発掘現場にやってきて調査を中止させた部族でしょ？」

古葉が尋ねると、ロシア人の一人がどこか誇《ほこ》らしげに言った。

「アンドレイが交渉したら、一発だったよ。あっという間に族長のお気に入りになって、発掘の許可だけじゃなくジープが直るまでは食料調達も手伝ってくれるそうだ」

「凄《すご》いな、アンドレイさん」

遊牧民は季節により縄張りが変わるので、事前に許可を取っていた部族が去って新しいのが来ると、「自分たちは許可しない」などと言い出すことがよくある。こちらは政府から許可を得ているのでいちいち部族ごとに了承を得る必要はないが、やはり揉《も》め事はおこしたくないので、族長に賄賂《わいろ》を届けることになる。

その交渉はなかなか難しいのだが、「教官」アンドレイがあっさりやってのけたと聞き、カイは内心驚いていた。

自分は傭兵《ようへい》を雇《やと》ったつもりでいたが、彼は非常に優秀な諜報員《ちょうほういん》でもあるらしい。数ヵ国語を操り、人心《じんしん》に取り入るすべも心得《こころえ》ている。もしや傭兵になる以前はどこかのエージェントではなかっただろうか。

「遊牧民はプライドが高いから、普通はこっちのトップを出さないと交渉のテーブルにつかないんだけどね。アンドレイを気に入ってくれたおかげで、コーネフ教授も東森教授も調査に専念できる」

その言葉どおり、二人の教授は天幕で午睡《ごすい》を貪《むさぼ》っている。

若い学生に劣《おと》らぬ体力を持つ彼らはペース配分も心得たもので、最も暑い時間帯は必ず眠り、涼しくなってから精力的に活動を始めるのだ。

気がつくと、さっきまでぐったりしていた安藤がデジタルカメラを構え、休憩中の調査隊を撮影していた。

一人一人に英語で「コーラ美味しい？」などと尋ね、ロシア人がいちいち「資本主義の元祖の味がする」だの「ウォッカを入れたい」などと答えている。

彼はカイと古葉にもカメラを向けた。今度は日本語で尋ねる。

「古葉さん、今朝は発掘中にトラブルに巻き込まれましたよね。大丈夫ですか？」

「あー、防御眼鏡《ぼうぎょ》に欠けた石が飛んできて、ヒビ入ったよ。防御眼鏡の意味ないよな」

「三ツ野は？　コーラ美味い？」

彼はカイに対しては「はい」か「いいえ」で答えられる質問しかしない。どうせろくな返事が出来ないと分かっているからだ。

カイが小さくうなずくと、安藤も満足そうにうなずき返し、カメラを陽炎の地平線に向けた。桃の影響で、動画の締め方「ロングショット」を覚えたそうだ。

やがてカメラがぼんやりした青空に向けられ、ようやく安藤は電源を落とした。

これは彼の趣味で撮影しているわけではなく、調査隊のホームページにアップするためのものだ。国の補助金だけではとても長期的調査は出来そうになかったので、東森教授が学術系クラウドファンディングでかなりの資金を集めてくれた。その出資者に活動を報告するため、真面目な調査結果の間に「発掘隊の日常」動画を安藤があげている。

もちろん重要な情報は何一つ載せていないが、リアルタイムで砂漠の発掘隊の暮らしが見えるとあり、なかなかの人気らしい。

古葉がのんびりとコーラを飲みながらロシア人に尋ねる。

「功労者のアンドレイさんは？」

「部族の若いのから遠乗りに誘われてたよ。助手のレナトと一緒に馬を貸してもらって遊んでる」

「もの凄いコミュニケーション能力だなあ」

きっと教官と助手は今ごろ、遊牧民たちから隣国テジェニスタンの情報を仕入れていることだろう。このネット時代においても、機動力のある彼らの口コミほど頼りになる情報は無い。

休憩時間も終わりに近づき、二人の教授ものそのそと天幕から這いだしてきた時、アンドレイとレナトが馬で戻ってきた。

さっそく安藤がカメラを構える。

「馬、慣れたものだね！」

「この鐙《あぶみ》にはなかなか慣れませんがね」

アンドレイは馬から下りることなく、カイに言った。

「ロシア語を話す日本人がいると聞いて、族長のお孫さんが大変な興味を示しています。接待だと思って来てくれませんか？」

カイは面食らった。自分に接待など出来るはずもない。

それに構わずアンドレイが続ける。

「お孫さん、インターネットで日本のアニメを観《み》て興味津々だそうですよ。色々と聞きたいそうです」

とたんに古葉と安藤が笑い出し、カイの肩や背中をばんばんと叩いた。

「アニメなんて、三ツ野にとって一番の苦手分野ですよ」

「そうそう、ドラゴンボール観たことないって聞いて、俺のけぞったもんね」

「そうですか」

アンドレイは苦笑したが、それでもカイに言った。

「まあ、日本の話を色々と聞きたいだけでしょう。夕飯をどうぞと言われているので、付き合ってくれませんか」

カイを見下ろすアンドレイは、いつもどおりの礼儀正しい笑みだった。だがその目はどこか得体《えたい》が知れない。

カイがうなずくと、彼はにっこりと笑った。

「じゃあ私の後ろに乗って下さい。カイさん、運動神経いいから一人で乗れますよね」

再びうなずき、鐙に片足をかけた。鞍《くら》に手を置き、軽く馬上に身を引っ張り上げる。古葉と安藤が、おお、と感嘆の声を漏らした。

「酒を勧《すす》められると思いますが、無事に連れ帰ることを約束しますよ」

アンドレイはそう言って、カイを後ろに乗せた馬を走らせ出した。レナトも真横についてくる。砂が顔に叩き付けられ、カイは咳《せ》き込《こ》んだ。

振り返ると、安藤がカメラを構えたまま大きく手を振っている。ロシア人たちもコーラの瓶を高く持ち上げ見送っている。

彼らが見えなくなってからようやく、カイは「教官」アンドレイに尋ねた。

「お前たちは撮られても構わないのか。インターネットにあげられているが」

「構いませんよ。どうせこの仕事限りの顔と国籍です」

ということは、彼らは必要があれば簡単に顔を変えてしまうのだ。プロとはいえ凄《すさ》まじい。

「族長の孫に呼ばれているというのは嘘か」

「それは本当ですよ、妙な嘘をついて後で齟齬《そご》が出ても困りますし。ただ、ロシア語を話す日本人に会いたいとお孫さんに言わせるよう仕向けたのは、私です」

彼はあっさりそう言った。人一人操ることぐらい、何でもなさそうだ。

ふと、このアンドレイは冬基に似ていると思った。

顔色一つ変えず、他人を操作する。操られる側はそれに全く気づかず、自発的に自分がその行動を取ったと思い込む。

「まあご想像だとは思いますが、あなた一人を連れ出したのは内密の話があるからです」

アンドレイは淡々と、ウズベキスタンとテジェニスタン国境付近の様子を話した。

政治的な国境はあれど、伝統的な遊牧民は砂漠地帯に限り出入り自由とされている。そのため、遊牧するテジェン族からテジェン情報も入りやすい。

「アマゾフ大統領は反政府組織に対する締め付けに躍起《やっき》になっています。小規模な組織があちこちに出来ていますが、彼らがネットに頼らず鷹匠《たかじょう》や行商人をよそおって情報をやりとりしているので、摘発《てきはつ》が難しいようですね」

ネットを規制し過ぎたおかげで、逆に反政府組織が古来よりある方法で情報交換を始めてしまった。これは発見が容易《ようい》なようでいて、ネット時代に慣れてしまった警察にはなかなか難しい。

「彼らのリーダーとなる人物も、生まれつつあるようです。まだ名前は教えてもらえませんが、若いようですよ」

「……」

共闘《きょうとう》が可能かどうかは、その若いリーダーに会って確認するしかないだろう。

反政府組織が望んでいるのが緩《ゆる》やかな改革か、劇的な革命か。

そしてもし革命ならば、それを成《な》し遂《と》げるためにどこまでやる覚悟があるか。

カイが考え込んでいると、アンドレイが言った。

「しかし今、お話ししたいのはそのことではありません、カイくん」

「？」

無言で彼の背中を見ると、レナトがちらりとこちらに目をやった。これからアンドレイが言うことにカイがどう反応するのか確かめたい。そんな様子だ。

アンドレイは淡々と言った。

「あなたの研究室の古葉という男、夜中にどこかに連絡を取っていますね。わざわざ調査隊の天幕から離れたところまで移動して」

「……家族か、恋人か何かじゃないのか」

高知出身の彼がしょっちゅう実家に連絡しているのは知っている。弟と妹がいると聞いたこともある。いかにも長男だよね、と安藤も言っていた。

「しかし、わざわざ二つ目の携帯を使ってまで外部に連絡とは」

「二つ目の携帯？」

「彼個人のスマホではない携帯を持っていますね。衛星通信で盗聴が難しいものです。しかも製品番号が削《けず》り取《と》られていて出自《しゅつじ》が分からない機体です」

カイの目の前がすっと暗くなった。

――古葉が？

アンドレイは平坦な声で続けた。

「彼はあなたが東森研究室に入る三年も前から在籍《ざいせき》していますし、あなたを追いかけてきたわけではありませんね。誰かが、彼に金を渡してあなたを見張るよう依頼しているのでしょう」


聖カテリナ女学院の修学旅行は、今年からオランダ航空のアムステルダム乗り継ぎ便を使うことになったそうだ。

去年まではイタリア直行便を出すイタリアのフラッグキャリア、アリタリア航空と決まっていたのだが、遅延《ちえん》の多さ、荷物紛失《ふんしつ》多発、しかもスト頻発《ひんぱつ》とあり、とうとう聖カテリナもアリタリア航空を見限った。

「本当はプロテスタントの航空会社など使いたくないんですが……」

還暦《かんれき》過ぎの学年主任シスターは成田でぶつぶつ言っていたが、カトリック国のいい加減な飛行機より、プロテスタント国のしっかりした飛行機に乗りたいのが本音だ。

搭乗を待つ間、真礼《まれい》は油断なく辺りを観察していた。

オンシーズンとあり外国人も多い。もちろん「ごく普通の」日本人旅行客も多く、とても一人一人はチェックできない。しかもこちらは目立つ女子校の制服で、それぞれがセカンドバッグとしてハイブランド品を持っている集団だ。注目を集めまくっているこの中で、桃《もも》をじっと見ている人物を捜すのは不可能に近い。

生まれて初めての海外旅行だというのに、桃は全く興奮していなかった。

ただ、カイが心配だった。

ミニ映連《えいれん》の会合で、桃は警戒しながらも皐月《さつき》に祖父・健《けん》が残した映像を見せた。すると彼は「これは中央アジアのどこかじゃないか。カザフかウズベクか、その辺りだ」と言った。

何が何だかまだ分からない。

だがカイが向かった国の映像を、四十年も昔に祖父が撮っていた。

そしてその映像を、なぜか今ごろ見たいという人が現れた。おそらくその人物は、桃を間近で見張りたいがためだけにミニ映連を発足《ほっそく》させた。

彼は今のところ、頑固《がんこ》で偏屈《へんくつ》な映画好き老人という以外の顔は見せていない。少なくとも桃には優しいし、心から映画を愛し、人生を捧《ささ》げてきたのは本当だ。

だが彼と健に、批評家と酷評《こくひょう》された監督以外に何か関係があったとしか思えない。

カイの周りにも、自分の周りにも、見張りがいる。もしかしたら同じ飛行機に乗ってイタリアまでついてくるかもしれない。

フライト中、桃は全く眠れなかった。何度も観た映画をぼんやり眺め、機内食もほとんど残してしまう。

「桃。食べな」

アクション映画に集中しているかと思われた真礼がぼそっと言った。

「敵が何であれ、戦う体力は必要だ」

「……うん」

「あんたのカイ兄ちゃんの周囲にも、当然スパイはいるだろう。だけどあいつは頭が良い上に警戒心も強い。そうそう簡単にやられやしないさ」

確かにカイは頭が良い。警戒心も強すぎて簡単には他人をよせつけない。

だが、どこか危ういのだ。

桃が彼を思うほどに、彼は彼自身を思っていない。

——いつでも自分を捨てられる。

そう考えているのが、桃には分かる。涙がにじんできた。

桃を引き取ってくれた祖父。

自殺した冬基の母。

どこから来たか分からないカイ。

色々なことが頭をぐるぐるするのに、一つも結びつかない。

ふいに、真礼から強く手を握られた。

「桃。戦況が混乱している時は、一つだけ自分が信じるものを決めるんだ。上官でもいい、相棒でもいい、情報提供者でもいい、とにかく『こいつだけは大丈夫』と信じて行動するんだよ。そうでないとどこにも進めない」

「……自分の判断が間違ってたら？」

「そしたらその時。怖がってその場にうずくまってるより、行動して撃たれた方がなんぼか事態は改善するよ」

今、自分が一つだけ信じられるもの。

冬基は何を考えているかさっぱり分からない。そもそも忙しすぎて連絡もろくに取れない。

カイはもっと駄目だ。彼がおそらく三ツ野兄妹《みつのきょうだい》を取り巻く大きな謎の中心なのだから。

今、自分が無条件で信じられるのは――。

「真礼ちゃん」

桃は真礼の手を握り返した。

「真礼ちゃんを、無条件で信じるよ」

「ただの護衛のあたしをかい？」

ニヤッと笑った真礼の目を、桃は真っ直《まっす》ぐに見た。

「私は、真礼ちゃんが嘘をついたら分かる。真礼ちゃんは今も昔も、私に嘘をついたことはない」

ただ、今まであえて桃に言わなかったことはあるだろう。

それはおそらく桃が、何の判断力もないただの子どもだったからだ。

だが今は違う。少なくとも、家族を守りたいという意志だけははっきりとある。

「真礼ちゃんを指針《ししん》に進む。私は、間違ってないと思う」

「いい度胸だ」

彼女は再び挑発的に笑い、窓の外を見た。さっきまで輝く白い雲で目が痛むほどだったが、すでに高層《こうそう》の深い青空だ。

「真礼ちゃん。カイお兄ちゃんを探っている組織の見当はついてる？」

「まだ桃には言えない段階だけどね。予想はしてる」

まだ桃には言えない、か。真礼は、桃が敵の正体を知ることで態度がおかしくなったり、うっかり漏らしてしまうことを警戒している。

「防戦一方じゃなくて、その人たちに何か反撃できない？」

するど真礼は目を見開いた。映画を観ているふりだけしていたヘッドセットを耳からずらし、桃を真っ直ぐに見る。

「反撃？」

「せめて敵の正体をはっきりさせたい。こっそり監視してるだけの人たちを、何とかあぶり出せないかな？」

真礼はまじまじと桃を見ていたが、やがて小さく肩をすくめた。

「スパイ映画みたいにゃいかないよ。あたしらは腕時計型麻酔銃も銃弾《じゅうだん》を弾《はじ》く傘も持ってない」

「うん。私は何の力もないただの女子高生だってことを知ってる。でも、相手はプロでしょう？　だからこそそれを利用できないかな」

「桃が何を考えてるかさっぱりだけど、プロは甘くないよ。取りあえず話してみな」

その時、キャビンアテンダントが飲み物のワゴンを押してきた。

「あ、水をお願いします」

桃は英語で答えたが、真礼は違う言語で何か言った。するとキャビンアテンダントが笑ってウィンクし、真礼にも水のペットボトルを渡す。

彼女が遠ざかってから、桃は小声で聞いた。

「今の、オランダ語？　何て言ったの？」

「酒が飲みたいけど、この制服じゃ頼めないってね」

彼女の答えから二つのことが分かる。

まず、真礼はオランダ語ができる。そしておそらくは酒が飲める年齢である。

「オランダ語、結構覚えてるもんだね。以前はよく使ってたよ」

「……オランダにいたことがあるの？」

「アムスはね、ろくでもない奴らの溜まり場だよ。軍隊崩れが金目当てに集まってくる」

ふいに、スパイ映画のワンシーンを思い出した。

アメリカ、イギリスに続いて巨大な民間軍事会社、つまり傭兵《ようへい》の卸 売市場《おろしうりしじょう》があるのはアムステルダムだ。先の二ヵ国に比べて非英語圏《けん》の傭兵が多く、戦闘そのものではなくフリーランス諜 報員《ちょうほういん》も少なからずいる。アムスの傭兵は最低三ヵ国語、普通は五ヵ国語以上しゃべれるのだそうだ。

「もしかして、冬基お兄ちゃんってとんでもない人を私のボディガードに雇ったのかな」

「ま、あたしはただの海兵崩れさ」

彼女はそれ以上語ろうとしなかったが、ある程度の情報は与えてくれた。真礼が何者であるにしろ、桃の味方であること、そしてそれを示すためにオランダ語をしゃべってみせたことは間違いない。

英語とたどたどしい日本語でアナウンスが入り、機内の灯《あか》りが落とされた。飛行機のジェット音が凄《すさ》まじいとはいえ、もうひそひそ話も難しいだろう。

真礼はメモ帳にさらさらとペンを走らせ、桃に見せた。

『敵の正体をあぶり出したいっていう希望は分かった。桃はなぜ、そうしたい？』

なぜって。

あまりに根本的な質問に、桃は考え込んでしまった。単に、見知らぬ人たちにまとわりつかれてい

9月・10月発売の単行本

大好評
発売中
!!

“チャングム”
イ・ヨンエ復帰作を小説化、完結 !!

著:パク・ウンリョン
脚色:ソン・ヒョンギョン／翻訳:李 明華

師任堂《サイムダン》、色の日記 下

四六判／定価：本体1900円＋税

本好き女子のための、ドラマティック・ライトノベル!!
※予告は一部変更になることがあります
2、5、8、11月の10日発売
小説
WINGS
ウィングス
秋
2017年
定価：本体710円+税
表紙・石据カチル
11月10日(金)発売!!
エッセイ
菅野 彰×藤たまき
「非常灯は
消灯中」
小林典雅
カラーつき!!
×北畠あけ乃
本誌初登場!!
ラブコメの名手が描く本格時代小説。
コミック
杉乃 紘
平澤枝里子
ほか
ショートコミック
カトリーヌあやこ
堀江蟹子
TONO
津守時生×麻々原絵里依
「三千世界の鴉を殺し
縞田理理×ねぎしきょうこ
「トロイとイーライ 魔法学科のフェローたち
和泉統子×高星麻子
「帝都退魔伝 虚の姫宮と真陰陽師、そして仮公爵
麻城ゆう×道原かつみ
「人外ネゴシエーター
嬉野 君×カズアキ
「異人街シネマの料理人
河上 朔×田倉トヲル
「ガーディアンズ・ガーディアン 番外篇
表紙&巻頭カラー
琥珀のRiddle
最終回
篠原美季×石据カチル
大天使ウリエルと大魔法使いマーリンは、
リドルを護りきれるのか……!?
ヴィクトリアン・オカルト・ファンタジー、堂々の完結!!

10月発売のウィングス・コミックス

るのは気味が悪い、じゃ駄目なんだろうか。

だがよくよく考えると、見知らぬ人に監視されていること自体、桃はもうどうでもいい。彼らの正体が知りたいのは、カイがなぜ監視されているのか、彼が何者なのかを知りたいからだ。

そして桃がカイの謎を知りたいわけは、全てが明らかになり、色々な事件が片づいたら、再び三ツ野邸で兄妹三人の晩餐会《ばんさんかい》が開かれるのではないかと淡い期待を抱いているからだ。

冬基とカイの間に横たわる根深い溝《みぞ》。

単純に薫《かおる》の死だけが原因なのだろうか。カイの出自《しゅつじ》に絡《から》んだもっと深い謎があるのではないか。

桃はペンで文字を書き始め、それに線を引いて消し、何度か書き直した後、ようやく真礼にメモ帳を見せた。

『二人のお兄ちゃんを仲直りさせたい。彼らの下にあるマグマを沈静化《ちんせいか》させたい』

真礼の答えは単純だった。

『マグマは一度噴《ふん》出《しゅつ》させなきゃなくなんないよ』

桃にはその比喩《ひゆ》の意味が分かった。

冬基とカイはもうずっと顔を合わせていない。桃はその状態にビクビクしながらも、二人が正面衝突して決定的に袂《たもと》を分かつよりマシなのではないかと思っていた。

だが、二人には一度、じっくり話をさせなければならない。

それがどんな結果を生むとしても。

『イタリアに着いたら戦うよ。覚悟は決めたかい？』

『戦うよ』

カイを守るために、冬基との三人の晩餐会を取り戻すために、自分は戦う。

ローマ三日間、フィレンツェ三日間、ヴェネツィア二日間、最後にローマに戻ってバチカン一日、という日程が生徒達に不評なのが、桃には今イチよく分からなかった。

イタリアに何度も行った生徒からすれば「今さらコロッセオ」「今さらウフィッツィ」らしいし、イタリアが初めての生徒に言わせれば「歴史ある街をたった二、三日流すだけなんて」だそうだ。

だが、その評判の悪い日程表の他に生徒達の心を奪っているものがある。

それは三年生のお姉様方への「贈り物《リガロ》」だ。

聖カテリナの修学旅行の伝統で、イタリアを訪れた二年生は親しくしている三年生に小さな贈り物を選ぶそうだ。それにポストカードを添えてローマやフィレンツェ、ヴェネツィアから日本へ送る。

金持ちの生徒ばかりなので高価な贈り物は逆に無粋《ぶすい》とされ、金をかけずに「小粋《こいき》な」「洒落《しゃれ》た」プレゼントを選ぶのがいいらしい。二年生は古都のショップをめぐり、時には路上のアーティストにも目をやり、誰にも真似できないリガロを選ぼうとする。

その伝統行事を聞いた真礼は一言「馬鹿馬鹿しい」と切り捨て、桃も「女子校はよく分からないなあ」という感想を持ったが、イタリアにつくとその考えは吹き飛んだ。

ローマのコロッセオは確かに凄《すご》かった。映画「ベン・ハー」「グラディウス」で観た光景そのままだったし、桃は大興奮した。

だがイタリアは巨大建築物以外の、小さなものまで美しかった。観光客向けの店が建ち並ぶ通りから一歩裏に入れば、紀元前のコインがごく普通に売っている。無名の画家が描いた絵も、小さな彫《ちょう》刻《こく》も、アクセサリーも、何もかもが素晴らしい。

グループ行動は五人だったが、桃と真礼以外の三人は素敵なリガロを選ぶことに血道《ちみち》をあげていた。あれこれ買い込んだ後にスマホで検索し、似たようなものがネットオークションで売っているのを見つけてがっかりしたりもしている。

驚いたことに彼女たちは、誰に贈るのか決めているわけではなかった。ただ「三年生に贈り物を買う」行為が楽しいだけで、人気のあるお姉様なら誰でもいいと言う。

「毎年、リガロをたくさん贈られるお姉様が数人はいらっしゃるそうなの。去年は詩の朗読コンクールで優勝された方と、ラテン語研究会で活躍された方、水泳でインハイまで行かれた方に集中したそうよ」

「そうなのよ。でも基本的には、個人的にお付き合いのあるお姉様に送るものらしいの。ご婚約者の縁者《えんじゃ》であるとか、お父様のお仕事でつながりがあるとかね」

グループのクラスメイトたちがそう言った時、桃はふと、これを利用できるのではないかと考えた。この方法なら、あるいは。

桃はアンティークショップで古びたメダイを買った。プレゼント包装を頼むと、さっそく三人が食いついてくる。

「三ツ野さんは、どちらの先輩に贈るのかしら？　部活もしていないわよね」

「ええと、呉間由比子《くれまゆいこ》様にリガロとしてお贈りしようかと考えてるんだ」

「まあ、呉間様？」

三人は一様に驚いた様子だった。

名門揃《ぞろ》いの聖カテリナ子女《しじょ》の中でも、呉間由比子はトップクラスの血筋の良さだ。お知り合いになりたい下級生は多いが、雲の上の存在として扱われている。元公爵家の呉間家と成金《なりきん》の三ツ野家がいつつながったのかと、三人は興味津々《しんしん》のようだった。

「呉間様が、映画監督にして画家のジャン・コクトーについて私に質問をされたことがあったの。その後、コクトーの絵を選ぶのを手伝うことになってね」

その後、呉間由比子は剛太郎《ごうたろう》に脅《おど》されていたことが分かったが、これを利用しない手はない。

「だから呉間様に、毎日小さなリガロを届けます、って約束したのよ」

「毎日？」

三人は目をまん丸くした。

その後ろで真礼が、いったい何を言い出すんだい、とでも言いたげな顔で桃を見ている。

「呉間様は、小さな小さなもので良いので、毎日贈って下さいね、と言われたの。イタリアから微風が吹いているようで楽しいんだって」

「まあ、素敵な表現ね。さすが呉間様」

桃が捏造《ねつぞう》した呉間由比子のセリフに三人はうっとりとなった。そんな関係を上級生と築《きず》けたことが羨《うらや》ましいという目で桃を見る。

桃はここぞとばかりにっこり笑った。

「呉間様は、よろしければお友達からも小さな風を届けてねと、おっしゃったわよ。グループ行動でイタリアを一緒に回った五人は、生涯の友達になるんですって」

「まあ」

彼女たちは感激していた。ローマの骨董品《こっとうひん》店の片隅で、興奮気味に顔を見合わせる。

「それにね、まだここだけの話だけれど」

桃は声をひそめ、三人に顔を近づけた。

「呉間様、私の本当のお姉様になるかもしれないの」

「えっ」

彼女たちは今度こそ驚愕の表情になった。さらに興奮し、必死に声を抑《おさ》えながら桃に食いついてくる。

「まさか、二人のお兄さまのうち、どちらかと……？」

「ええ、上の兄が二十七歳でね。兄もコクトーが好きだから、話が合ったようで」

もちろん嘘八百だ。冬基はコクトーなどちょっと昔の広告絵描きぐらいに思っているだろう。

だが呉間由比子と冬基につながりがあるというのは、ある意味本当だ。

呉間由比子は泥酔《でいすい》して男にしなだれかかっている写真を剛太郎に撮られ、脅されていた。冬基はすぐにその写真とデータを取り返したはずだが、まだ破棄せず保管しているだろう。あの冬基が、せっかく手に入れた呉間家の弱みをむざむざ捨てるわけがない。

冬基は絶対に、写真をネタに呉間由比子を脅すようなことはしない。卑怯な真似をして後々まで恨まれるより、自分の祖父から恐喝の材料を取り返した高潔な青年として、呉間家に恩を売ることを選ぶはずだ。呉間由比子には気の毒だが、これを「材料」として桃と冬基がこっそり連絡を取るために協力してもらおう。

呉間家と三ツ野家が姻戚関係になるかもしれないと知り、自由行動グループの三人は色めき立った。このつながりに自分たちも加わっておけば、父から褒《ほ》められるだろう。そんな打算が、このお嬢様たちの中に生まれたはずだ。

桃の口車に乗せられ、三人はその店でそれぞれ指輪や人形、小さな絵を買った。真礼も肩をすくめながら、適当な飾り箱を買った。

桃はその五つの贈り物をまとめ、呉間由比子に送ることにした。

「できれば、味気ない国際宅配便じゃなくて、信頼のおける誰かに直接届けて欲しいよね」

さりげなくそう言うと、三人のうちの一人である薩川《さつかわ》がさっそく申し出た。

「お父様の会社のローマ支社があるわ。誰かよこさせましょう」

その晩、薩川家の娘がローマから日本に贈り物をしたい、というだけで、部下が一人ホテルに派遣されてきた。彼は慇懃《いんぎん》無礼《ぶれい》に箱を受け取ると、その夜のフライトで日本に発《た》った。金持ち娘の我《わ》が儘《まま》に付き合わされる部下もたまったものではないと思うが、桃は心の中で謝るだけに留めておいた。これで、少なくとも桃が日本の誰かとコンタクトを取ったという痕跡は残らない。表面上は薩川の名だ。

翌日も五人はローマで呉間由比子へのリガロを探し回った。

桃は再び小さなメダイを買い、他の四人と共にプレゼント包装してもらった。そしてやはりホテルから、薩川の父の部下により日本に送られた。薩川は国際電話で興奮気味に呉間家と三ツ野家のつながりをリークしたらしく、父親から「何が何でも彼らの関係に食い込め」と指令を受けたらしい。

翌日、高速列車でフィレンツェに移動した。

桃は支給されたタブレットでウフィッツィ美術館を調べるふりで、ある店を探していた。

「あるかな?」

真礼に聞くと、彼女はうなずいた。

「あるね。フィレンツェみたいな都会なら一つぐらいは絶対に」

日本語では出てこなかったが、頑張ってイタリア語で検索すると、ようやく目的の店が一軒、引っかかった。

――カザフスタン人が経営するレストランだ。

桃はグループ行動のランチをそこに誘導《ゆうどう》した。人の好い店主は日本人の小娘五人をいたく歓迎してくれ、片言の英語であれこれ話しかけてきた。

その日も五人分のリガロが薩川の父の部下によって日本に送られた。

その夜、桃のスマホに呉間由比子から国際電話が入った。

『この時間ならホテルかと……今ならお話できるかしら』

「大丈夫です」

はるか遠い日本から聞こえる彼女の声は、ひどく怯《おび》えていた。突然、下級生から訳の分からない贈り物が五人分届くようになったのだ。ビクビクして当然だろう。

『その……薩川さんの部下という方は何もご存じないようで……ただ、あなた達からリガロだと』

「ええ、お姉様にいち早くお届けしたくて」

『私に?』

「だって、冬基お兄ちゃんが呉間様に素敵なプレゼントをお届けする予定でしょう? いずれ妹になる私としても、呉間様にイタリアから何かお贈りしたくて」

冬基から呉間由比子へのプレゼント。

――それは剛太郎が撮った泥酔写真のデータだ。

しばらくの沈黙の後、呉間由比子はか細い声で言った。

『……明日も楽しみにしています』

それからフィレンツェでの残り二日、桃は五人分のリガロを送り続けた。それぞれ、中国料理店とロシア料理店で昼食を取った後でだ。

そして、イタリアに飽きたと文句を言う生徒たちも「ここだけは何度でもいい」と褒めるヴェネツィアに移動した日のことだった。

ゴンドラに乗って水路をめぐり、五人で船着き場に戻ってきた時、桃は意外な二人に会った。

「桃ちゃん！」

町田《まちだ》と美亜《みあ》のカップルだった。

いかにも日本人観光客で、町田は渋谷あたりでよく見かける小綺麗なサブカル系ファッション、美亜は日焼けを気にした大きな帽子にサングラスだった。二人とも首からスマホを提げている。

「もしかしたらイタリアのどっかで会うかもなーって美亜と話してたけど、まさかヴェネツィアの船着き場とはね」

「同じツアー会社かもしれませんね。おさえてたホテルに割り振られただけでしょう」

桃はニコニコと答えた。

「お二人はどちらから？」

「ミラノだよ。その前はアルプスの登山列車」

「ハイジっぽくて素敵だったわあ、チーズフォンデュも馬鹿みたいに高かったけど美味《おい》しかった！」

うっとりした顔で美亜が言った。彼女も海外は初めてだそうだ。

桃は笑顔で二人に言った。

「もしお時間があるなら、お茶でもいかがですか？　お友達に教えてもらったカフェがあるんです」

「え、修学旅行中にいいの？　個人行動ＯＫ？」

彼らは驚いていたが、桃はうなずいた。

「ヴェネツィアに限って完全な自由行動が許されてるんです。海に囲まれてるから悪い人は入りづらいし、いても逃げられないし」

「へええ、そうなんだ」

彼らを誘ってカフェに行こうとすると、真礼がそっと声をかけた。

「一人で平気かい」

「大丈夫。でも近くにいて」

「分かった」

その後、真礼は桃に一言だけ囁いた。小さくうなずいて答える。

桃はグループと別れ、町田と美亜と共に水路の橋をいくつか渡った。ゴンドラから観光客が手を振ってくるので、笑顔で振り返す。美亜が一番はしゃぎ、両腕を大きく振っていた。

複雑な街並みを歩き、桃は水路の行き止まりにあるカフェに二人を案内した。観光客だらけのヴェネツィアで唯一《ゆいいつ》、数少ない地元民が集《つど》う店らしい。周りの客はイタリア語ばかりで、英語さえ全く聞こえなかった。

美亜はいかにも隠れ家的なカフェに大興奮していたが、町田にたしなめられて声を抑《おさ》えた。桃に向かってペロッと舌を出してみせる。

三人でたわいもない会話をした。

桃が見たローマ、フィレンツェの街並み。スリには気を付けるよう毎朝毎朝注意されること。ホテルのボーイが聖カテリナの生徒をしつこくナンパして、引率のシスターから凄《すさ》まじいクレームが行ったこと。

町田と美亜はイギリスからドイツ、フランス、スイス、イタリアとヨーロッパ旅行二週間のお手本みたいな旅をしているそうだ。個人旅行ではあるが旅行会社に全て予定を組んでもらっているため気楽らしい。ミニシアターのオーナーらしく町田も英語はそれなりに話すし、ヨーロッパ各種言語にもある程度馴染んでいる。楽しい旅だと二人は話した。

「そう言えば、お二人の馴れ初《なそ》めは？　やっぱり美亜さんのホラー映画好きがきっかけでお知り合いになったんですか」

桃がそう尋ねると、二人は顔を見合わせ、同じタイミングで苦笑する。美亜が笑いながら言った。

「私、厨房《ちゅうぼう》機器の営業やってるんだけど、新人一年目にね、間違ってこの人のバッカス館に飛び込んじゃったの」

「そうそう、配給会社への書類書いてたらいきなりリクルートスーツの女の子が飛び込んできて、必死な顔で業務用冷蔵庫の話始めるもんだから、僕も面食らっちゃって」

「バッカス館の入ってるビルの地下が無国籍ダイニングだったのよね。でも私、どうしてもリース契約となきゃって頭がいっぱいになってて、無謀《むぼう》な飛び込み営業かけてみたらミニシアターで」

彼らは再び顔を見合わせて笑った。

桃もつられて笑った。何て可愛らしい「出会い」だろう。

「結局、その無国籍ダイニングの契約は取れなかったけど、なぜか私がバッカス館に顔を出すようになってね」

「うちの映画は全然面白くなさそうって文句つけるくせに、営業の合間の休憩に来るんだよ。ベンチと飲み物目当てに」

「あの辺じゃバッカス館の自販機にしか、いちごサワードリンク売ってないんだもん」

「あはは」

思わず声を出して笑ってしまった。そのままの笑顔で続ける。

「それで、お二人は公安なんですか？」

彼らの笑顔は変わらなかった。

それまで「馴れ初め」を語っていたのと同じ口調で、町田が桃に聞き返す。

「うん？　ばれてたかな？」

ついさっき真礼から囁かれた言葉。

桃も映画でだけ存在を知っているが、公安は日本の情報部だ。

「はい、確信したのはさっき声をかけられてからですが」

真礼がミニ映連の皐月を調べてくれたが、特に怪しい点は無かった。ただ、何十年も前に批評家と監督として健と微妙なつながりがあるだけだ。

だが一つだけ気になることを教えてくれた。

――バッカス館のオーナーは二代目だね。今年の二月に息子に交代したばかりだ。

元々のオーナーは引退して息子に映画館を譲《ゆず》っていたが、彼らはフルネームを表に出すことはほとんどなく、ブログの宣伝や映画評も全て「町田」のみだった。

またそもそも以前のオーナーは経営に専念して運営はスタッフ任せ、滅多《めった》に人前に出なかったそうだ。ミニシアターブームの頃にバッカス館を作ったはいいが、そろそろお荷物に感じていたらしい。

それが、なぜか冬基の誘拐事件で桃が有名になった直後、オーナーが息子に代わっている。

「町田さん、バッカス館の前オーナーの息子さんじゃないですよね、多分。お金でオーナーの座を買ったんでしょう？」

「うーん、女子高生に追いつめられるの、怖いなあ」

町田はまだ軽い口調だったが、美亜の表情は変わっていた。

すでに脳天気な日本人観光客の仮面を脱ぎ捨て、鋭い目で桃を観察している。

「そしてオーナーに成りすまし、皐月さんを操ってミニ映連を発足させた。皐月さんは自分の発案だと思ってるだろうけど、町田さんがさりげなく吹き込んだんですよね」

「頑固《がんこ》な人ほど操作しやすいってのは本当だよ。簡単だった」

「お爺《じい》ちゃんのフィルムが見たいって言い出したのも、町田さんが吹き込んだせいですね」

「役に立ったよ。あの鷹狩りの風景はテジェニスタンだ」

――テジェニスタン。

それは、カイが発掘に訪れる予定の国。

桃は表情を動かさなかった。

自分が何を知っていて何を知らないのか、彼らに悟《さと》られてはいけない。

町田は溜息をつき、軽く肩をすくめた。

「全く、監視対象の妹が修学旅行で出国したと思ったら、カザフスタン料理店、中国料理店、ロシア料理店だろう。しかもそこのオーナーと仲良くこそこそおしゃべりだ。イタリアに来てるってのに」

「怪しく見えるかなーって思って、公安の人が嫌いそうな国を選びました」

カザフスタンはともかく、中国とロシアは嫌だろう。特に公安はロシアから戦前に諜報合戦で煮え湯を飲まされている。これも映画で得た知識だが。

「君がイタリアで俺たちを引っかき回してくれたおかげで、やられたよ」

「あ、これですか?」

桃は自分のスマホを操作し、冬基からのメッセージを彼らに見せた。


――今から成都《チョンドゥ》にフライトだよ。

冬基はさっき、中国行きの飛行機に乗った。

国内事業にかまけているように見せかけていたカイの長兄《ちょうけい》が突然、何の前触れもなく出国したのだ。それもこれも、監視の目が全て怪しい行動を取る桃に注がれていたおかげだ。

三ツ野兄妹の間で交わされるメールや電話は全て監視対象下にあった。だが桃はどうしても冬基にこっそりと、「カイに会いに行け」とのメッセージを送りたかった。だから呉間由比子へプレゼントを贈るふりで、公安の目をごまかした。

冬基から来たこの「中国へ行く」というメッセージも、とっくにあちらは知っていることだろう。だがすでに飛行機に乗っているであろう冬基に手を出すことは出来ないはずだ。

「俺たちは監視対象を捕らえる権限《けんげん》ないからね、任意同行を求めるしかない。それをしようかどうかって矢先に、突然中国に逃げられちまった」

「やだ、冬基お兄ちゃんはお仕事ですよ。会社が合併したばっかりで忙しいんです」

「天然ガスの国際事業には関わってないように見せかけてたくせにな」

桃が呉間由比子へのリガロに忍ばせたのは、冬基へのメッセージだ。

——マグマは噴出させないといけないって真礼ちゃんが言ってる。カイさんに会いに行って。

おそらく公安の監視の目は、桃より冬基に対する方がはるかに厳しかったはずだ。いくら仲が悪いとはいえ、金も地位も持った冬基とただの女子高生の桃とでは、危険度が違いすぎる。

「お兄ちゃんに国外脱出されちゃったから、私の前に二人は現れたんですね。もうこそこそ監視してる場合じゃなくて、何が何でもカイお兄ちゃんの情報を引き出さなきゃって」

「そこまで分かってるのか。最近の女子高生は賢いなあ」

町田は相変わらずの口調だったが、すでに笑顔ではなくなっていた。桃をあなどった自分を責めているようだ。

これまでの推理はほぼ真礼の受け売りだが、ここからの対決は桃一人でやらなければならない。

公安という情報のプロから、カイの正体を探るのだ。

「カイお兄ちゃんが何者なのか、私もよく知りません。なぜ監視しているのか教えてくれますか」

じっと町田を見つめていると、それまで黙り込んでいた美亜が言った。

「いいでしょう。三ツ野カイに関するこちらの情報を与えます。それと引き替えに、あなたの知っていることを話しなさい」

がらりと口調が変わっていた。ひどく冷徹《れいてつ》な印象を受ける声だ。

「釘《くぎ》を刺《さ》しておきますが、私たちを出し抜こうなどと考えないこと。私たちにはあなたが想像も及ばない力があります」

「はい」

いいから、さっさとカイのことを教えてくれ。自由行動時間が終わってしまうではないか。

美亜は一口、珈琲《コーヒー》を飲んでから言った。

「三ツ野カイは日本に厄災《やくさい》をもたらす存在です。何としても止めなければなりません」

その後に続いた美亜の言葉は、桃の視界を真っ暗にした。

「たとえ、彼の命を奪うことになってもです」

午前四時のヴェネツィア。

夜明け前のサンマルコ広場は、潮水で薄く覆《おお》われていた。

背の高い鐘楼《しょうろう》、壮麗《そうれい》なドゥカーレ宮殿、歴史ある寺院。世界で最も美しい広場と呼ばれる場所は静まり返り、ぽつぽつ灯った街灯を濡れた石畳《いしだたみ》が反射している。星々が足元に広がるようで、幻想的な情景だ。

だがその美しさを楽しむ人間は今、桃《もも》と真礼《まれい》以外に誰もいない。

昼間は観光客だらけで、ヴェネツィアの歴史を世界各国の言語で叫ぶツアーガイドや、物売りの呼び込み、カルテットの生演奏などで騒々《そうぞう》しいことこの上なかった。だが午前四時を回ったばかりのこの時刻、落ち着きのない鳩たちさえ寝静まっているようだ。

石の柱が並ぶ回廊を、桃は制服の革靴で歩いた。

自分の足跡が小さなさざ波になり、街灯を反射する水溜まりを砕いていく。

海に少しずつ沈んでいるというこの街は、秋から冬にかけてよく冠水《かんすい》するそうだ。ニュースなどで映像は観たことがあったが、実際に目にするとやはり驚いてしまう。それがあまり映像や写真で見かけない夜の光景ならなおさらだ。

このままヴェネツィアの街が海に沈むような気がした。

年月の積み上げられた街に音も無く潮が満ちる。この街のシンボルである有翼《ゆうよく》の獅子《しし》像も、古い鐘楼も、何もかもが海に浸食されていく。

桃は水中で仰向《あおむ》けになり、それを眺める想像をしてみた。

だが、どうもカメラの位置が決まらない。どの辺りから撮るのがいいだろう？　なるべくサンマルコ広場全体が見渡せる場所に「沈んで」行きたいのだが。

「桃。靴が濡れるよ」

真礼がぽつりと言った。

これまで黙って桃の後ろを歩いていた彼女は、制服の上に羽織っていたコートに手をかけた。

「カーディガンじゃ寒いだろ。これ貸そうかい」

「大丈夫だよ、ありがとう」

振り返ってにっこり微笑んだ。

誰もいないサンマルコ広場を見てみたいと言った桃に、真礼は黙って付き合ってくれた。修学旅行のホテルを抜け出し、水路で入り組んだ街を五分ほど歩いて来たのだ。夜遊びの欧米系観光客もさすがに寝静まり、早起きのアジア系観光客もまだ起き出してこない、唯一の時間帯だ。

回廊を出て、桃と真礼は海に面した桟橋《さんばし》を見下ろした。昼間は漕ぎ手《ウンディーネ》が陽気に歌いながら観光客を運んでいたゴンドラが、今はひっそりと何艘《そう》もつながれている。

「今ね、私ならどう撮るかなって考えてたんだ」

指で作ったフレームにドゥカーレ宮殿を入れ、片目を閉じて見上げると、真礼は少し呆れたように言った。

「何だい、てっきり落ち込んでるだろうと思ってたら、映画のこと考えてたのかい」

「カメラ持ってくればよかったなあ。私のスマホじゃ夜景が綺麗に撮れなくて」

今度は鐘楼をフレームに入れて残念そうに言うと、真礼は溜め息をついて肩を軽くすくめた。

「公安につけ回され、あんたの兄ちゃんの正体を聞かされ、普通の女子高生なら泣きわめいてるところだろうけどね」

「何か、思考停止しちゃって。ヴェネツィアが舞台の映画のこととか、ずっと考えてた」

桃が想像した以上にことが大きくなってきてしまった。三ツ野《みつの》家の家族問題だと思っていた話にどんどん謎が増え、国家権力まで出てきてしまったのだ。

冬基とカイの確執《かくしつ》は、自殺した冬基《ふゆき》の母・薫《かおる》に関してのことだった。

薫は実子である冬基を恐れ、誰にも心を閉ざしていた養子のカイを愛した。それが彼を苦しめなかったはずはないのだ。

薫は、冬基を愛せないことをずっと日記の中で詫《わ》びていた。自分は恐ろしい母親だとも書いていた。

誰が悪かったとも思えない。薫が自殺した直接の原因は、冬基と桃の祖父であり、薫の義父にあたる剛太郎《ごうたろう》から結婚を迫られていたことだ。夫亡き後、「俺の子を産め」と舅《しゅうと》に強要され続け、精神が弱り果てて死んだ。彼女の死に、冬基もカイも直接は関係しない。

だが、もう冬基とカイの仲は戻らないだろう。

元々仲の良い兄弟でもなかったが、桃が間に入ったことにより、少しずつ関係性が変わっているように思えた。桃を通してならカイは冬基の「お願い」も聞くし、冬基はカイの頭脳を頼ってあれこれ仕事を回していた。

それが、あの日記が出てきたせいで全て壊れた。

カイは冬基が薫の告白を読んだことを聞き、モスクワの大学への留学を決めた。自《みず》らの存在を消すことが、彼の冬基に対する贖罪《しょくざい》だった。

桃はそう思い、一人で泣いた。

もう三人家族は戻らないのだ。カイはモスクワに奪われたまま、冬基と桃だけで「仲良し兄妹」を演じていくのだと思っていた。

だが、少し様子が違ってきた。

いつ頃からか冬基や桃の周りに怪しげな「組織」が現れ、あれこれ身の周りを探り始めた。桃はあからさまにつけ回されたり、スマホを掏《す》られたり、そして祖父が四十年近く前に撮った外国の映像を観たがる人も現れた。

修学旅行先のイタリアにまでくっついて来られたりした。

その頃はもう、カイはただ冬基と離れたくてモスクワ行きを決意したのではないだろうとの確信があった。

彼には謎がある。

その謎が彼を、遠い異国へと向かわせた。

真礼は、三ツ野兄妹を嗅《か》ぎ回っている組織はおそらく二つあると言った。

カイの出生の秘密を知っている、中央アジアのどこかの国の人々。

彼らがなんなのかは真礼も全く分からないそうだが、二月に起こった冬基誘拐事件にも絡んでいただろうと言う。主犯格の映画マニアは祭り上げられただけで、本当はその外国人たちが主犯。冬基からカイの情報を得ようとしたが、失敗したらしい。

彼らは外国人で目立つので、常に周りをうろついているわけではないようだ。三ツ野家に異変が無いか、そっと見守っている段階だろう。

だがもう一つ、三ツ野兄妹をあからさまにつけ回している奴らがいる。日本の公安だ。

カイの秘密が外国に関わる危険なことなら、それを未然に防ごうとして公安も出てくる。冬基や桃がカイと連絡を取らないか見張っているのだろう。彼らは国外では何の権限も無いが、兄妹の会話を盗聴ぐらいはしていると思われた。

桃はローマ空港についてから一度だけ、冬基に電話した。

内容は無事ついた、との報告しかなかった。桃も、冬基も、この会話が盗聴されているのを知っていた。

冬基は何気ない声で言った。

――俺も忙しくて、最近、三人そろった食事をしていないね。俺も全然カイの顔を見てないし、早く兄妹そろうといいね。

それに桃は感激した。

薫の日記を読んで以来、冬基がカイのことを本格的に憎んでしまったのではないかと怯《おび》えていたが、やはり兄弟だったのだ。

だが、その後に続いた彼の言葉には少し首をかしげた。

――しっかりしたお友達の真礼さんにもよろしく。そして、もしイタリアで緊急事態があって、俺の携帯が仕事中でつながらなかったりしたら、すぐに秘書の佐田《さた》に連絡するんだよ。早く、弟と妹の顔が見たいよ。

真礼によろしく。佐田に連絡。早く弟と妹の顔が見たい。

一つ一つは何でも無い言葉だ。これを他人に聞かれたところで、初の海外旅行に行った妹を気遣う兄としか思われないだろう。

だが桃は違和感を覚えた。

あの日記が出てきて以来、冬基がカイの名前を口にしたことはない。それなのに、盗聴されているかもしれない電話で突然名前を呼び、早く会いたいと言う。

そして真礼や佐田についても、これまで何度も言われてきたことだ。出発直前にも同じような注意を受けて一日も経っていないのに、わざわざ国際電話で念を押されるのも奇妙だった。

桃は電話を切った後、空港のターンテーブルで待っていた真礼に冬基の一言一句を伝えた。

すると彼女はすぐに佐田と連絡を取ると言った。そして、同じ修学旅行グループの女生徒の鞄からスマホを掏《す》り取った。用心に用心を重ね、自分の番号からではなく他人の電話を使いたかったらしい。

真礼が国際電話をかけると、佐田はすぐに出て、桃も全く知らなかったことを教えてくれた。

冬基は三ツ野グループをセイシンコーポレーションに叩き売るというやり方で、母を自殺に追い込んだ祖父・剛太郎へと復讐を果たした。自分の地位はきっちり固め、さっさとセイシンコーポレーションの国内事業部門で働き始めたそうだ。

だが彼は今、セイシンが手がける中央アジアの天然ガスパイプラインの建設事業にも関わろうとしているらしい。合併《がっぺい》直後の縄張り争いも何のその、あっさりとプロジェクトの中枢《ちゅうすう》に食い込んだ。この話は極秘で、冬基が中央アジア事業に関わっていることは社内でもほとんど知られていない。抗争を繰り返す社内グループ同士を巧《たく》みに操り、自分の動きが目立たないようにしているそうだ。

佐田は、冬基が中央アジア事業に関心を持ち出したのは、カイの中央アジア発掘遠征が決まってからだと言う。

冬基もカイの正体をずっと探っており、中央アジアで「何か」が起こると踏んでいた。だから、仕事にかこつけて彼のそばに行きたい。

それが薫の死に関してカイを責めるためなのか、何か大きな秘密を持つ彼を守るためなのか、桃には想像がつかない。彼の腹の底など、誰も読めないだろう。

だが桃は、目的はどうあれ冬基がカイの側にいることで、何か大きなことに巻き込まれようとしている彼を助けることが出来るのではないかと期待した。冬基が「弟と妹の顔が見たい」などと言ったのもきっと、「お前もここに来い」の意味に違いない。

イタリアから冬基に、こっそり連絡を取りたかった。だが電話もネットも見張られている。そこで桃は一計《いっけい》を案じ、冬基の婚約者ということになっている上級生の呉間由比子《くれまゆいこ》を通して、密かに彼と話すことに成功した。本物の婚約者なら公安も見張っていただろうが、でっち上げなのだから敵も知りようが無い。

国際電話で、冬基は桃に言った。

自分が仕事で中央アジアを訪れることが決まれば、公安は警戒を厳しくするだろう。出張が迫ったそのタイミングで、「ちょっとお話を」と任意の聴取《ちょうしゅ》を求められる可能性もある。そうすると仕事にも支障が出るし、非常にやりづらい。

桃はしばらく考え、「私に任せて」と言った。

公安はおそらく、同じくカイの家族でも冬基の方にしか注目していない。社会人で、地位も金もあり、カイとは長く一緒に住んでいた。

しかし桃はただの女子高生で、一年半ほど一緒に暮らしただけだ。イタリアまでくっついては来たが、あくまで念のためだろう。

桃は冬基を動かすため、攪乱《かくらん》作戦に出ることにした。

イタリアでわざと、思い切り怪しい行動を取ったのだ。

真礼に「公安ってどういうのが嫌い？」と聞くと「ロシア」と即答があったので、わざとイタリアでロシア料理店を回った。ロシア語を話す観光客にも積極的に声をかけ、写真をとってあげたりなどした。

そうして桃がイタリアで怪しい動きを続け、修学旅行の六日目を迎えた日、冬基は唐突に中国経由でウズベキスタンへ向かった。カイの発掘調査隊が起点としていた国だ。

桃の陽動作戦が成功したのかというと、真礼は「公安はそこまで間抜けじゃない」とも言った。

冬基があっさり出国出来たのは、彼に何の裏も前科も無いからだ。ひょっとしたらあの兄のことだから陰で悪いことをやっている可能性もあるが、少なくとも表面上は潔白だ。

しかも経由しているのが中国だ。やはり公安とは非常に相性が悪いため、追いかけるのも難しい。

結局、桃の「ロシア人と積極的に触れ合おう」作戦は大した攪乱にはならなかったが、ある意味、成果はあった。桃をイタリアまで追いかけてきた公安エージェントが、婚前旅行で偶然会った風をよそおって声をかけてきたのだ。

彼らは桃のミニシアターオーナー仲間である町田《まちだ》と、その婚約者の美亜《みあ》と名乗っていた。桃と接触するためだけに八ヵ月近くの時間をかけ、ミニシアターのオーナー連盟まで作り、少しずつ親しくなっていったのだ。

実際、町田は会えば熱く映画を語るし、知識量も相当なものだった。あれが付け焼き刃の人格だとしたら大した役者だ。

彼らの演技は完璧だったと思う。

だが桃の直感が、「日本で知り合って半年と少しのカップルに、偶然ヴィネツィアで会う確率は無いに等しい」と告げていた。

これが世界三大映画祭と呼ばれるヴェネツィア国際映画祭の時期なら分かる。桃だって自分でお金を稼《かせ》げるようになったら是非、一般参加の学生チケットを買って会場を回りたい。

だが映画マニアのはずの町田と婚約者はなぜか、九月初頭に催《もよお》される映画祭が終わった直後の、十月のヴェネツィアへやって来た。この時期にしか休みが取れなかったにしろ、もし桃が十月のヨーロッパに旅行するなら絶対にロンドン最大の映画祭に行く。ヴェネツィアほどの知名度は無いが、映画ファンなら見逃せないはずだ。

行く先々の外国で映画館に飛び込んでしまうと言っていたはずの町田が、なぜロンドンの映画祭を避けるようにヴェネツィアへ？　そして狭いとはいえ世界中からの観光客で大混雑の街で、細い水路が入り組んだ地点で偶然にも、たった八人しかメンバーのいないミニシアター連盟のメンバーが出会う？

あり得ない。

桃が笑顔で「公安ですか？」と声をかけると、彼らは仲の良いカップルの仮面を脱ぎ捨て、冷酷ともいえる表情で桃に言った。

――正体を知られたならしょうがない。僕たちの情報を出すから、君からも三ツ野カイの情報を得たい。


町田はそう言って話し始めた。

うすうす予想していたことではあったが、三ツ野カイは日本人ではないそうだ。十六年前、冬基と自分の父である三ツ野啓二《けいじ》によって日本に連れてこられて養子となった。

彼は、テジェニスタンという国で独裁政治を続けている大統領に対し、何らかの「たくらみ」を持っている可能性があるそうだ。町田は詳しく話さなかったが、人命に関わる事態になるかもしれないらしい。

――遠く離れたテジェニスタンで、テジェニスタン人がテジェニスタン人に対して何をしようが、正直我々には関係ない。だが問題は、三ツ野カイが日本人を名乗っていることだ。

町田は桃の顔をじっと見つめながら言った。

テジェニスタンという国は天然ガスが豊富に出るため、近年急激に豊かになったらしい。周囲の諸外国、資源が欲しい大国も色目を使っている。

そんな国で、「日本人」三ツ野カイが何かやらかすと非常に困る。いくら元はテジェニスタン人だと国際社会に訴えたところで、日本が陰で糸を引いていたんだろうと言われてしまう。

――君のお兄さんはね、テロリスト予備軍なんだよ。

町田はそう言った。

それに美亜も続けた。

――それも非常に頭の良い、数ヵ国語を流暢《りゅうちょう》に操る、厄介《やっかい》なね。

桃は町田と美亜の顔をじっと見つめ返した。

彼らが話しているのは「三ツ野カイ」という人物のことらしい。桃が一年半、兄妹として一緒に暮らした人。

最初はひどくよそよそしかったが、この頃はずいぶんと馴染んでくれて、桃にだけは彼の無表情が読み取れるようにもなっていた。映画で観た料理だって、今は自分で現地語のレシピを調べて作ってくれるようにもなった。

堅い殻《から》に閉ざされていた彼の優しさが、少しずつ見えてきたと思っていたのに。

「テロリスト予備軍、ねえ」

真礼が夜空を見上げてぼそっと呟いた言葉に、桃はそっとうつむいた。

制服の革靴が濡れていく。このまま潮水に沈んでしまいたい。

「もし冬基お兄ちゃんやカイお兄ちゃんから連絡があったら、必ず知らせるようにって町田さんに脅《おど》された。君の今後の人生が大きく変わってしまうよって」

今後、変わってしまうかもしれない桃の人生。

それは、せっかく手に入れた新しい家族を再び無くしてしまうことなのだろうか。

「ま、公安の監視を振り切って国外に飛んだ兄貴も、イタリアで派手に怪しい行動をとった妹も、とっくに要注意人物だろうね」

桃に出来ることは今、特に無い。修学旅行を終え、帰国し、横浜で大人しく冬基とカイからの連絡を待つしか出来ないだろう。

桃は、彼らが言うなというなら、公安には何も言わないつもりでいた。よく知らない組織の人たちより、たとえ一年半とはいえ一緒に暮らした兄たちの方を信じる。

——だが。

胸を覆うこの不安は何だろう。

このまま三ツ野邸に戻り、ただひたすら連絡を待つだけの生活を、自分は続けることが出来るのか？

「桃、そこはもう駄目だよ」

真礼から二の腕を引っ張られ、回廊の脇に寄せられた。潮位《ちょうい》が上がっているのか、さっきまでは靴を濡らす程度だった潮水がもう、箇所《かしょ》によっては足首まで来そうだ。

「観光客がいる時間帯ならね、潮水に覆われても歩けるよう、板を渡すんだけど」

「……ホテル……戻る前に、もう少しだけサンマルコ広場、見てもいい？」

「昼間は大して興味無さそうだったのに、夜の方がいいのかい」

「あー、キャサリン・ヘップバーンの『旅情』で観たなあとか、００７シリーズでもよくヴェネツィア使われるなあ、とか、そういう感想はあったんだけど」

桃は暗い広場を再び見渡した。

海に面した一角には二本の大きな柱があり、有翼の獅子像と聖マルコ像が見下ろしている。どの映画でも必ず画面の中に映っていた。

「私にとってヴェネツィアって、『死んでいく街』なんだよね」

「死んでいく？　年々沈んでるって意味かい」

「ううん、１９７１年のね、『ヴェニスに死す』って映画があってね」

桃は映画の筋を簡単に説明した。

ある老作曲家が、静養のためにヴェネツィアを訪れる。そこで彼は美しい貴族の少年タジオと会い、一目で魅了される。

老いた彼は、タジオを遠くから見つめるためだけに、姿を求めてヴェネツィアの街をさまよう。彼とは何度か目が合うものの、会話も交わさない。そもそも、タジオが老作曲家を認識しているのかさえ怪しい。

そのうち、ヴェネツィアの街があちこち消毒されだす。老作曲家がどうしたんだと聞いても、消毒夫たちは「知らない」「聞いてない」としか答えない。

やがてヴェネツィアに疫病《えきびょう》が発生したとの噂が流れ出す。だが老作曲家はタジオの姿を見たいがため、街を離れようとしない。

とうとう、彼も病に倒れる。

老いた顔に白粉《おしろい》を塗り、唇には紅《べに》を引き、白髪染めで若作りをする。それもこれも、「タジオを眺める」、ただそれだけのためだった。

ラストシーン、化粧でよりいっそう老いを強調された作曲家は、死にゆきながら美しいタジオを眺める。

「四十年以上前の映画なのに、タジオ役のビョルン・アンドレセンって今でも美少年の代表みたいに言われてるんだよ。当時の人気も凄《すご》かったみたい」

スマホで彼を検索した桃が、ほら、と真礼に画面を見せたが、彼女は軽く鼻を鳴らした。

「そりゃ綺麗だけど、女みたいだねえ。あとその映画、辛気《しんき》くさいったらありゃしない。美少年に岡《おか》惚《ぼ》れしたジジィが死んでいくだけなんだろ」

真礼の容赦《ようしゃ》ない切り方に、桃は笑ってしまった。短くまとめると確かにそれだけなのだが、疫病が蔓延《まんえん》するヴェネツィアの退廃的《たいはいてき》な美と作曲家の老醜《ろうしゅう》は、幼かった桃に強烈な印象を残した。

「だから私にとってヴェネツィアって、水の都とか、イタリアの宝石とか言う前に、死んでいく街ってイメージが強いの。……そんな街で、カイお兄ちゃんのあんな話を聞いちゃったから」

テロリスト予備軍。

桃が観た映画では、テロリストは容赦なく殺されていた。特殊部隊からだったり、仲間割れだったり、時には人質に反撃を喰らって。

カイが、そんな目に――。

「二番目の兄貴の正体についちゃ薄々分かっていただろうに、桃がずいぶんへこんでるなって思ったら、その映画のせいかい」

苦笑した真礼は、桃の頭にポンと手を乗せた。くしゃっと髪をかき回される。

「あんた、日本で平和に暮らしてきたにしちゃおっそろしいほど肝《きも》が据《す》わってる十六歳だよ、桃」

「……そうなの？」

「日々をただ流されて学生やってる奴らと違って、あんたは目的意識がはっきりしてるんだ。だから映画館を守りたい、とか、家族を守りたい、と思った時に迷わない。すぐに行動に移せる」

そうだ、自分の夢は異人街シネマの存続。

そして、新しい大事な家族を守ること。

「言いな。何が不安だい。古い映画のことなんか思い出すのは、その不安が表れたに過ぎない」

そう聞かれると、自分が何に怯えているかはっきりしてきた。しばらく考えてから答える。

「冬基お兄ちゃんが、何のつもりでカイお兄ちゃんを追いかけて行ったか分からないこと」

「それか」

それが分からないから、桃は怯えている。ただ日本で電話を待つだけの生活など、出来そうにもない。

うっすらと東の空が明るくなってきた。

夜明けが近い。霧も少し出てきて、さらに冷えてきたようだ。

私が今、したいこと。

それは大人しく修学旅行から帰り、屋敷にこもることではない。

「私もテジェニスタンって国に行きたい」

言葉にすると明確になった。

冬基がどんなつもりであれ、カイに敵対するつもりなら止める。

カイが何をしでかそうとしているにしろ、それも絶対に止める。

恐ろしく頭の良い兄二人に対し、小娘の自分に何が出来るかは分からない。だけど、ただじっと待っているだけなんて嫌だ。

「家族を亡くしたくない。もう二度と」

強くそう言った桃だが、ハッと息をのんだ。真礼の顔を見て、少し不安そうに言う。

「え、偉そうなこと言っちゃったけど、真礼ちゃんが助けてくれることが前提なんだ……ごめん」

すると彼女はハハッと声をあげて笑った。苦笑混じりの顔になる。

「おおせのままに。好きに私を使っていいよ」

「その、自分では何の力も無いくせに、真礼ちゃんに頼りっぱなしで悪いんだけど……」

「確かにあたしゃ、人より戦えるし蛇《じゃ》の道の歩き方も知ってる。でも、そのあたしに無条件で助けたいって思わせたのは、桃、あんたの力だよ」

私の力。

それは真礼を動かすことが出来た。

二人の兄にも通じるだろうか。

早起きの鳩の羽音が、あちこちから聞こえてきた。まだ暗い中ではあるが、少しずつ朝の気配が近づいてくる。

「さ、そうと決まったらまずはメシだ。ホテルに戻ろう、桃」

「うん！」


数種類のパンと各種ソーセージ、それにシェフが目の前で焼いてくれたオムレツを手にテーブルに戻ると、真礼が目を見開いた。

「珍しいね、桃がそんなに食べるなんて」

「うん、体力つけとこうと思って。後で果物も食べなきゃ」

一流ホテルの朝食ビュッフェはさすがに味も最高で、非の打ち所が無かった。何種類もある卵料理を全部試したいと思ったほどだ。

開いたばかりのビュッフェにはまだあまり客がいなかった。修学旅行で泊まっている生徒たちは一般客と時間をずらしているし、聖カテリナの制服姿は桃と真礼だけだ。

相変わらず大食漢の真礼と共に、桃も精一杯に朝食を詰め込んでいると、担任のシスターと同行しているツアーコンダクターの西田《にしだ》がやって来た。

「三ツ野さん、出井戸《でいど》さん、こちらの手続きは済みましたよ」

「ご迷惑をおかけいたします、先生、西田さん」

桃が立ち上がって深々と礼をすると、シスターは同情した顔で言った。

「こちらのことはいいのよ、お祖父様の容態、さぞかし心配でしょう」

「……はい」

桃は少しだけ横を向き、涙をこらえるふりをした。

修学旅行を突然抜け出す口実、それに使ったのは「身内の危篤《きとく》」だ。つまり、三ツ野剛太郎が倒れて危ないということにして、突然の帰国を申請《しんせい》した。

もちろん桃だけがヴェネツィアから飛び出してもしょうがない。真礼も連れて行くために、桃は教頭と担任に「内密の話ですが」と前置いて、真礼が二番目の兄と婚約していると説明した。

まだ内々のことであるので発表はしていないが、将来、真礼は三ツ野家の一員となる予定だ。桃の義理の姉になり、剛太郎にとっても義理の孫となる。だから二人で一緒に日本に飛んで帰りたい。

教頭も担任も驚いてはいたが、在学中に婚約など聖カテリナの生徒にはありふれたことだ。そして、「株価などに影響するので三ツ野家と出井戸家の縁組みもまだ内緒にして欲しい」との言い訳もすんなり聞き届けられた。

ツアーコンダクター西田が差し出した書類に、桃と真礼はサインをした。修学旅行ツアーの権利を途中放棄し、今後一切の請求など行いません、海外旅行保険は云々《うんぬん》、という奴らしい。

「あなたがたの帰国便は、西田さんが手配して下さいましたよ。ローマからの直行便が最も早く帰れるそうです」

シスターが言うのに、桃は心配そうにうなずいた。祖父の死に目に間に合えばいいが、という表情を作って見せる。

西田もこうした事態には慣れているのか、神妙そうな顔で言った。

「ローマ空港までは私が電車でお送りしますね。飛行機にはお二人で乗ってもらうことになりますが、成田まではおうちの方が迎えの車をよこしてくれるんですよね？」

「はい、兄が手配してくれています。そのまま祖父の病院に直行します」

シスターのくどい挨拶《あいさつ》を適当に躱《かわ》し、桃と真礼は荷物と共にホテルのロビーに降りた。

十五世紀の内装に豪華なシャンデリア、巨大なヴェネツィァングラスの置物、ふかふかの絨毯《じゅうたん》。普段の桃だったらさっそくカメラを取り出して撮影するだろうが、今はそれどころではない。

西田が手配した海上タクシーが、ロビーに面した水路に現れた。派手な制服のボーイに手伝われ、揺れる船に乗り込む。

まだゴンドラもほとんどいない朝の水路を、海上タクシーはするすると走った。入り組んだ水路を何度も曲がり、駅へと近づいていく。

桃は隣でじっと座っている西田を盗み見た。

お嬢様学校のツアーコンダクターを任されているのだから、それなりに責任ある地位だろう。普通の修学旅行では考えられないような突発事態も起こるはずだ。

桃と真礼はこれから、西田の取った航空券で日本に帰るつもりはない。どこかで彼女を追い返し、冬基とカイがいる中央アジアに向かわなければならないのだから。

ふと、桃は西田の腕時計に目を留めた。

良く出来てはいるが、偽ブランド品だ。以前の桃なら気づきもしなかっただろうが、これらの本物、しかも数ランク上の品を気軽に身につける同級生に囲まれているうちに目が肥えてしまった。

そしてスーツは本物のブランド品ではあったが、身体に合っていなかった。おそらくは借り物だ。

苦労知らずの金持ち娘たちを引率《いんそつ》するにあたり、西田は精一杯の見栄でこれらを揃えたのだろう。おととしまで庶民暮らしだった桃だって未だに彼女たちの金銭感覚に慣れないし、自分よりはるかに若い小娘たちに馬鹿にされたくないという西田の気持ちも分かる。

——そしてその気持ちは、利用できる。

海上タクシーがヴェネツィア・サンタ・ルチーア駅につき、運転手がトランクを下ろし始めた。桟橋に待ち構えていたスタッフに手を引かれながらステップに乗る。

西田が運転手に料金を払っている間、桃は真礼にそっと囁いた。

「西田さん、ここで追い返そう」

「算段は」

「たぶん、大丈夫」

ヴェネツィア駅構内に入ると、西田は日本語や英語であちこちに電話をしていた。未成年を二人だけで帰国させるとあり、最終確認を各所に行っているようだ。

それを終えた西田は、スタンドで温かい飲み物を買い、ベンチに座っていた桃へと差し出した。

「コーヒー、お嫌いじゃなければ」

「ありがとうございます」

「あれ？　出井戸さんはどこに行かれましたか？」

いつの間にか姿を消した真礼に、西田は少し慌てていた。未成年、金持ちの家の未成年、と心の中で焦《あせ》っている様子なのがよく分かる。

桃は力なく微笑んで見せた。

「……真礼ちゃん、心配でしょうがないんだと思います。少し、外の空気が吸いたいと」

「そうですわね、義理のお祖父様になる予定の方がご危篤ですものね。お察しします」

西田の如才《じょさい》ない返事に、桃は何も言わなかった。

しばらく沈黙を保ち、やがて目尻から一粒、ぽろりと涙をこぼしてみせる。

そっとハンカチで目をおさえた桃に、西田が慌てて言った。

「もちろん、実のお孫さんである三ツ野さんの方がお辛いですよね。最近はイタリアの列車も時間通り動くことが増えましたし、連結に問題がなければ帰国便には――」

「違うんです。私と真礼ちゃんが心配しているのは、お祖父様ではなくて兄のことなんです」

「お、お兄さんですか？」

「はい、二番目の」

桃は顔を上げ、涙で潤《うる》んだ目を西田に向けた。震える唇で言う。

「ごめんなさい、お祖父様が危篤というのは嘘なんです」

西田はぽかんと口を開けた。とっさに返事も出来ないようで、目をぱちくりさせるばかりだ。

「……え、ええと、その」

ようやく口を開いた彼女の手を取り、桃は身を乗り出した。

「嘘をついてごめんなさい、でも、今どうしても修学旅行を抜けて行かなければいけない国があるんです！」

唖然《あぜん》とする西田に、桃は涙ながらに説明した。

二番目の兄カイは今、大学の研究でウズベキスタンに行っている。だがそこで現地のとある名門氏族の娘に気に入られてしまい、結婚を迫られている。カイには真礼という婚約者がいるが、有力者の娘をすげなく断れば今後の発掘調査にも影響が出かねない。

「だから、だから、カイお兄ちゃんがその娘さんと強引に既成事実とか作らされる前に、何とか真礼ちゃんを現地に行かせたいんです。本物の婚約者が登場すれば、きっと相手も諦めてくれると思うんです！」

桃は堰《せき》を切ったように泣き出した。

「私、真礼ちゃんと本当の姉妹になりたい……！」

「あたしもだよ、桃」

いつの間にか戻ってきた真礼が、桃の肩を抱いて言った。

そして西田にスカーフで包んだ何かを差し出した。

「……これは？」

「賄賂《わいろ》さ、受け取っとくれ。ここであたしら二人を見逃してくれるお礼だよ」

西田はおそるおそるスカーフを開いた。出てきたユーロ札の束にぎょっとしている。

「で、でも、そのような事情なら学校側に説明をすれば——」

「三ツ野家と出井戸家の婚礼に関わるんです、万が一にも部外者に漏れたら株価に影響します！」

「そうだよ、あたしゃこっそり中央アジアに飛んで、あたしの男を取り戻してくる。あんたさえ黙っててくれればね」

「でも、私には責任が——」

そう言いつつも、西田の目は札束から離れようとしなかった。そのスカーフだけでもあんたのスーツ以上の値段だよ、と真礼から言われ、迷い始めたようだ。桃も駄目押しした。

「これ、一番上の兄の名刺です。もし問題がおこって西田さんが旅行会社を首になっても、兄の会社に雇ってもらえますから」

これで西田は陥落《かんらく》し、二人をあっさりと見送ってくれた。しばらく時間を潰してからホテルに戻るのだろう。

すると真礼はすぐに大柄な白人の男を連れてきた。

「車と運転手も見つけておいたよ」

「素早いね！　この人が送ってくれるの？」

「朝からバーで飲んでたから、暇なんだろうなって思って声かけた。オランダ人だよ、千ユーロでいいってさ」

真礼がオランダ語で男に話しかけると、彼は大きくうなずき、桃と真礼のトランクを運び始めた。

「……飲酒運転だよね？」

「ビールなんかこいつらにとっちゃ、水みたいなもんだよ」

これから桃と真礼は、車でイタリアを出てオランダを目指す。あの国の首都アムステルダムは真礼いわく「色々と便利」な街なので寄りたいらしいが、飛行機を使ってクレジットカードの痕跡《こんせき》を残したくないそうだ。そしてアムステルダムの空港では現金でチケットを買い、ウズベキスタンに飛ぶ予定だ。

オランダ人のオンボロ車に乗り込んだ桃に、真礼は袋を放ってよこした。

「桃、着替えな」

「駅で買ったの？」

「そうだよ、世界中どこにでもある、やっすいチェーン店の既製品だ。二人で全身そろえても百ユーロもしない」

「こ、ここで？」

桃はバックミラーに写るオランダ人の顔をちらりと見た。さすがに彼の車の後部座席で堂々と着替えるのははばかられる。

だが真礼はあっさりと制服の上を脱ぎながら言った。

「こいつなんか、半裸や全裸の娼婦を見慣れてるよ。それに桃のことだって小学生ぐらいにしか見えてないさ」

真礼に促《うなが》され、桃もおずおずと着替え始めた。一応、小学校の体育の時間でよくやった「必殺・絶対に見えない女子着替え」を遂行する。

二人が着替え始めると、オランダ男は一度だけ口笛を吹き、親指を立てて見せた。カーオーディオのスイッチを入れると、派手なロックが流れ出す。

車はスピードを上げ、高速道路に乗った。風を切ってどんどん進む。ロックのリズムが車内を満たし、オランダ男が勝手に盛り上がって歌い出す。

桃は久しぶりにシャツとジーンズというラフな格好になり、安物のバッグに荷物を詰め替えた。

いよいよだ。

いよいよ、二人の兄のいる国へ。

真礼が車の窓を開けた。凄《すさ》まじい風が車内を吹き荒れる。

「ま、真礼ちゃん？　エアコンが――」

そう言おうとした桃は絶句した。

真礼が脱いだ制服をいきなり窓の外に放り出したからだ。

呆気《あっけ》にとられて背後を振り返ると、聖カテリナの上品なセーラー服が風に舞い、イタリアの高速道路の彼方に消えていった。

「あたしゃこの気取った制服、嫌いだったんだよね。はー、スッキリした」

本当にせいせいしたように言うので、桃は思わず笑ってしまった。

自分も後部座席の窓を開け、セーラー服を空に放つ。青空の彼方に消えるまで、桃は制服を見送った。

「冬基お兄ちゃん、ごめんね。せっかく買ってもらったのに」

「なーに、あの兄貴に取っちゃ制服代ぐらい何でもないだろ」

どうせ脱いだ制服などこれからの旅の邪魔になるだけだ。庶民服で「変装」も完成したし、さっぱり捨ててよかったのかもしれない。

二人の奇行を目を丸くして見守っていたオランダ男と、バックミラー越しに目が合った。

桃がグッと親指を立てて見せると彼は大笑いし、見事なウィンクを返してくれた。

RECIPE.07

リトル・ミス・サンシャイン、地の果てへ

アムステルダムに着いたのはまだ薄暗い早朝だった。街は朝霧《あさぎり》にかすんでいる。

「水の匂いがする」

「運河の街だからね」

「何か甘い匂いもするね」

「この辺で誰かハッパでも吸ってんじゃないかい」

ハッパ、というのが大麻《たいま》のことだと気づき、桃《もも》は力なく微笑《ほほえ》んだ。映画で知っていたが、この街では大麻が合法なのだ。

聖カテリナ女学院の修学旅行中だったヴェネツィアを二人で脱出し、ハイウェイをひたすら飛ばして丸二日、寝るのは現金オンリーの安宿に数時間だけ、という強行軍でアムステルダムを目指してきた。車ごと雇《やと》ったオランダ人の運転手も「ヘビーだ」と言っていたし、桃もさすがにクタクタになった。

だが、眠れなかった。

夜、安宿の天井を見上げ、隣の真礼《まれい》の寝息を聞いた。

彼女からは止められていたが、どうしても我慢出来ずにスマホを取り出す。開いてみるのはいつも同じページだ。

『東森《ひがしもり》研究室　砂漠の発掘の日々ブログ』

カザフスタン、ウズベキスタンにおける日露共同調査隊の日常を綴《つづ》ったもので、そのほとんどがカイの先輩である安藤《あんどう》による記事だ。写真や動画を撮っているのも彼らしいが、なかなか上手い。

安藤はカメラ片手に発掘隊の面々に愛想《あいそ》良く話しかけており、日本隊もロシア隊も現地の雇われ人も、ちゃんと応《こた》えている。日を追うごとに彼らが打ち解けていくのも伝わってきて、新しい動画だとお国のジョークで笑い合っている。

カイは愛想の悪さのせいか動画にはほとんど映っておらず、写真も誰かの後ろに小さく見えるだけだ。

だが、つい数日前にアップされた最新動画にだけは、彼のはっきりした姿が映っていた。

カメラを持った安藤が、ロシア人たちに「コーラ美味《おい》しい？」と英語で話しかけている。彼らが強い訛《なま》りの英語で応える。

次にコーラを飲む古葉《こば》にカメラが向けられ、防御眼鏡にヒビが入った話をしている。ほら、と眼鏡を指さす古葉は真っ黒に日焼けしたターバン姿で、とても日本人には見えない。

最後に、日影にも入らずぼんやりしていたカイにカメラが向けられる。

『三ツ野《みつの》は？　コーラ美味い？』

それだけの質問に、カイはコーラを飲む手を少し止めた。

じっとカメラを見る。

そして小さくうなずく。

不思議なほどに澄んだ目だった。夜のように黒い瞳なのに透過性《とうかせい》がある。他の調査隊メンバーと違ってなぜか彼だけ薄汚れて見えず、砂まみれの姿も粉雪が降り積もったかのようだ。背景は砂漠なのに、凍った世界を連想させる。

カイが映っていたのは十秒にも満たなかっただろう。カメラは強烈な陽炎《かげろう》の地平線に向けられ、動画は終わる。

この日の日記には「テジェニスタンに入ると通信事情が悪くなるので、しばらく更新が途絶えます」と書いてあった。

だが真礼によれば、通信事情が悪いのではなく当局による監視のせいらしい。自国民はもちろん、外国人も好き勝手な情報公開は出来ないのだ。

カイはこんな国に生まれ、日本に来た。

そしてまた祖国に戻り、「テロリスト予備軍」と呼ばれるようなことをしようとしている。

信じられないし、信じたくない。だが思い当たるふしがあるからこそ、自分は不安で不安で、修学旅行から脱出までして彼を追いかけている。

考え込むぐらいなら何も考えるな、と言われていたが、どうしても二人の兄の顔が浮かぶ。

——冬基《ふゆき》とカイ。

カイは、テジェニスタンという国で何をしようとしているのだろうか。

冬基はなぜ、彼を追って行ったのだろうか。

きっと桃と同じだ。何かのっぴきならないことに巻き込まれているカイを助けたいから、冬基も弟の側《そば》に行こうとしているんだ。何度も自分にそう言い聞かせた。

そして言い聞かせるたびに、自分がいかに不安かが浮き彫りになった。見上げる天井がいつかスクリーンになり、冬基とカイの姿が交互に浮かぶ。

アムステルダムに着くと、真礼は街の中心部で車を止めさせた。運転手に約束の金を渡して別れ、徒歩で運河沿いを歩く。車両進入禁止の道が多いためだそうだ。

「真礼ちゃん、オランダは来たことあるんだよね」

「まあね。ほぼアムスだけど」

「オランダと言えば、ゴッホかな」

「風車とチューリップじゃなくて？」

「うん、ゴッホの映画予告を観たばかりなんだ。全編が油絵アニメーションの」

自分の耳を切り取った画家。

有名な話だが、今まで桃には彼の心境がよく分からなかった。ただ薄気味悪いだけだ。

だが今なら少しだけ、我が身を傷つけたいほどの焦燥感に共感できる。二人の兄を同時に失うかもしれない恐怖がこの身体に満ちている。大した荷物でもないのに酷《ひど》く重い。

運河の橋にさしかかると、真礼が言った。

「桃、足がふらふらしてるよ」

「……うーん、ちょっと寝不足かな」

ちょっとどころではなく、この二日間ほとんど寝ていないのだが、真礼にこれ以上の心配をかけたくなかった。そのうち早朝営業のカフェなどが開くだろうから、少しは休めるだろう。

少しずつ明るくなるに連れ、運河沿いに整然と並ぶ建物が浮かび上がってきた。装飾の多い古都のヴェネツィアと違い、ほぼ直線で構成された街並みは幾何学《きかがく》的な印象を受ける。良く出来たおもちゃを並べたようだ。窓辺にずらりと並んだ花々も、植物というより伝統的な工芸品に見えた。

教会の鐘が響いてきた。朝五時になったようだ。

それと共に、運河沿いに並んだボートのそこかしこから人影が出てきた。中には犬を連れている人もいる。

「え？　あの人たちボートで寝てたのかな？」

桃が驚いて尋ねると、真礼は小さく笑った。

「映画のせいでやたらと物知りだと思ってた桃も、知らないことあるんだね。ありゃボートハウスっつって、運河に浮かぶ住居だよ」

「へえ、船がおうちなんだ……」

そう言いはしたものの、あまり関心は持てなかった。普段ならすぐさまデジタル一眼レフを取り出して撮影するところだが、その元気が出ない。というより、ヴェネツィアを出てから一枚も写真を撮っていない。

真礼から横顔を見つめられているのも分かっていたが、彼女の気遣いに応える力が湧かなかった。

ふいに、真礼は桃の背中を軽く叩いた。

「ちょっと待ってな」

真礼は橋を降りると、犬を連れて運河沿いを歩いていた背の高い人に近づいた。何か話しかけている。

いったい何だろうと見守っていると、しばらくして「桃！」と呼ばれた。少し驚いたが、慌てて荷物を持ち、彼らの方へ行く。

近づいてみると、真礼が話しかけていたのは金髪の中年女性だった。長身のシルエットで男性だとばかり思っていたが、優しそうな顔をしている。側に大人しく控えるラブラドールそっくりの穏やかな表情だ。

彼女はオランダ語で桃に何か話しかけた。

きょとんとしていると、真礼が英語で返す。

「妹はオランダ語が分かりません。ゆっくりの英語なら大丈夫です」

——妹？

との驚きはおくびにも出さず、桃は笑顔を作ってみせた。

「おはようございます。そちらのワンちゃんも、おはよう」

「酷い目に遭《あ》ったそうね、こんな朝っぱらから。ほらタンテ、あなたもお嬢さんにご挨拶《あいさつ》しなさい」

女性にうながされると、ラブラドールは控えめにワフッと鳴いた。その賢さに、思わず本物の笑みが漏れてしまう。

真礼が女性に何と話しかけたかは知らないが、おそらく初めての異国でトラブルに巻き込まれている、とか何とか言って助けを求めたのだろう。取りあえず『妹』の演技を続けることにする。

「本当に、あんなことになるなんて。お姉ちゃんと二人で途方にくれてしまって……」

そこで桃は自分の右腕を軽く抱き、無意識のようにさすった。寒そうに少し震えてみせる。

女性はすぐに察してくれたようで、桃と真礼に向かってうなずいた。

「ボートにお入りなさい、温かいお茶を淹《い》れるから。タンテ、散歩はパパが起きるまでもう少し待つのよ」

　彼女にうながされ、二人は道路とボートをつなぐ短いタラップを渡った。真礼の方を見ないまま、素早く日本語で囁く。

「設定は？」

「ユーロ間高速バスに乗ってたらエンジントラブルで途中降車させられた」

「分かった」

　案内されたボートの中は、とても船とは思えない造りだった。映画でよく見る豪華ヨットの内装とは全く違い、そもそも住居として作られた箱が運河に浮いている、という感じだ。デッキには鉢植《はちう》えの花やチェアも並んでいたし、広い空間もモダンで快適そうだ。

　女性は温かい紅茶とビスケットを出し、まだ寒そうな桃にはブランケットも貸してくれた。

「高速バスってユーロコネクト社でしょう？　安いなりにトラブルが多いのよねえ。それにしても、こんな小さな子をまだ暗い路上に放り出すなんて」

　彼女は同情気味に言ったが、桃のことを何歳だと思っているのだろう。

「予定よりだいぶ早く、駅の手前で降ろされて途方にくれてたんです。妹はバスの中でほとんど眠れなかったみたいだし、招き入れて下さって感謝します」

　真礼が述《の》べる礼と共に、二人は聖カテリナ仕込みのお辞儀《じぎ》を深々とした。この「いかにも日本人」な仕草が彼女に与える感銘を計算しての上だ。

　それが功を奏《そう》したか、彼女は桃に「街が動き出すまで」少し寝てはどうかと提案してくれた。客用の折りたたみベッドがあるそうだ。

リビング兼書斎という部屋の壁に取っ手がついており、それを開くと寝台が現れた。女性が手早くシーツと毛布、枕を用意してくれる。

「夫と子供たちが起きてくるまでまだ時間があるわ、眠りなさい」

優しくそう言われ、桃は遠慮しつつも横になった。

どうせ眠れないだろうと思っていたのに、久しぶりの清潔な寝床の匂いでどこか安心してくる。

「お姉さんと二人旅の途中？」

見知らぬ異国人を招き入れたばかりだというのに、彼女の声に不安や警戒は無かった。ただ、穏やかだ。これはきっと、母親という種類の人々の声なんだろう。

なぜか冬基の実母である薫《かおる》の顔が目に浮かぶ。――写真でしか見たことのない、冬基とカイの「母」。

桃は毛布に半分顔を埋めながら言った。

「……兄に、会いに行く途中です」

本当のことを言う必要は無かった。姉と楽しくヨーロッパ貧乏旅行中、でよかったのだ。

なのに桃は、なぜか兄という言葉を出してしまった。きっとこの女性の声のせいだ。

「お兄さんもいるの」

「もう、会えないかもしれなくて。それが怖いんです」

そこで桃は喉《のど》を詰まらせた。

かたく目を閉じる。

髪の毛にそっと触れられた感触があった。女性はそれ以上、何も聞かなかった。

目を覚ますと、視界にまん丸い四つの目があった。ついで金色の頭が二つ。桃の顔をのぞき込んでいた子供二人は、桃と目が合うと驚いた声をあげ、すぐにバタバタと走り去っていった。オランダ語で母親を呼んでいるようだ。

すぐにさっきの女性が現れ、桃をダイニングキッチンへと案内した。さっきお茶をもらった部屋だ。七歳と五歳ぐらいに見える男の子二人は、席につきながらもじーっと桃を見ていた。珍獣が同じテーブルについているかのように、瞬《まばた》きもしない。

にこりと微笑んでみせたが、彼らの表情に変化は無かった。もっちゃもっちゃとパンをかじりながら、ただひたすら桃を観察している。

女性はエスメと名乗った。

このボートを住居とし、在宅で企業翻訳の下請《したう》けをしているらしい。夫は文房具店の経営ですでに出勤済み、子供二人はこれから小学校だそうだ。日本ならまだ幼稚園児ほどの下の子も、すでに兄と同じ学校らしい。

エスメに勧《すす》められるままに桃も朝食を食べた。

丸く薄いパンをトーストし、バターをたっぷり載せ、カラフルなチョコレートの粒《つぶ》を山ほど振りかけたものだ。溶けたバターとチョコが絡《から》み、菓子パンみたいで意外に美味《おい》しい。熱い珈琲《コーヒー》によく合う。

桃はダイニングを見回して尋ねた。

「あの、姉はどこへ……」

「あなたのお姉さんなら、ユーロコネクト社からバス料金とりもどしてくるって出て行ったわよ。窓口が開いたら怒鳴り込むんですって」

エスメは椅子をガタガタ鳴らす上の子を押さえつつそう言ったが、桃は少し驚いた。真礼が、アムステルダムの街に桃を残して一人出て行った？

つまり彼女はこの女性のことを「安全」と判断して預けたのだろうが、街に何の用があるんだろう。ここはウズベキスタンに飛行機で向かうための、ただの中継点だったはずだが。

「アムステルダムに滞在予定なの？」

そう尋ねられ、桃は焦《あせ》った。真礼から詳しい「姉妹の設定」をまだ何も聞いていない。だがエスメがそう質問するということは、真礼もまだ彼女に何も語っていないのだ。つまり、桃に一任されている。

とっさにダイニングに貼られたヨーロッパ地図へと目をやった。子供の教育用らしく、国はカラフルに色分けされている。このアムステルダムを通過点としてもよさそうな都市は。

「ロンドンに向かう途中でした」

エスメに尋ねられるまま、桃はぽつぽつと話した。

二人いる兄同士が仲違《なかたが》いし、下の兄が家を出て行った。ロンドンの大学に行き、もう日本に戻らないと言う。それが悲しくて、自分は先に日本を出てイタリアに住んでいた姉のもとを訪《おとず》れた。二人で高速バスに乗り、アムステルダムに立ち寄ってからロンドンに向かおうとしたが、エンジントラブルで放り出されてしまった。

（全部が嘘じゃないし、これでいいかな）

カイが行く予定なのはロシアの大学だし、真礼は姉じゃない。だが旅の出発点はイタリアで、高速道路を走ってきたのも本当だ。真礼だって本当の姉みたいな気がしてきているし、少しは真実味があるだろう。

だが、エスメは少し不思議そうに言った。

「イタリアからイギリスへ行くのに、アムステルダムを経由したの？　パリ経由が一番早いと思うけど」

しまった、と思ったがもう遅かった。適当に言いつくろう。

「この街に、姉の昔の同僚がいるそうです。そのオランダ人にロンドンでの滞在費を都合してもらうことになってて、立ち寄りました」

「あら、それで。日本人でオランダ語を話す人は珍しいと思ったのよね」

口から出任せだったが、エスメは納得してくれたようだ。チョコレートでべたべたになった下の子の顔を拭《ふ》きながら、同情気味に尋ねる。

「お兄さん二人は、なぜ喧嘩したの」

「……母の……死んだ母のせいだと思います」

「お母さん？」

「母は、下の兄だけを愛していました」

下の兄は養子であること、だが実母は養子ばかりを愛して自殺したこと、それが兄弟に大きなしこりを残したこと。

桃はぽつぽつとそれらを語った。

エスメが出会ったばかりの異国人で、二度とは会わぬであろう人だからこそ話せた。

「血はつながってなくても兄弟なんだ、本気で憎み合ってるはずはないって、私は信じようとしてきました。でも、死んだ母の日記が出てきてしまって……」

桃は少しうつむいた。

この優しそうな女性に身の上話を聞いて欲しかったのは本当だ。苦しい心情を吐露《とろ》したかった。

だが、心のどこかで計算もしていた。――このエスメには、「男の子二人と母の確執《かくしつ》」を語った方がいいとの。

彼女はチョコレートパンを食べる我が子二人をじっと見ていた。きっと今、自分のせいで将来二人が争ったりしたら、との想像をしていることだろう。

「下の兄とは今、連絡も取れない状態なんです。姉と二人でロンドンに向かってはいたけれど、アパートメントにいるのかどうかも分からなくて」

「そう。お兄さんに無事、会えるといいわね」

彼女はわざわざ桃の隣に座り直すと、肩をしっかり抱いてくれた。冬基と同じぐらい長身の人なのに、やっぱり女の人は柔らかくて温かい。

私の本当のお母さんは、どこの誰なんだろう。

そんなことも考えた。

だが感傷《かんしょう》に浸《ひた》りながらも、トイレを借りた隙に「ロンドンにいる次兄《じけい》の設定」を真礼のスマホに送っておくのは忘れなかった。

子供たちがスクールバスで登校したのとすれ違いで、真礼が帰ってきた。両手いっぱいに果物の袋を抱《かか》えており、林檎《りんご》やオレンジに混じって輸入物らしき謎の熱帯果実がごろごろ入っている。

「妹を休ませてくれたお礼です」

「まあ、気を遣わないで良かったのに。お金は取り戻せた？」

「はい、正規のチケット料金はもちろんですが、迷惑料としてユーロコネクト社と提携《ていけい》してる宿の割引クーポンもつけさせました」

真礼は二枚のクーポンを取り出し、エスメに差し出して見せた。本物なのかどうなのか、それっぽいロゴの印刷がしてある。

「取りあえずロンドンの弟と連絡が取れるまでアムスで待とうと思うんです」

「まあ、そうなの？」

「はい、せっかくクーポンあるし、デ・ワレン地区に見つけたホステルに泊まろうかと。元同僚の部屋は狭くてとても二人は泊められないと言うので」

真礼が言うと、とたんにエスメは眉尻をつり上げた。

「まあ、あんなところに女の子二人なんて駄目よ！　飾り窓の店とコーヒーショップばかりで」

飾り窓の店、は桃も映画で知っていた。いわゆる娼館で、客が飾り窓越しに女性を選ぶシステムだ。そうしたいかがわしい店が母親である彼女に嫌われるのは分かるのだが。

「あの、コーヒーショップも駄目なんですか？」

桃が尋ねると、エスメは顔をしかめて首を振った。

「この国じゃ合法麻薬の店のことよ。デ・ワレン地区は確かに観光客も多いけど、女の子二人で泊まるような場所じゃないわ。夜になったらピンクのライトの中で裸の女が踊ってるのよ」

エスメの忠告は尤《もっと》もだったが、真礼は少し困った顔でスマホの画面をスライドさせた。

「でも、安宿はあの辺に集中してて……」

言外に、自分たちは貧乏旅行中だと匂わせている。イタリアからイギリスまで飛行機ではなく格安高速バスで移動中という設定だし、二人が着ているのも量販店《りょうはんてん》の安物だ。

するとエスメは、「ちょっと待ってて」と言って電話をかけ始めた。相手とオランダ語で何かしゃべっている。

通話を終えた彼女は、鼻息も荒くうなずいた。

「うちに泊まりなさい、夫もいいよですって」

「え、でも」

「いいの、いいの。友達もよく泊まるし、こうやって旅の人を招き入れることもあるし」

桃と真礼は顔を見合わせ、再び深くお辞儀した。

「では、よろしくお願いします」

二人はエスメのボートに滞在することになった。

パスポートを見せずともよく、宿帳に記《しる》される心配もない、一般家庭。格好の隠《かく》れ蓑《みの》だ。

その日の午後、学校から戻ってきた子供二人はしばらく泊まるというお客に大興奮して船内を走り回った。夜になって帰宅したエスメの夫もケーキを買ってきてくれ、話は弾《はず》んだ。全く警戒されていないようだ。

夜、リビングに用意された二人の寝床《ねどこ》に入ると、真礼は感心したように言った。

「たった数時間でエスメに気に入られたのは、桃の功績だね」

「そうかな？　たまたま凄《すご》くいい人に会えたんじゃ」

「田舎《いなか》ならともかく、アムステルダムの都会人だよ。東京や横浜の人間が初対面の外国人、あっさり家に泊めたりするかい」

それは確かにそうだ。桃だって、たとえ相手が女の子二人旅だとしてもある程度は用心して距離を保つだろう。

真礼はにやっと笑った。

「あたし一人で声かけたって警戒されて終わりさ。まだ子供に見える桃と『姉妹』二人旅だからこそ信頼された。しかもさらっと兄ちゃんたちの事情を話して同情引くなんてね」

「……計算してたわけじゃないんだけど」

だが、期待はしていた。

最近、桃は自分が何枚もの薄いベールを持っているような気がしている。

相手によってかぶるベールを変える。透けて見える桃の本性はそう変わらないが、そのベールの色によって印象はかなり違って見える。わざとやっているつもりはないのだが、真礼からは「あんたはやっぱりあの冬基の妹だよ」と言われた。

しかし、真礼はなぜアムステルダムに留まりたいのだろう。ここはテジェニスタンへの通過点でしかなかったはずで、一刻も早くあの国に飛びたいのに。

やがて、エスメと夫の寝室から聞こえていた低い話し声も止《や》んだ。子供たちはとっくに夢の中だし、船内が寝静まる。ちゃぷちゃぷと波の音がするだけだ。

その鼓動《こどう》みたいな音で桃もうとうとし始めた頃、真礼が音も無く起き上がった。トイレかと思えば、スリムジーンズに長い脚を突っ込んでいる。

「……真礼ちゃん？」

「ちょっと出かけてくる」

「今から？」

もう午前零《れい》時は回っているだろう。

さすがに驚いたが、何も聞かないことにした。彼女が「今」何も言わないのなら、それには理由があるのだ。

「気をつけてね。お休み」

「お休み」

真礼はベッドの上に立ち上がると、天井のハッチに手を伸ばした。普段は使っていないであろう脱出路の鍵を器用に開くと、懸垂《けんすい》の要領ですうっと身体を持ち上げる。

（あ、そか、普通にデッキへのドアを使ったら、エスメさん達の寝室から見られる可能性あるもんね……）

忍者みたいだなあ、と思いつつも、桃は急速に眠りに落ちた。真礼がどこに行くのかはもう気にしていなかった。

朝、目が覚めると、隣のソファベッドには真礼がぐっすり眠っていた。

桃が目をこすりながら身を起こすと、真礼の瞼《まぶた》もぱちりと上がる。スイッチでもあるみたいだ。

「おはよ、桃」

「おはよう、真礼ちゃん。……ちょっと酒臭い」

「そう?」

起き上がった彼女はミネラルウォーターで何かの錠剤《じょうざい》を流し込んだ。軽く首を回している。

「あと、マスカラ残ってるよ」

手鏡を渡すと、彼女は面倒くさそうに自分の顔をのぞき込んだ。

「落として寝たつもりだったけど」

「普段お化粧しないからね」

化粧どころか色つきリップさえ懲罰《ちょうばつ》対象になる聖カテリナ女学院にいるので、実は成人女性である真礼も化粧は久々だったことだろう。ミネラルウォーターをティッシュに含ませ、瞼を拭《ふ》き取《と》るという乱暴なことをやっている。

「桃は何も聞かないんだね」

「成果があったら教えてくれるんでしょう?」

「そうだよ、あと数日はかかりそうだ」

「なら、その間の私の仕事は、エスメさんの信頼をもっと得ることだね」

「任せた」

真礼は朝食後も再び、「知り合いの店で数日だけバイトさせてもらう」と言って出て行った。ロンドンでの滞在費を稼《かせ》ぐという名目だ。

ボートハウスに残った桃には、アムステルダムを案内しようかとエスメが申し出てくれたが、兄のことで気が休まらないからと断った。逆に、気を紛《まぎ》らわせたいからと船の掃除を申し出る。

すると、じゃあお願いとあっさりデッキブラシを手渡された。運河を船が通るたびに波をかぶるボートハウスは、毎日の手入れが大変らしい。身を乗り出してブラシで外壁をこすると、水苔《みずごけ》や小さな貝殻《かいがら》だけでなく、家々の窓からこぼれ落ちる花びらがくっついてきた。

午後になると、二人の男の子がすっ飛んで帰ってきた。「お客様」に興味津々《しんしん》の彼らはしばらく桃との距離を保ってぐるぐるしていたが、すぐにまとわりついてくるようになった。

ボール投げに自転車、公園の遊具、ラブラドールのタンテを交えての鬼ごっこ。彼らは「お礼」としてコロッケを素手で分解し、こねまわし、再構築した何かを桃に差し出したので、受け取って食べるふりをした。もちろん、こっそりとタンテにあげた。

夜、くたくたになってベッドに入ると、更新されない発掘ブログを再び開いてみた。貼り付けられた動画を最初から一つずつ再生していく。

（カイお兄ちゃん、最近は古葉さんとも安藤さんとも仲が良かったみたいだし、東森教授の言うことだけはちゃんと聞くみたいだし）

何週間も寝食を共にしているのだ、カイの様子がおかしかったら研究室の仲間が気づいてくれるはずだ。

いきなり桃と真礼がテジェニスタンに現れたら彼らは仰天《ぎょうてん》するだろうが、何とでも言いくるめてやる。そしてどんなに迷惑がられようと、発掘隊にくっついて離れない。

それからしばらく、桃はエスメのボートハウスで過ごした。船の家というと定住できない人々の避難場所のような気がしていたが、オランダでは逆に金持ちの道楽のようなものらしい。実際、共働きのエスメ夫妻はかなり稼いでいるようだった。

桃はアムステルダム名所のゴッホ美術館も宮殿もアンネ・フランクの家も訪れることなく、この運河沿いの道と小さな公園から出なかった。その間、真礼はバイトの名目でずっと出払っていた。たまに酒や煙草の匂いがしたが、シャワーで消えるほどのものだった。

そして三日後の夜、真礼は桃にパスポートを渡しながら言った。

「とれたよ、テジェニスタンの入国ビザ」

「ビザ？　もしかしてこれを取るために暗躍《あんやく》してたの？」

「暗躍って」

真礼は苦笑したが、様々な書類をベッドに投げ出した。

「本当なら、正規に申告したところで最低一ヵ月、最長で三ヵ月も待たせるような国だ」

「そ、そんなに!?」

中央アジア諸国は入国ビザが取りづらいので有名なのだそうだが、特にテジェニスタンの大使館はどこもお役所仕事でやる気が無く、バックパッカー泣かせらしい。

「裏技使って三日で用意してもらったよ。まあ金とコネさえあれば何とかなる」

金はともかくコネはどこから手に入れたのか気になったが、尋ねないことにした。必要があれば彼女から話すだろう。

「そしてもう一つ、大事なことだ桃」

彼女は運河沿いの道に誰もいないことを確認し、声をひそめた。

「カイは、傭兵《ようへい》を雇ってる」

「――よ」

傭兵。

そう言えば日本からイタリアに向かう飛行機の中で、真礼がアムステルダムには傭兵の会社が多いと言っていた。うさんくさい腕自慢が世界中から集まる街だと。

その時は「映画みたいだな」と思ったぐらいだが、一気に生々しくなる。

今まで見た映画のシーンが走馬燈《そうまとう》のように駆け抜けていった。戦争、兵士、砲弾《ほうだん》、悲鳴、涙――傭兵の仕事は、人を殺すこと。

目を見開いたまま突っ立っていた桃は、ようやく乾いた声を絞《しぼ》り出《だ》した。

「カイお兄ちゃんは、本当に誰かを殺そうとしているんだね」

「おそらくね」

真礼のあっさりした返事に、桃は却って落ち着いた。彼女はとっくに予想していたのだろう。

「民間軍事会社の中で最高峰と言われるのが月氏《げっし》って組織だ。そこのエージェント二人組を雇ってテジェニスタンに入ったらしい」

「傭兵って、たった二人でも強いの？」

「それが厄介《やっかい》でね、雇われたのは月氏の中でも白鎖《はくさ》ってグループのユニットだ。戦闘力だけじゃなくて諜報《ちょうほう》に優《すぐ》れてる」

「……つまり？」

「慎重な情報収集をしているとしたら、標的は一般人やマフィアなんかじゃなく、政府要人《ようじん》の可能性が高い」

ふっ、と桃は息を吐いた。

もう何を聞かされても驚かない。

「大統領の独裁国家だっけ、テジェニスタン」

「そうそう。ただし天然資源が豊富で国は豊かだから、国連も口を出せないね」

再び大きく溜め息をついた。

ついで胸一杯に空気を吸い込み、窓から夜空を見上げた。オランダの月は淡い。運河からは水の音。

カイを追うと決めた日から、覚悟はしていたのだ。

テロリストがなんだ、大統領がなんだ、私が心から望むのはただ一つ。

——家族を守りたい。

それだけの、ごく普通の願いなんだ。

桃と真礼がアムステルダムを発《た》つ朝、エスメは涙ぐんで手作りお菓子の詰め合わせをくれた。

エスメの夫はロンドンで使える交通カードを二枚プレゼントしてくれ、上の男の子は桃に花束でプロポーズをし、下の男の子はコロッケ再構築泥《ど》入り団子を一ダースも作ってきた。

「無事に家族が再会できたら、必ず連絡します！」

そう言って運河の街を後にし、いったんはロンドン行きの高速バスに乗り込んでみせた二人は、次の停車地ですぐに降りた。そのままアムステルダムの巨大ハブ空港に向かう。

テジェニスタンへの直行便は無いので、いったんウズベキスタンに飛んでからの乗り継ぎとなる。

日本を離れてもう何マイルなんだろう。

カイの元へ。

そこにはきっと、冬基もいるはずだ。

ピザが来た、との弾《はず》んだ声で、窓の外を眺めていた冬基《ふゆき》は我に返った。

だだっ広い会議室のあちこちに散っていたセイシンコーポレーションのテジェン開発プロジェクトメンバーたちが、いっせいに集まってくる。大理石の豪奢《ごうしゃ》なテーブルに置かれたのは、宅配ピザの箱が二十個ほどだ。サイドメニューの箱もどっさりある。

社員たちは次々と箱を開け、感嘆《かんたん》の声をあげた。

「おお、鶏肉だ。鶏肉だよな？」

「こっち多分、ビーフですよ。何かカチカチぽいけど」

「やっと羊肉以外のものが食べられる」

彼らは手に手にピザを取り、嬉しそうにかぶりついた。そのくせ、今度は味付けがやっぱり微妙だと文句を言い出す。香辛料《こうしんりょう》が臭《くさ》いというのだ。

「……何か、味が全部一緒ですよね、この国の飯」

「これアメリカのピザチェーン店、パクったロゴだよな？　どうせなら味付けもパクってくれよ」

「うわ、サイドメニュー、フライドチキンかと思いきや、ゆで卵ですよ」

「ゆで卵ぉ？　そりゃ、ニワトリの卵はこっちじゃ高いのかもしれないけどさあ」

彼らの文句はつきることが無かった。

郷土料理でもてなされれば味が濃いだの油っぽいだのケチをつけ、あちらが気を遣って和食を出せば「寿司に辛《から》いソースなんて」とブツブツ言う。

今日は会議中に「ジャンクな」ものが食べたいと誰かが言い出し、この街で唯一《ゆいいつ》だというピザ店からの宅配となったのだ。一気にこれだけの注文ならば、店側だって必死に作って届けたのだろうに。会議室の給仕としてつけられた現地の少年は黙々とお茶を注《つ》いで回っているが、聞き耳を立てているに違いない。どうせ彼に日本語は分からないだろうと社員たちは好き勝手言っているが、言葉は分からずとも悪口の雰囲気は伝わるものだ。

そもそも、この会議室や少年に盗聴器が仕掛けられているとどうして考えられないのだろう。

(こいつら、出世しないいな)

テジェン開発に関わっているのはセイシンの燃料事業部などから選び抜かれたエリートのはずなのに、ずいぶんとお粗末《そまつ》なことだ。

商売相手の国では、たとえ生きた猿《さる》や蛇《へび》を出されようと美味《おい》しそうに食べなければならない。それも無理矢理作った笑顔ではなく、素晴らしいご馳走《ちそう》だと自分に信じ込ませるのが重要だ。どうせ腹に入れば一緒なのだから、喉《のど》を通る間ぐらい完璧な演技をすればいいものを。

冬基は誰も手をつけていなかった駱駝《らくだ》のチーズが載《の》ったピザを一切れ手に取った。瓶《びん》ビールを片手に窓際に行き、窓枠《まどわく》に腰を下ろす。

巨大な一枚ガラスの向こうに広がるのは、整然とした街並みだ。白を基調とした建築物ばかりで、窓ガラスが強烈な日光を反射して熔鉱炉《ようこうろ》みたいに輝いている。道路は広く、整備されているが、走っている車の数は少ない。そして道行く人もまばらだ。

ここはテジェニスタンの首都アトレクだ。

砂漠のど真ん中に突然造られた、人工オアシスの近未来都市。有り余る天然資源を元手に、現大統領の夢と希望と我《わ》が儘《まま》が詰め込まれている。外国からの使者達もこの都市を見れば驚くだろう、そんな自己満足の声が聞こえてきそうだ。

確かにヨーロッパの技術者を呼び寄せて造らせたという建物は立派だ。だが街並みに統一感がなく、奇妙にちぐはぐな印象を受ける。

何より、街の規模に対して人口が少なすぎる。

したがって中心部では道路もがらがらだし、通行人もあまり見かけない。清潔で完璧な幽霊都市のようだ。

だが、その街の向こうへ目をやると、蜃気楼《しんきろう》に浮かぶ砂漠が見える。

絵の具を流したような青空と、光り輝く砂丘のコントラスト。巻き上がる砂は、何匹もの蛇《へび》が踊り狂っているようだ。

この国の本当の姿はあちらなのだ。

国民の大部分は都市部に寄りつかず、各地に点在するオアシスで素朴《そぼく》な暮らしをしている。綿花《めんか》や果物の栽培《さいばい》、行商、遊牧など昔ながらの手段で生計を立てており、それで不満も無いようだ。急激な近代化と人口増加を望む大統領はじれているようだが、無理に移住させようとするとあっさり国境を越えて他国へ行ってしまうのがテジェン人気質らしい。生粋《きっすい》の遊牧民なのだろう。

踊り狂う砂の蛇が一本になった。

小さな砂嵐が起こっているようで、砂丘の尾根《おね》を凄《すさ》まじいスピードで渡っている。

あの砂の上のどこかに、カイがいる。正確な位置はつかんでいないが、そろそろ『情報源』からの報告があるはずだ。

「三ツ野《みつの》さん」

ふいに声をかけられた。

鋼管《こうかん》輸出部部長の須山《すやま》が、薄ら笑いを浮かべて立っている。いつ見てもカマキリみたいな男だ。

「みんなと食べないんですか？」

「ええ、砂嵐を見ていたんです」

冬基はにっこりと笑みを返した。ビール瓶を持った手で窓の外を指す。

「大きいですね。この人工都市を造って以来、風の向きが変わって、季節外れの砂嵐が起きると聞きました」

「そうですか」

須山は興味無さそうに答え、さらに言った。

「ゆで卵、なくなっちゃいますよ」

セリフだけなら親切そうに聞こえる。だがどうしても滲《にじ》み出《で》る反感を隠せないのが、この男の浅さだ。とっくに五十を過ぎているというのに。

セイシンコーポレーション生《は》え抜《ぬ》き社員の須山からすると、吸収合併《がっぺい》された三ツ野グループ出身、しかも二十代の冬基は格下《かくした》であってしかるべきだ。だが三ツ野グループを叩き売るのと引き替えに、冬基はセイシンコーポレーション役員の座を手に入れている。

格下であるべき若造なのに、自分よりも地位が高い。それが許せないらしく、須山は何かと冬基に絡《から》んでくるのだ。冬基を役職名で呼ばず、必ず「三ツ野さん」と呼ぶのもその決意表明らしい。

大理石のテーブル周りに集まった他の社員たちも、こちらに聞き耳を立てているのが分かる。彼らだって、いきなり天然ガス事業に食い込んできた外様《とざま》の冬基は非常に目障《めざわ》りなのだ。

「ね、ゆで卵もありますし」

須山がしつこいので、冬基は失笑《しっしょう》した。減量中のボクサーでもあるまいし、なぜそんなにゆで卵を食べさせたがるのだ。

するると彼は微妙に顔をゆがめた。

「私の言うこと、おかしいですか？」

「そうですね、ゆで卵は好きでも嫌いでもありませんので」

「あなた、何でもよくお食べになるじゃありませんか。この国の油ギトギトの飯だって、三人前も平らげて」

「ああ、元々こってりした料理が好みなんです。接待《せったい》で行く和食フルコースなんかじゃ物足りなくて、その後で焼き肉を食いに行ったりしますよ」

――若いからね。

とは言わなかったが、遠回しなパンチはちゃんと伝わったらしい。須山はムッと唇を引き結んだ。

冬基は、彼を十分に苛《いら》つかせるほどゆっくりとビールを飲み、それから微笑《ほほえ》んだ。

「ゆで卵はありがたいんですが、これから人と会う約束がありますので、遠慮させて頂きますね」

「人と？」

とたんに会議室中に不自然な沈黙が流れた。冬基の一言一句を漏らすまいと全員が聞き耳を立てているようだ。

「誰とですか。天然《てんねん》資源《しげん》省の大臣なら――」

「ああ、いえ、テジェニスタンのお役人じゃありません」

その時、タイミングよく冬基のスマホが鳴った。画面を見れば、まさにこの後に会う相手だ。

「失礼」

そう言って電話に出た冬基は、社員たちの注目が自分に集まっているのも知らぬげに、相手の名を呼んだ。

「多良見《たらみ》さん、どうかしましたか。時間の変更でも？」

多良見、という名前で社員たちが顔を見合わせたのが分かった。まさか、だの、そんなはずはない、だの囁いている。

電話の向こうからは強烈なだみ声が聞こえてきた。

『時間はまんま、まんまな！　場所を変えたいんよな！』

「いい店でも見つけましたか」

すると電話の向こうでヒッヒッヒと猿みたいな笑い声がした。

『十八やって、十八』

「テジェン人？」

『この国のおなごに手は出さんよ、宗教の奴らは後が怖いもの。ウクライナの子やって』

「分かりました、店の場所を送っておいて下さい。では後ほど」

冬基が電話を切って顔を上げると、社員たちが何とも言えない顔でこちらを見ていた。お互いにそっと目を見交わしている。

それまで突っ立っていた須山が、微妙に卑屈《ひくつ》な態度で聞いてきた。

「三ツ野さん、電話の相手のタラミさんってのは、まさか経産省の……」

「ええ、経産省次官の多良見弘信《ひろのぶ》さんです」

とたんに会議室がざわめいた。須山が血相《けっそう》を変える。

「あ、あの人は南米担当のはずだろう。なんで中央アジアになんか——」

「ああ、多良見さんはプライベートで遊びにいらっしゃってるだけですよ。仕事は関係ありません」

笑顔でそう言ったが、誰一人信じた様子はなかった。

強引なやり口と強烈なキャラクターで官僚出世街道をのし上がってきた多良見が、物見遊山《ものみゆさん》でこんな小国に来るはずがない。金の匂いを嗅《か》ぎつけて貪《むさぼ》り食《く》いに来たに決まっているのだ。

冬基はスマホをポケットに滑《すべ》り込《こ》ませながら言った。

「さあ、そろそろ午後の会議を始めましょうよ。テジェンの大臣に会う前にこちらも詰めておかないと」

そう促《うなが》して会議を再開させたが、議論は全く進まなかった。

中央アジアの天然ガス開発事業において、セイシンコーポレーションがパイプをつないできた官僚は何人もいる。日本の対外事業として、どれだけ税金を引っ張ってもらえるかが肝心《かんじん》なのだ。

それなのに突然、「外様」の冬基が他の強力な官僚を連れてきた。しかも、金儲けの才能がずば抜けている奴だ。

プロジェクトメンバーたちは一様《いちよう》にみなそわそわしていた。これまでは何とか「元・三ツ野グループ」を排除しようと内部抗争を仕掛けてきていた彼らだが、ここに来て「三ツ野冬基についた方が得なのでは？」と迷い始めたのだ。

冬基は素知らぬ顔で会議を進めた。

勝手に悩めばいい。こちらに付くなら利用するが、対決姿勢を崩さないなら徹底的に叩き潰すだけだ。

不穏な空気のまま会議は終わり、冬基はさっさと立ち上がった。

会議室を出る時、ドアの側に控えていた給仕の少年にテジェン語で話しかける。

『今日は学校で何を習った？』

『歌』

『どんな？』

『民族高揚《こうよう》の歌。大統領閣下をたたえるの』

『今度聞かせて』

すると少年ははにかんだ顔になり、小さく首を振った。恥ずかしいらしい。

冬基は会議室のドアを閉める直前、顔だけをひょいっとのぞかせ、笑顔で捨て台詞《ゼリフ》を吐いた。

「ところでテジェン開発プロジェクトに選ばれた生え抜きエリートのみなさん。英語やロシア語だけじゃなくて、せめて商売相手の言葉ぐらい少しは覚えた方がいいですよ。あなた方の小馬鹿にした態度はほぼ伝わってますから」


砂漠は雪のよう。

女がそう言ったので、冬基は聞き返した。

「雪?」

「そう。砂は白い、ね」

つたない英語でそう言ったのは、多良見のお気に入りだというウクライナ人の女の子だった。十八という触れ込みだが、実際はもっと若いだろう。

この国は首都アトレクでさえ、酒の相手をする女性がいる店は珍しい。外国人観光客向けに数えるほどだ。

しかも身持ちの堅いテジェン人の女の子はいないので、そのほとんどが国を追われて流れてきた旧ソ連や東欧《とうおう》の年若い娘たちだ。客も外国人、ホステスも外国人なので、いったいどこの国にいるか分からなくなる。

ウクライナ娘はにこりともせず、冬基に酒を作りながら呟いた。

「故郷と全然、違う国。なのに、砂は、雪を思い出させる」

もとは栗色であろう髪を、男が好むプラチナブロンドに染めている。睫毛《まつげ》だけは黒々と塗っていて、そのくせ目に生気が無いので、バービー人形のようだ。

もしかしたらこの子は、桃と同い年ぐらいかもしれない。

ふとそう思った。

一年半前に出会った頃の桃も、金に困って水商売に足を踏み入れようとしていた。ホステスではなくウエイトレスのつもりだったようだが、あの世界に入ればいずれそうなったであろうことは明白だ。

彼女はそれ以上、何も言わなかった。英語の語彙《ごい》が少ないせいかもしれないし、単純に客と話すのが面倒だったのかもしれない。

高級ラウンジのステージでは、多良見が思い入れたっぷりに「メリー・ジェーン」をカラオケで歌っている。頭上で回るミラーボールに照らされ、光るウロコの張り付いたカバみたいだ。

彼が歌い終わると、店の女の子からやる気の無い拍手がおこった。日本のホステスと違って、客を盛り上げようとする努力は見受けられない。

それでも多良見は満足した顔で、太った身体を揺すりながら冬基のテーブルへと戻ってきた。

「どうよ、たらみ☆ひろ」

「よかったですよ」

冬基は笑顔で適当に返した。どうせこちらが何を言おうと、この男の機嫌は自身の気分によってしか左右されないのだ。

どさり、とソファに沈み込んだ多良見は、ウクライナ娘の肩を強引に抱き寄せた。太った指が白い肩に食い込むが、彼女は無表情のままだ。

「まさかこの俺様が、三ツ野家の小僧と取引することになるとはなあ。しかもあのジジィの直系の孫たあ」

多良見はキューバ製の葉巻に火をつけながら言った。全く俗物《ぞくぶつ》丸出しの趣味だ。

「私だって、祖父の仇敵《きゅうてき》と手を組むことになるとは思いませんでしたよ」

まだ多良見が駆け出しの官僚だったころ、冬基の祖父・三ツ野剛太郎《ごうたろう》に騙《だま》されて酷《ひど》い目にあったらしい。おかげで出世街道を外れそうになり散々だったそうだ。

「ったくよう、あのクソジジィのケツの肉を削《けず》って焼き肉にしてやりてえって、何度も思ったよ。煮え湯を飲まされるたあ、まさにあのことだな」

「その程度の想像ですか？　私が祖父に対して抱いたより随分とマシだな」

冬基が冷笑を浮かべると、多良見は瞠目《どうもく》した。ついで、にんまりと悪人の笑みを浮かべる。

「あんたも相当だな。ま、他人より身内同士で憎み合う方が業《ごう》は深いもんだ」

多良見は内ポケットを探り、一通の封筒を取り出した。冬基に差し出す。

「ほらよ、頼まれてた調査結果」

「ありがとうございます」

受け取ろうとすると、封筒はひらりと持ち上げられた。多良見が分厚《ぶあつ》い瞼の奥からじっと冬基を見ている。

「この調査結果に満足したら、確かに証拠を渡すんだな」

「ええ。いつか使おうと思って長年集めてたものを、耳を揃えてお渡ししますよ」

この調査を頼んだ多良見への謝礼は、三ツ野剛太郎の長年に渡る脱税の証拠だ。

彼は冬基に裏切られたショックで入院中だが、さらに追い打ちをかける予定である。その先兵として選んだのが、多良見だ。

「多良見さん、国税庁《こくぜいちょう》のお偉いさんにもお友達が多いそうですね。きっとこの証拠で彼ら、大喜びですよ」

「ま、俺としちゃクソジジィに復讐さえ出来ればいいんだよ」

「私が裏切るとは思わないんですか」

うっすら笑いながら聞くと、多良見の目はぎらぎらと光った。喜んでいるようだ。

「俺は、あんたの目に浮かぶ鬼を信じる。誰かを心の底から憎んだら、人はみんなそんな目になるのよ」

「そんなに分かりやすい顔をしてますか、私は」

「いやあ、その年にしちゃ見事なまでのタヌキだとは思うさね。さすがあのジジィの孫だってぐれえによ」

そこでようやく、多良見は冬基に封筒を渡した。

この男は各方面に様々なパイプを持っている。元公安にも知り合いがいるらしく、一般人が知り得ない情報をあれこれストックしているそうだ。

冬基は酒を一口飲むと、封筒を開けた。

中に入っていた書類は一枚だけだ。簡潔な文章が綴《つづ》られている。

『一九九〇年代から二〇〇〇年代初頭《しょとう》における三ツ野啓二《けいじ》の足取り
91年　日本から上海《シャンハイ》を経由してチベットへ　国境紛争地帯を抜け、現在のタジキスタンへ
92年　消息不明
93年　現テジェニスタン（旧ソ連領）にて目撃される

９４年　現テジェニスタンにて撮影に訪れていた矢水健《やすいけん》と知り合う。現地にて数少ない日本人として交流していた模様。
９５年～９７年　不明。現地人に紛《まぎ》れ生活していた模様。
９８年　テジェニスタン独立運動。内戦勃発《ぼっぱつ》。
９９年　現地女性と結婚。
００年　現地女性との間にもうけた一女をつれ帰国。矢水健に一女を預ける。その際、「この子は日本人だ、テジェニスタンとは何の関係も無い」と念を押す。
０１年　消息不明。
１５年　息子の冬基により失踪宣告手続きが取られ、法律的に死亡
なお、調査継続中』

調査内容はこれだけだった。

冬基は軽くため息をつき、書類を再び封筒に戻す。

多良見が太い眉を上げた。

「何だよ、不満そうじゃねえか」

「不満というわけではありません。ほぼ予想通りだったというだけです」

桃は、冬基の父・啓二がテジェニスタン人の女性に産ませた子。戦火《せんか》をかいくぐって日本に舞い戻り、現地で知り合いになった矢水健にたくした。

――だが、なぜだ？

なぜ妻の薫《かおる》ではなく、矢水健に預けたのだ。

あのどうしようもないクズ男のことだ、他の女に産ませた子を妻に世話させるぐらい、平気でやったことだろう。だが、そうはしなかった。

そしてこの調査結果には完全に抜け落ちていることがある。

――カイの存在だ。

啓二はテジェニスタンから謎の子供・カイを日本に連れ帰ったはずだ。そして薫に押しつけた。

だがその部分が全く書かれていない。

この調査をした奴が無能だったか――意図的に隠しているかだ。

（結局、カイの正体は分からずじまいか）

多良見は輸入品のチョコレートをわしづかみで口に放り込み、クッチャクッチャ音を立てながら言った。

「なお、調査継続中ってのは本当らしいぜ。まだ何か知りてえことあるんだろ、色男さんよ」

多良見はチョコで汚れた手を、ウクライナ娘のドレスで拭《ふ》いた。それでも彼女の表情はぴくりとも動かなかった。

軽く溜め息をついた冬基は、後でこの娘に新しいドレスを買ってやろう、と思った。

そしてそんなことを考えた自分に少し驚いた。いつもなら、初対面の他人のことなど放っておくのに。

自分がさっき、この子は桃と同い年ぐらいだと考えてしまったからかもしれない。

(驚いた。俺にも人の情のようなものは残ってるんだな)

血のつながった妹だから、そう思うのだろうか。

それとも、単純にこの娘に何か利用価値がありそうだと自分の鼻が嗅《か》ぎ分けているのだろうか。

そう考えていると、多良見はもう一通、封筒を取り出した。

「これも欲しいか」

「まだ調査結果があるんですか」

最初から全部出せよ、と若干《じゃっかん》の苛立ちを抑えきれずに言うと、多良見は目を細めて笑った。

「こりゃあ、頼んでいた情報筋からのもんじゃねえ。俺がたまたま発見した情報だ。つまり、エクストラボーナスってとこかな」

「……」

「これをあんたにやるかどうかは、俺の気分次第だよ」

「馬鹿馬鹿しい、そんな駆け引きが通じる相手だと思ってるんですか」

冷たく言うと、多良見は眉を寄せて首を振った。水浴び中のカバみたいな仕草だ。

「つまんねえ小僧だなあ、もっとスリルを楽しもうぜ。お互い火の中に手を突っ込もうとしてんだからよ」

そのうっとうしい言いぐさに、冬基は舌打ちした。

ソファの背もたれに両腕をかけ、横柄《おうへい》な態度で脚を組む。

「いいからさっさと情報を出せ、おっさん。俺はアンタほど暇じゃねえんだよ」

すると多良見は太い首をすくめ、ぶほっ、ぶほっ、と発情期の牛そっくりの笑い声をあげた。一人動物園みたいな男だ。

「小僧、あんたは素の方が俺の好みだぜ」

「うっせえっつってんだろ」

手を差し出すと、ようやく二通目の封筒が渡された。

開いてみると出てきたのはテジェン語で書かれた何枚もの書類だ。公的文書に見える。

「……不動産登記の書類か？」

「お、読めなくてもそれは分かるか」

「形式だけならな」

多良見は葉巻の煙を盛大《せいだい》に吹き出しながら説明した。

「俺ぁ中央アジア天然ガス事業に横入りするにあたってよ、あれこれ下調べしたのよ。有望そうな土地という土地は調べつくしたさ、金を使ってな。そしたら、妙な土地があってな」

「妙な土地？」

「国有地でもねえ、大統領の私有地でもねえ、謎の土地よ。中国の企業のものってことになってるが、調べたらダミー会社だった」

「……」

「で、そのダミー会社を調べてもまた別のダミー会社にぶち当たる。マレーシアの石油会社ってことになってるがな」

「さっさと結論を言え」

「まあ、急ぐなよ。ダミー会社をいくつも経由してるもんだから、調べるのには時間がかかりそうだった。それで俺はまず、その土地が何なのか調べてみた」

現地に人をやって調査させようとした多良見だが、その必要は無かった。そこは、インターネットにも大々的に名前が載っている呪われた土地だったのだ。

「イシュク大虐殺《だいぎゃくさつ》って聞いたことあるか」

「イシュク……テジェニスタン内戦で街一つ消滅したところだな」

「内戦で消滅したっつうより、当時の政府軍によるイシュク大虐殺をきっかけに反政府運動が盛り上がり、内戦が勃発したんだ。まあ戦争の始まりの街だな」

「そこがそのダミー会社の所有になってるのか？」

「そうだ。で、俺は苦労してその土地の本当の所有者を突き止めた」

多良見の太い指が書類に伸びてきて、勝手にめくった。

最後の登記簿《とうきぼ》の、一番下の欄《らん》をとんとんとつつく。

「いやあ、意外な人物だったね」

そこに記されていたのは、冬基が嫌と言うほど見覚えのある名前だった。

Kai Mitsuno
——三ツ野カイ

「大体、日本円にして八億円相当の土地だ。あんたの弟が隠し持ってたんだぜ、心当たりは？」

「……あるな」

カイが、大嫌いな冬基と奴隷《どれい》契約を結んでまで借りた八億円。

この、大虐殺が起こった土地を買うためだったのか。


日露《にちろ》共同調査隊によるテジェニスタン、カラクーム砂漠での発掘が始まった。

国境を越えたとたんにテジェン兵の二人組が監視でつきまとい出し、調査隊はうんざりしていた。

スマホは取り上げられて撮影も一切禁止だし、発掘用の機器さえいちいち「中を見せろ」と分解を要求してくる。ただのエコー装置だと言っても聞き入れられず、ＧＰＳが仕込まれていないかと疑われる。

もちろんインターネット上の地図など使えないので紙の地図を用意していたが、それまで取り上げられてしまった。辺りは一面の砂漠で軍事基地など皆無《かいむ》なのに、「外国人に好き勝手させないテジェニスタン」を誇示《こじ》したいとしか思えない。

観光客にはある程度の自由が与えられるのに、まるで犯罪者の集団扱いだ。化石のあるところは天然資源が眠っているから監視も仕方が無いが、四六時中見張られているのは我慢がならなかった。

調査開始二日目ですでに隊員たちの不満は爆発寸前だったが、ボスである東森《ひがしもり》教授とコーネフ教授は飄々《ひょうひょう》としたものだった。

「だって彼らもお仕事だしねえ。これ見よがしに銃を持ってるあの人たちも、おうちに帰れば誰かの息子だったり恋人だったりするんだよ」

「ソ連時代に比べれば全然マシだね。少なくとも家族や親戚、友人まで調べ上げられて脅《おど》されることなんてないんだから」

教授二人は泰然《たいぜん》と構え、年若い隊員たちには「自分たちを百年前の発掘隊だと思え」と言った。電子機器がなくとも手作業のみで発掘は出来る。先人《せんじん》たちはそうしてきたのだ、自分たちに出来ないはずはない。

発掘の手間はこれまでの三倍になるだろうが、この国が調査の許可を出してくれただけでも有り難《がた》いと思わなければならない。そうなだめられ、調査隊は兵士の存在を気にしないよう心がけた。

しかし兵士二人も見張りばかりでは暇らしく、何かと調査隊にちょっかいをかけようとする。するとコーディネーターとして雇《やと》ったアンドレイが間に入り、彼らの気をそらしてくれる。テジエン語で世間話をしたり、煙草《たばこ》や酒を餌《えさ》に賭け事に誘うのだ。現地語で話せる相手は兵士たちにとっても貴重らしく、アンドレイはずっと彼らにつきっきりだった。

（さすが月氏《げっし》だな）

アンドレイの仕事ぶりを見て、カイはそう思った。

単純に発掘の邪魔をさせないだけではなく、世間話の合間にさりげなく現政権への不満などを聞き出している。彼らも外国人相手なので安心してしゃべるようだ。

だが「教官」アンドレイの相棒である「助手」レナトは、まるで学生の一員であるかのように、黙々と発掘を手伝うだけだった。手先が非常に器用なので細かい作業を任せても大丈夫だったが、誰とも会話しようとはしない。とても傭兵《ようへい》には見えず、ただのコミュニケーション不全な若者のようだ。

そのうち発掘隊もレナトのことを良く出来たロボットか何かのように扱い始めた。カイと並んで作業をしていると、ロボットの双子に見えるそうだ。

そんなカイはテジェニスタンに入ってから、測量を全て任されている。

ＧＰＳが使えないので、太陽と星の位置で現在地を測定し、記録していくのだ。このような事態を見越してコーネフ教授が古典的な六分儀《ろくぶんぎ》やジャイロスコープを持ち込んでおり、さすが旧ソ連時代から困難な発掘をしていただけはあると尊敬された。

地層を調べ、ひたすら記録した。数字を並べていく作業はカイを落ち着かせた。

自分がこの国に来たのは、化石なんかのためじゃない。それは分かっているのに、この地道で単純な作業に没頭《ぼっとう》していたかった。

——永遠に、この砂漠にいられないだろうか。

日の出と共に起き、掘り、調べ、夜になれば星を測《はか》る。

それを繰り返していれば、自分はあの場所に行かなくて済む。

トン、トトン。

絨毯《じゅうたん》を織る機《はた》の音。

天幕《てんまく》で笑う女たち。赤ん坊の泣き声。ミルクをしゃぶる小さな唇。織《お》った絨毯の端は鋏《はさみ》で切りそろえる。

床に散らばった色鮮《あざ》やかな毛糸くずを、自分は小さなほうきで集める。糊《のり》を含ませた手でまるめて球状《きゅうじょう》にし、乾かすと小さな鞠《まり》になるのだ。

――××のために、作っておやんなさい。

――赤と青を作んなさい。横着《おうちゃく》せずにちゃんと三回ずつ糊を塗って乾かすんだよ。

自分はその声にうなずく。赤と青の毛糸くずを丁寧に分けていく。

――この子ねえ、赤と青を綺麗に分けるのよ。色が混ざってるのが嫌なんですって。

――変わった子だね。でも、××はきっと喜ぶよ、綺麗な鞠が出来るもの。

蘇《よみがえ》る女たちの会話。その声の間ずっと機織《はたお》りの音が響いている。

１１０１０１１１１１０１０００１１１０１１１０００１１０１１００。

数字が流れ出した。最近は収まっていた発作が唐突に起こる。目の前のスクリーンに点滅するデジタルの０と１。

「三ツ野《みつの》」

唐突に肩をつかまれた。

「しっかりしろ」

ガクガクと揺すぶられ、ようやく我に返る。目の前にあるのは日焼けした古葉《こば》の顔だ。その横からひょいっと安藤《あんどう》の顔ものぞいた。

「熱中症かあ？」

「だ」

大丈夫、です。

先輩二人に対しては、こう答えるべきだ。今まで蓄積《ちくせき》してきた会話データがカイにそう告げている。だが、言葉が詰まった。

古葉は真夜中、誰かに「報告」しているらしい。それも隠し持った携帯で、調査隊の目を盗むようにして。

彼も、敵なのだろうか。――あちら側の人間なのか。

ならば、この砂漠で自分がすべきことは。

「――排除しなければならない」

カイは唐突にそう言った。

頭に浮かんだ言葉がただ口からこぼれ出た。誰かからそう命令されるから、自分は、古葉を。

「は?」

古葉と安藤は同時に言った。顔を見合わせている。

「排除? 何言ってるんだ、三ツ野」

「おいおいおーい、やっぱ暑さでどうかしちゃったか」

「大丈夫、です」

ようやくその言葉を絞り出せた。

背中の傷が痛む。目的のためには、障害は排除しなければならない。どんなプログラムもバグを取り除かなければきちんと動作しない。だが。

「大丈夫です」

立ち上がったカイは、足早にその場を去った。

背後から二人に見られているのを感じる。こういう時、自分はどんな態度を取るべきなのだろう。こんな時、冬基《ふゆき》ならきっと平然とした顔を保てるだろう。きっと古葉を殺すその瞬間まで笑顔だ。

だが、桃《もも》なら?

目に浮かぶ桃の顔はいつも、心配そうにカイを見上げている。

——お弁当持ってきたけど、食べる?

そう言った時の彼女は笑顔だったはずなのに、なぜか今は涙目だ。

彼女なら、どうしても果たさなければならない目的のために先輩を殺せるだろうか。

直接、それを尋ねてみたいと思った。

はるか何千キロも彼方《かなた》の日本にいる妹に、もう二度と会えるはずもないのだけれど。

翌朝、コーネフ教授が涸《か》れ川《がわ》で翼竜《よくりゅう》の足跡らしき化石を発見した。非常に保存状態が良い。兵士の見張りと酷暑《こくしょ》にうんざりしていた隊員たちも沸《わ》き返り、張り切って区画を仕切り始めた。目印用に立てた旗が、砂混じりの風に誇《ほこ》らしげに翻《ひるがえ》る。

「コーネフ君。この地点、宝の山だと僕は思うよ」

東森教授が言うと、コーネフ教授は二重顎《あご》を震わせて何度もうなずいた。

「私もそう感じるよ、ヒース。この涸れ川の上流の地形、湖の跡に見えないか？」

「ああ、確かにねえ。まずはそっちに行ってみようか」

三台のジープに分乗《ぶんじょう》していた調査隊は、涸れ川をさかのぼった。久しぶりに成果を得られそうでみなの心は弾《はず》んでいる。ぴったりくっついてくる軍用ジープも、今は気にならなかった。

予想通り、涸れ川の上流には湖の跡があった。教授二人の見立てによると、一億年から八千万年前ぐらいのものらしい。

簡単に辺りを見て回った隊員たちは、管状《かんじょう》の植物や有孔虫《ゆうこうちゅう》の化石を多数発見した。つまり他の大型生物の痕跡《こんせき》が見つかる可能性も高い。

興奮した一行は、さらに詳しい調査を開始した。ものの十分もしないうちに、安藤が大声をあげる。

「見て下さい、これ！」

集まった隊員たちは、安藤が指さす先を見て驚いた。

湖の水底だったと思われる地点に、美しい砂紋《さもん》が残っている。湖が干上《ひあ》がり、湖底《こてい》が露出し、その時の「波の様子」がそのまま化石になっているのだ。

「波紋《はもん》みたいだ」

「凄《すご》い」

風で刻一刻と様子を変える砂漠では残り得ない地形だが、当時は湿っていたからこそ化石化したのだろう。確かにこれは珍しい。

安藤は無我夢中の様子で、隠し持っていたデジカメを取り出した。

撮影禁止の命令も忘れ、シャッターを押そうとする。

とたんに彼の後頭部に銃口《じゅうこう》が押しつけられた。わざとらしいほどのゴリッという音がする。

硬直した安藤は、そろそろと両手を挙げた。つたないロシア語で言う。

「こ、これは、地形でも何でもなくて、ただの砂紋で」

「よこせ」

テジェン兵は横柄《おうへい》な態度で、銃を持つのと逆の手を差し出した。安藤は震えながらデジタルカメラのSDカードを抜き、そっと肩越しに手渡す。

兵士はSDカードを石の上に置くと、軍用ブーツのかかとで踏みつぶした。ペキッと乾いた音がする。

「撮影は一切禁止だ、いいな」

「……はい」

神妙にうなずいた安藤は、デジタルカメラの本体をポケットに入れようとしたが、兵士はごまかされなかった。

「それもよこせ」

強引に手を伸ばした兵士は、安藤の手からデジタルカメラを奪った。自分のものにするつもりらしく、しれっとバックパックに放り込んでいる。

兵士が背を向けると、安藤は思いっきり舌を出しつつ中指をビシッと立てた。

「こら」

と、古葉がたしなめる間もなく、今度はロシア人学生の一人が兵士の背中に向かって尻を丸出しにし、ぺしぺしと叩く仕草をする。全員がいっせいに吹き出しそうになり、必死に声を抑《おさ》えた。

その気配に気づき、兵士が振り返った。

「何だ」

尻を出していたロシア人学生は素早くズボンを引き上げたが、兵士は馬鹿にされたことを感じ取ったのか剣呑《けんのん》な顔だ。

このままでは一触即発か、と思われた時、アンドレイが穏やかな顔で割って入った。

「いいえ、写真が駄目ならスケッチではどうかと話し合っていたんです」

「……スケッチ？」

「はい、写真ではなくただの絵です。地形はもちろん描きません、化石とその周辺だけです」

兵士二人は顔を見合わせた。

ただの絵まで禁止していいものか、年若い自分たちだけでは判断がつかないようだ。

「レナト」

アンドレイは相棒を呼び寄せた。

無言で近寄ってきたレナトのスケッチブックを開き、兵士に見せる。

「こんな感じの絵です。無害でしょう？」

レナトのスケッチブックにあるのは、カザフスタンやウズベキスタンで描かれた動物や植物だった。実に多彩《たさい》だが、人物や建築物は一切無い。

「レナトには、石や土の形だけ描いてもらいます。それならどうでしょう？」

兵士たちはぼそぼそと何か相談していたが、無線で上官に連絡を取った。その上官はさらに上にお伺《うかが》いを立てたらしく、しばらく「待て」の状態になる。

調査隊が固唾《かたず》を飲んで見守っていると、三十分ほどしてようやく兵士は言った。

「スケッチだけなら許可する」

わっ、と一同が沸くと、兵士は釘《くぎ》を刺した。

「ただし化石とその周辺だけだ。地形は許可しない」

すると安藤は食い下がった。

「この湖の底も石化《せきか》してるんです、つまり地形じゃなくて石なんです、描いてもいいでしょう？」

「……許可する」

さっそく、レナトは砂紋の横に座り込んでスケッチを始めた。

最初、兵士たちはしきりとスケッチブックをのぞき込んでいたが、波模様が緻密《ちみつ》に描かれるだけで特に面白いものではない。やがてチェックにも飽きたのか、兵士たちは離れたところで煙草《たばこ》を吸い始めた。

東森教授とコーネフ教授もスケッチブックをのぞき、こそこそと言った。

「ウズベクやカザフじゃ、建築物や人物を見事に写実してたのよね。あのスケッチブックはどうしたの？」

するとアンドレイが笑顔で言った。

「破棄《はき》しました。テジェン兵を刺激したくありませんでしたので」

「さすがアンドレイ君」

「せめてスケッチだけでも出来そうで良かった」

コーネフ教授が溜め息をつくと、東森教授が悪い笑顔で言った。

「さて、今こそアレの出番だよ、古葉君、安藤君」

彼の言葉に、古葉と安藤もニヤリと笑った。

「実は、秘密兵器がある」

カイには何のことだか分からなかったが、ロシア側もそうだったらしい。いったい何だ、と東森教授に尋ねる彼らを、夜まで待て、となだめている。

日が暮れて代わりばえのない夕飯を終えると、兵士たちは二人で酒を飲み出した。調査隊からうとまれている自覚はあるようで、少し離れたところでテジェン語のラジオを聞いている。

彼らが酔っ払って眠るまで、調査隊は大人しくしていた。

やがて夜も更《ふ》けた頃、古葉と安藤がジープから段ボール箱を引っ張り出してきた。カザフスタンで発掘調査が始まって以来、ずっと荷物の片隅にあったものだ。

東森教授が段ボール箱を開けると、色とりどりの日本の菓子が詰め込まれていた。スーパーや百円ショップで売っているような安物ばかりだ。

コーネフ教授は首をひねった。

「これが秘密兵器か、ヒース」

「お菓子はカモフラージュだよ」

東森教授は詰め込まれた菓子にずぼりと腕を突っ込んだ。底を探って取り出したのは、派手なパッケージの小さな袋だ。

「あ」

カイは思わず声をあげた。

「?」

ロシア人たちには、新たな菓子袋が出てきたようにしか見えなかっただろう。だが日本語の読めるカイには、その正体が分かった。東森教授がいたずら小僧のような笑顔を浮かべる。

「これね、むかーし流行った使い捨てのアナログカメラ。大量のお菓子の箱に紛《まぎ》れてたら分かりづらいでしょ」

確かに、商品名が読めなければさらっと流してしまいそうな形状ではある。日本のコンビニ菓子と似たようなサイズだし、手軽さを煽《あお》るためかロゴもポップだ。パッケージにはカメラであることを示す写真も一応はあるのだが、そもそもアナログカメラを見たことがない世代には気づかれにくいだろう。

「成田で買ってウズベキスタンから持ち込んだんだよ。空港でX線検査は避けて下さいって頼むとイヤーな顔されたけどね」

東森教授は眠っている兵士二人をそっと振り返ると、調査隊にそれぞれアナログカメラを支給した。

「二人で全員を見張るなんて無理だし、こっそり撮ろう。たぶん彼ら、明日からもレナト君のスケッチブックを見張るので忙しいと思うから」

「見つかったらどうするんですか」

ロシア人学生が尋ねると、東森教授はアナログカメラのフィルム部分を暴《あば》いて感光《かんこう》させる方法を教えた。

「ね、こここうやれば証拠隠滅《いんめつ》。デジカメより一瞬で消去できるから」

「へええ」

さらにロシア人学生の発案で、使い捨てカメラを菓子のパッケージで覆《おお》うことにした。

「日本のお菓子だとあいつらが珍しがって取り上げるかもしれないから、ありふれたロシア菓子の箱で何とかしよう」

とは言ったものの、発案側のロシア人たちは指が大きすぎるのか細かい作業に向いていなかった。

結局はほとんどが古葉と安藤、カイ、そしてレナトの仕事になる。

たき火を囲み、深夜遅くまで四人で作業をした。代わりに明日は午前中いっぱい、眠っていてもいいことになっている。

「ロボットの双子」カイとレナトは黙々と手を動かすだけだったが、古葉と安藤は作業中もとりとめのない話をしていた。

「ブログ、更新できなくて辛《つら》いっすよ。動画の再生数、右肩上がりだったのに」

「いや、ウズベクで最後に撮った動画が跳ね上がったの、あれ三ツ野が映ってたせいだろ。女の子からのコメントばっかりだったじゃないか」

「いや、まあそうっすけど。俺、自分も映ればよかった。真礼《まれい》ちゃん、観てくれたかもしれないし」

「たぶん観てないだろ。真礼ちゃんそういうの興味無さそうだし」

「で、でも桃ちゃんは絶対観てくれてるでしょ？　だったら真礼ちゃんも」

「それは可能性あるけど、お前に可能性があるように見えねえんだよなあ、真礼ちゃんとの」

「ひっでえ」

そう言いながらも安藤は笑っていた。古葉に肘《ひじ》でつつかれ、抗議の声をあげている。

あっち側、なのは古葉だけだろうか。ひょっとしたら安藤も。

カイはずっとそれを考えていた。

だとしたら、いつ、どのタイミングで排除するのが正しいのだろう。

頭の中の声は、今だ、と言っている。起きているのは古葉と安藤、そして自分とレナトだけ。レナトに一言頼めば、そこに落ちている石の破片を使い、二秒で始末してくれるだろう。死体も砂漠に捨ててきてくれるはずだ。

何をためらっているんだ、自分は。

あの男を殺すという目的のためだけに生き延び、成長し、故郷に戻ってきた。その間、十六年。

カイの手が止まっているのに、レナトが気づいた。

じっとこちらの顔を見ている。その黒い目には何の感情も無い。まるで鏡を見ているかのようだ。

――殺せ！


血を吐くような呪《のろ》いの叫び。背中につけられた傷が痛む。

カイとレナトの動きが止まっていることに、古葉と安藤はまだ気づいていない。作業をする自分の手元に集中している。

「まあ真礼ちゃんに観て欲しいってのもあるけど、ふっつーに応援してくれてる人たちにも映像を届けたいんですよね。発掘隊に寄付《きふ》してくれたりした」

「いや、そっちが先だろ、どう考えても」

「クラウドファンディング、予想外に集まりましたもんね。こっちはお礼に調査結果と化石Tシャツぐらいしか送れないのに」

「な、あの恐竜のデザインって東森教授だろ。どうすんの、あれ」

「どうすんのって言われましても。あの両生類っぽさがクセになるっていうか」

「カエルだよなあ、どう見てもあれ」

「でも、最低で寄付金千五百円、最高で三十万コースまでだったのに、ぽんと百万出してくれた人いますよね。スノウさん」

「あー……スノウさんね」

淡々と続く二人の会話。

十秒後、自分たちが殺されるかもしれないとは、夢にも思っていないだろう。

カイは固く目を閉じた。頭の中で声が響いて割れそうだ。１１０１０１１１０１００１１１０１１００１１０１１００。

「三ツ野？」

遠くで声がする。

「あ、やばいまた発作だなこれ。安藤、水もってきて」

「はい！」

遠ざかる足音、自分の肩に置かれた大きな手。

カイは自分が砂の上に横たえられるのを感じた。

冷や汗の中、うっすらと目を開くと、古葉の顔がある。その背後には無表情のレナト。

古葉が一人。――やるなら今しかない。

「うーん、桃ちゃんがいないと、とたんに発作が起きるのね、お前」

古葉の言葉に、カイは目を見開いた。

そんなはずはない。

いや、たとえそうだとしても、桃がいてもいなくても、自分がやるべきことは変わらない。

だが、たった一つの名前が自分を押しとどめる。


桃。

安藤の足音が近づいてきた。額にひやりとした何かが押し当てられる。

「はーい、砂漠で貴重な貴重な水を使ったおしぼりですよー」

「病人にプレッシャー与えんなって」

さっき古葉の背後に立っていたはずのレナトは、もうたき火の前に座っていた。黙って作業を再開している。

――絶好の機会を逃《のが》した。

古葉は溜め息交じりに言った。

「せめてネットが使えれば、桃ちゃんの顔見て会話させられんのにな」

「ははっ、古葉さん過保護ー。っていうか桃ちゃん、三ツ野のお母さん扱いじゃないすか」

「……まあ、両親のいない兄妹だし、絆《きずな》も強いだろうさ」

「古葉さんも弟たちと仲いいもんね」

彼らの言葉ににじむ感情が、自分には理解できない。

声音、というのを読めないのだ。

だがこれまでの経験上、彼らがカイのことを心配しているのは真実のように思える。本当に、「あちら側」の手先なのだろうか。

カイが落ち着くと、古葉が立ち上がった。

「ちょっと小便」

「はーい。飲み水も少ないってのに、出るものは出るのが不思議っすよね」

安藤の軽口に、いつもの古葉なら応《こた》えただろう。だが彼は返事をすることなく、足早にたき火から遠ざかって行った。

「……？」

安藤が少し不思議そうに古葉の後ろ姿を見送っている。だがすぐに思い直したか、手元の作業に戻った。

――古葉は誰かに電話をかけに行ったのだ。隠し持っているはずの携帯で。

カイが目配せするまでもなく、レナトも音も無く立ち上がった。安藤がすぐに顔を上げる。

「あ、レナト君も小用？」

うなずいたレナトは、するりと岩陰に消えた。猫みたいな動作だ。

ほどなくして古葉もレナトも戻ってきた。何事も無かったかのように使い捨てカメラお菓子偽装《ぎそう》作業を再開させる。

夜も深々と更け、月が大きく傾いた頃、ようやく人数分の偽装カメラが完成した。古葉と安藤がそろって大きく伸びをする。

「あー、疲れた」

「寝ましょ、寝ましょ」

「たき火の後始末、レナト君にまかせていい？」

レナトがうなずくと、二人は大きく肩を回して大あくびをした。よろよろとテントに潜り込んでいったが、誰かの足を踏んだらしく、ロシア語で「いてっ」と聞こえてくる。

だがすぐにテントは寝静まった。

レナトがたき火をかき消し、砂をかける。立ち上る煙の臭いが鼻につく。

火は消えたが月明かりで十分だった。砂漠が白く光っている。

「古葉さんは誰に電話をしていた」

カイが尋ねると、レナトは自分の左耳を指さした。

「通信状態が悪くて、盗聴は難しかった。途切れ途切れだった。だがいくつかの単語は聞こえた」

彼は砂に指で文字を書いた。

「スノウ、カイ、カラクーム砂漠、涸れ川、湖、そして現在の緯度《いど》・経度《けいど》」

「……スノウ？」

「おそらくは、さっき出てきた名前だと思う。この発掘プロジェクトに多額の寄付《きふ》をした匿名《とくめい》の物好き」

――古葉が、匿名の寄付者に、発掘隊の現在の位置を教えている？

やはり、古葉は「あちら側」のスパイだ。

胸がなぜか重かった。さっきまで殺すかどうか迷っていたほどの相手なのに、はっきり敵だと知れたからといって、なぜ自分は今さら戸惑っているのだろう。

その夜は眠れなかった。ただ傾く月を見上げ、星の運行を眺めた。天体観測に使われる様々な数式が脳内を乱舞《らんぶ》する。

このキャンプ地点はもう、あの場所に近い。

帰らなければ。

自分が生まれ、呪いをかけられたあの土地へ。

テジェニスタン唯一《ゆいいつ》の国際空港は、実にしょぼかった。

日本の地方空港より小さく、プロペラ機の発着しかできない。しかもちゃんと囲まれていないので、いつでも密入国《みつにゅうこく》できそうだ。

さらに、桃《もも》と真礼《まれい》の乗った飛行機が予定よりかなり遅れて到着したせいか、入国管理官がいなかった。おかげで数少ない乗客はロビーで待たされることとなる。電光掲示板が壊れているとかで、そのお知らせも手書きのボードだった。

しかも唯一の空港カフェに入ってみると、ほとんどの品は売り切れだった。賞味期限の切れかけたジュースが、ヨーロッパの二倍の値段で置いてあるだけだ。

「いかにも旧共産圏《けん》って感じだね」

真礼は肩をすくめたが、特に不満そうでもなかった。無事に着陸できたから儲《もう》けもの、と思っているようだ。

だが桃はひどく焦《あせ》っていた。

「どうして入国管理官いないの？　いつ戻ってくるの？」

「国が豊かになっても役人の体質はなかなか抜けないのさ。係が戻ってくるのは、奴らが『十分な休養』をとってからだよ」

そう言われても、桃はこれ以上待ちたくなかった。

日本からイタリア、オランダを経由してウズベキスタンに飛んで、ようやくたどり着いたテジェニスタンだ。早くカイの元へ駆けつけたいのに。

「こういう国の入管って、賄賂《わいろ》を渡せば早く通してくれるって映画で観たことあるよ。ユーロ紙幣《しへい》じゃ駄目かな？」

桃が提案すると、真礼は苦笑した。

「桃が段々、悪いこと覚え始めたね」

「嘘ついて修学旅行を抜け出した時から、とっくに悪い子だよ、私」

しかし残念ながら、テジェニスタンの入管には賄賂を渡すべき係員さえいないのだ。完全に窓口を閉じ、食事に行ってしまっているらしい。

落ち着かない桃は、やる気が無さそうに掃除をしていたおじさんに声をかけてみた。

「入管の職員はいつ戻りますか？」

彼には英語が通じなかったが、桃がパスポートを見せながら必死で出口を指さしてみせると、意味は伝わったようだ。

ちょいちょい、と桃を手招きするのでついていくと、彼は入国管理官のブースを勝手に開いた。自分が席に座り、桃のパスポートにダン、とスタンプを押す。

唖然《あぜん》としていると、彼は少し離れて見守っていた真礼も手招きし、スタンプを押してくれた。行け、と手で合図している。

「……え……今の、入国スタンプ……だよね」

「だね。さ、行くか」

まさか掃除のおじさんが入国スタンプをくれるとは思わなかったが、真礼が少し話を聞いたところによると、退職した元・入国管理官がアルバイトで空港の掃除をしていたらしい。だからスタンプを押しても問題ない、とのことだったが、日本だったら大問題だろう。

「いいのかな。後から密入国！　って怒られないかな」

「大丈夫だろ。テジェニスタンに入る外国人はほぼウズベキスタンかタジキスタンからの陸路《りくろ》で、そっちの入管はしっかりしてるらしい。空路の入り口まで管理するの、面倒くさいんだろ」

「そんないい加減でいいんだ……」

当然、税関のチェックなども無かった。一応カウンターらしきものはあったのだが、荷物チェック台の上では汚れた犬が昼寝をしているだけだったのだ。

小さな空港を出ると、サングラスのうさんくさいおじさんが近づいてきた。

停まっていた車を指さし、「てくし、てくし」と何かアピールしている。桃が戸惑っていると、おじさんは「じゃぱん！」と叫びながら車のロゴを指さした。トヨタ車である、だから安心しろ、と言っているようだ。

「何だろう」

「白タクだよ、営業許可もなく勝手にタクシーやってる個人のおっさん。これ以外だと公共のバスを待つしかないね、いつ来るか不明だけど」

「……急いでるし、乗る」

「あいよ。メーターなんか無いから先に交渉するよ」

「えっ」

メーターの無いタクシーか。個人の車だというから当たり前なのかもしれないが、やはり不安だ。

しかし、ここでひるんではいられない。

「真礼ちゃん、私が交渉してみるね」

「桃が?」

驚く彼女に、桃は笑顔を作ってみせた。

「だって何から何まで真礼ちゃん頼りだもん。私の我儘《わまま》に付き合ってもらってるのに。自分でも頑張ってみるよ」

「まあ、私は付き合ってるつもりじゃなくて自分の意志だけどね」

その言葉はありがたかった。

だが、いくら彼女が頼りになるからといって全て任せっきりでは、いざという時に一人では何も出来なくなる。

——成長しなければ。

カイが巻き込まれている恐ろしい何か、それと戦えるほど強くならなければ。

まあ「強くなる」の最初の修行が白タクおじさんとの交渉、というのもちょっと情けないが、千里の道も一歩からだ。

おじさんは桃の荷物を引っ張ってトランクに乗せようとしたが、その前に「ハウマッチ?」と叫んだ。値段を言うまでは絶対に荷物を預けるものか。「地球の歩き方」で学んだのだ。

おじさんは百ユーロを要求してきた。米ドルでもいいという。

だが百は高い気がする。

急いでいるので言い値《いね》で払ってもいいのだが、それだと女二人旅でなめられそうだ。それどころか、車で変なところに連れて行かれたりしたら冗談じゃない。

「どれぐらい安くしてもらえるかな」

「こういう奴らには、ふっかけてきた値段の一割から三割で交渉してみな」

「い、一割……」

下調べしてきた限り、テジェニスタンは中央アジアで最も物価が安いとあった。きっと一割からの交渉でちょうどいいはずだ。

十ユーロでどうだ、と桃が言うと、おじさんは大げさに首を振った。とんでもない、俺にだって生活があるんだ、ガソリン代だってかかる、カーステレオだってかけてあげる、それなのにたったの十ユーロとは何事だ、九十ユーロまでならまけてやろう、そんなことをまくしたてる。

早くカイに追いつきたい桃は焦っていたが、ここで簡単に折れてはカモだと思われ、色々なところを連れ回されるだろう。これも「地球の歩き方」のサイトで読んだ。

十ユーロを主張する桃と、九十ユーロを主張するおじさんは、お互いに少しずつ歩み寄り、四十ユーロで落ち着いた。おじさんが「ずいぶんと安いが仕方が無い」と言いながらトランクに桃と真礼の荷物を積んだが、その顔は満足そうだった。

後部座席に乗り込んだ桃は、真礼にそっと聞いてみた。

「私、負けたかな?」

「いいや、お互いに満足ってとこだろ。あっちは儲《もう》けた、こっちは、ま、妥協《だきょう》範囲さ」

いったい何万キロ走ったのか不明のトヨタ車は、ガタガタと謎の音を立てながら出発した。空港から首都のアトレクまで一時間ほどらしい。

桃はさっそくスマホを開こうとしたが、ネットにつながらなかった。

「あっ、そうか、情報統制……」

「ネットどころか、スマホでの国際電話さえ認められてないからね。国外に電話をかけたいなら、国営ホテルか郵便局か、とにかく当局の目が届くところオンリーだ」

「はあ……」

「さて、あてもなく首都アトレクを目指してるけど、これからどうする？」

桃は考え込んだ。

発掘隊がテジェニスタンに入国して以来、情報は一切入ってきていない。国際電話をかけるのさえ難しいなら、カイの大学や共同研究のロシアの大学に問い合わせたところで無駄だろう。

だが桃は、一つだけ心当たりがあった。

「アトレク大学に行ってみようと思う」

「大学？」

「うん、発掘隊は一般からクラウドファンディングで寄付《きふ》を募《つの》ってててね、そのページにＰＤＦでちゃんとした計画書が載ってたの。テジェニスタンのとこ、『協力・アトレク大学文化人類学部』ってなってた」

「あー、一緒に発掘はしないけど協力ぐらいならしてやるよ、ってやつか」

「たぶん。大学の研究はよく分からないけど、他にあてもないし」

白タクおじさんにアトレク大学、と伝えると、ＯＫＯＫと軽い返事があった。本当に伝わっているのか不安だったが、今はトヨタ車を信じるしかない。

取りあえず目的地が決まり、桃はふうっと大きく息をついた。

ようやく落ち着いて窓の外を見る。

一面の砂礫《されき》だった。ごつごつした岩と、砂と、わずかな草。地平線は砂でかすんでおり、空は目を刺すほどに青い。

ここが、カイの生まれた国か。

(待ってて)

――助けに行く。今すぐに。


テジェニスタン発掘、七日目。

兵士の目を盗んでの撮影も上手く行くようになり、調査の進展は著《いちじる》しかった。兵士たちは何よりレナトの描くスケッチブックのチェックに忙しかったし、お菓子のパッケージに覆《おお》われた使い捨てカメラは見過ごされたのだ。

少しずつ西に進んでいた発掘隊は、小さなオアシスの街に到着した。

「今日と明日は発掘お休みね。水に食料、ガソリンの補給なんかもあるから、みんな、ゆっくり宿で休みなさい」

東森教授の言葉に、発掘隊のメンバーから大きな歓声があがった。久しぶりに屋根の下で眠れるのだ。

しかも、続くコーネフ教授の言葉で一同はさらに熱狂した。

「地質の専門である君たちは知っているだろうが、何とこのオアシスには地底湖《ちていこ》の温泉がある」

「地底湖!?」

「温泉!?」

地底湖に反応したのはロシア人で、温泉に反応したのは日本人ばかりだった。見事に真っ二つだ。

「地底湖の入り口でこの街名産のワインボトルを買いさえすれば、後は一日中遊べるそうだよ。ボトル一本、二ユーロぐらいだって」

それを聞いた発掘隊の喜びは大変なものだった。

浴びるほどの水、温泉、しかもワインだと？　乾ききった砂漠から到着した一行にとって、まさに天国だった。

教授二人は街で一番良い宿を取ってくれたが、それでも日本やロシアの物価の五分の一ほどだった。あちらも外国人の団体が珍しいらしく、街の人々が代わる代わるのぞきにやってくる。

宿ではたくさんの果物と花、ワインで歓迎されたが、一行が何より喜んだのは野次馬でやってくるテジェン美女の群れだ。

いかにもシルクロードの国らしく、東洋系からロシア系、トルコ系など様々な血が混じった容姿の女性が多い。それらがみな、法律で定められているからと昔ながらの民族衣装を着ているものだから、おとぎ話の美女のようだった。

たらふく飲み食いし、美女たちとダンスをし、発掘隊は有頂天《うちょうてん》だった。

少し酔いが覚めれば地底湖に行き、ワイングラスを片手に泳ぐ。もしくは温泉にゆっくりつかる。

兵士に張り付かれていた時は散々にこの国の悪口を言っていたくせに、テジェニスタンはあっという間に「世界最高の国」とまで評価が高まった。

その夜はどんちゃん騒ぎとなった。

だが東森教授がふと気づくと、三ツ野カイの姿が見えない。そういえば地底湖でも姿を見せなかったと古葉が言っていた。

あまり身体が丈夫ではないので、疲れて部屋で寝ているのかもしれない。そう思ってのぞいてみたが、部屋は空《から》だ。

家族経営の宿にフロントなどはないが、誰かが三ツ野カイの行方を知っているだろうと、東森教授が中庭に出た時だ。

「プロフェッサー」

コーディネーターのアンドレイだった。流暢《りゅうちょう》に五ヵ国語を操り、どの地域でもあっという間に現地人に溶け込める彼は、今や発掘隊の要《かなめ》と言ってもよかった。

どんな国、どんなチームによる研究でも、最も苦労するのは発掘そのものではなく、それに至るまでの過程だ。政府と交渉し、山のような許可を取り、地元民とも細かく折衝《せっしょう》する。それらを一手に引き受けてくれたアンドレイには、東森教授もコーネフ教授も感謝しきれないほどだ。

「やあ、アンドレイ。カイ君を見なかったかい」

「そのことなんですが」

彼の笑顔は穏やかそのものだった。

「今日と明日はお休みなのですよね。カイ君は少し離れたところにある名所に行きたいと、車で出かけました」

「名所？」

「ええ、砂漠の裂け目から天然ガスが漏れて、燃え続けているんです。ちょっとした地獄ですよ」

「ああ、テレビでは見たことあるよ。でも、一般人は立ち入り禁止だよね」

「一般人というより外国人は、ですね。地元民は普通に遊びに行けますよ」

「でもカイ君は……」

「だから、レナトと一緒です。テジェン族のレナトとなら、誰もとがめませんから」

「そうですか。車はどこで？」

「このオアシスにはレナトの親族もいますからね。一台、貸してくれたそうですよ」

「レナト君と二人なら安心ですね」

とは言ったものの、東森教授は違和感を覚えた。

コミュニケーションに大きく難ありの三ツ野カイだが、ルールはルールとして機械のように守る。なのに、この面倒きわまりない国で、よりによってカイが無断で宿を離れるなど。

「カイ君はプロフェッサーの許可を得てから出発しようとしたのですが、ちょうどあなたが温泉に浸《つ》かっている時でしたので」

「いや、いいんだよ休みだし好きに行動して。レナト君が一緒だしね」

レナトとなら、という同じセリフを自分が二回も言ってしまったことに、東森教授は気づいた。

ほんのわずかに湧いた疑問と不安、それを自《みずか》ら打ち消そうとしているかのようだ。

「明日には戻るんだよね？」

「ええ」

アンドレイは笑顔だった。

いつものとおり、頼りになる、しっかりした返答だ。

だがなぜか東森教授は、自分の中の小さな暗雲《あんうん》を払うことが出来なかった。

その時、宿の女将《おかみ》さんが中庭に出てきた。

「ヒガシモリ！」

難しい日本語の名前を上手に呼んだ彼女は、ジェスチャーで「電話だ」と言っているようだ。

「電話ですか？」

自分を名指しとはいったい誰だろう。

この国に入って以来、正確な現在地さえどこにも報告できていない。今日このオアシスに泊まることだって、家族どころか大学さえ知らないことなのに。

不審に思いながら東森教授は伝統的家屋《かおく》のリビングへ向かった。オアシスで三台しかない固定電話があるそうだ。

「はい、東森」

『東森教授ですか⁉』

若い女の声。

いや、女というよりまだ幼い、これは――。

『突然すみません、あの、三ツ野桃《もも》です！　三ツ野カイの妹の』

「も、桃くん⁉」

あまりにも意外な名前に仰天《ぎょうてん》した。

「え、国際電話は通じないよね、この国。桃くん一体どこから――」

『私と真礼《まれい》ちゃん、テジェニスタンに来てるんです』

東森教授は今度こそ絶句した。

女子高生二人が、この半分鎖国《さこく》状態の、独裁国家に？

「ちょ、ちょっと待って、いったいどういう」

『大事な研究中にお邪魔して申し訳ありません、アトレク大学のイサエフ教授に、いま日露《にちろ》共同調査隊がそちらだとうかがって』

「イサエフ教授……アトレク大学の？」

テジェニスタン唯一の国立大学で、文化人類学部がこの発掘隊へ「協力」していることにはなっている。だが外国人だけでなく我が国の大学も関わっていますよ、という国のメンツを立たせるための、名義貸しにすぎない。

『あの、イサエフ教授にお願いしたら、軍に連絡を取ってくれて、それで滞在中の場所を教えてもらったんです』

再びあんぐりと口を開けた。

確かにテジェン軍なら、この発掘隊の場所は逐一把握《ちくいちはあく》している。何せ兵士が二人もつきっきりで、上層部へ毎日報告しているからだ。

だが、それをこの女子高生が聞き出したのか？　イサエフ教授にはテジェン入国時に一度だけ挨拶《あいさつ》したが、あの気難しそうな男を幼い少女がどうやって懐柔《かいじゅう》したのだろう。

「えーと、桃くん、君はそもそも何をしに……」

『すみません、通話は三分以内って言われてて、今も隣に兵隊さんがいるんです。あの、カイお兄ちゃんに代わってもらえますか？』

「いや、カイ君は宿にはいないよ。出かけていった」

『え――』

桃の声はひどく落ち込んだ。だがすぐに勢い込んだ質問が来る。

『どこですか⁉』

「地獄だよ」

受話器の向こうで、ひっ、という悲鳴が聞こえた。慌てて訂正する。

「正確には、地獄って呼ばれてる名所だよ。ここから車で半日ぐらいかな」

桃の背後で、テジェン語の厳しい声がした。そろそろ通話を終われ、と兵士が言っているようだ。

『分かりました、取りあえず私と真礼ちゃんでそちらのオアシスに向かいます。だから――』

そこで唐突に通話は終わった。

きっちり三分でぶった切られたようだ。

東森教授は、ツーツーとむなしい発信音のする受話器をいつまでも眺めていた。

突然、断りもなしにオアシスから出ていったカイ。

それを日本から追いかけてきた女子高生の妹。

――いったい何が、起こっているのだ。

夜が燃える。

砂漠の裂け目から噴き出す天然ガスがずっと炎を上げているのだ。埋蔵量《まいぞうりょう》の試算に間違いがなければ、この後まだ千年はゆうに燃えるらしい。

裂け目に近づけば、火の粉が舞っている。頬が炙《あぶ》られ、前髪がちりちりと焦《こ》げそうだ。

この裂け目は、あの日できたものだ。

イシュクの人々が逃げまどい、叫び、四肢《しし》を飛び散らせて死んでいったあの日。空から降ってきた爆弾が大地を裂き、天然ガスが吹き出し、それがさらなる爆発を巻き起こして大惨事《だいさんじ》となった。

あの日、カイは背中に「呪い」を彫《ほ》りつけられた。

彼女は血まみれの顔であの男への憎悪《ぞうお》を叫びながら、ナイフでカイの幼い皮膚を切り裂いた。


——これは我が民族の呪い、永遠の業《ごう》。地獄の果てで焼き殺してやる。


今、あの男は首都アトレクで賄賂漬《わいろづ》けの生活を送っている。豊かな資源を目当てに続々と外国資本が参入しており、それらからの接待でブクブク肥《こ》え太っているらしい。

あれを焼き殺すまで、自分の呪いは解けない。110101111010001110110011 01100。

地獄の穴からは、時々激しく炎が吹き出す。夜空を赤く染め、月が血まみれに見える。

少し離れた場所では、車によりかかったレナトがいる。オアシスを出てからほぼ無言だった二人だが、まるで自分の鏡とドライブしているようで、カイにとっては楽な同行相手だった。

アンドレイとレナト――「教官」と「助手」の二人組に頼めば、今すぐにでもあの男を殺してくれるだろう。

だがカイが自分にかけられた呪いを解くためには、自分で手を下さなければならない。何せカイに呪いを彫りつけたのは――実の母親だ。

血の絆《きずな》。

彼女が死んでも、一族が絶えても、それは消えることはない。

燃えさかる業火《ごうか》を見つめていると、ふいに肩に手を置かれた。振り返るとレナトが背後にいる。

「客だ」

彼の視線の先を見ると、見慣れぬ4WD車が近づいてくるところだった。地元民の乗るような車ではない。

かといって、こんな時間に観光客が来るとも思えない。

警戒心もあらわに車を見つめた。ライトがまぶしくて運転席は見えない。

4WD車は地獄のすぐ側《そば》で停まった。運転席のドアが開き、降りてきたのは――

「やあ、カイ」

冬基は笑顔だった。

日本にいる時と変わらぬスーツ姿で、肩の砂埃《すなぼこり》を悠然《ゆうぜん》とはらっている。

カイは目を見開いた。声が出るまでにしばらく時間がかかる。

「――どうして、お前がここに」

「俺にはスパイがいるんだよ。大事な弟の居場所を逐一《ちくいち》教えてくれるね」

「……まさか」

「そう、古葉君」

夜中にかけられていた密《ひそ》かな国際電話。あれは、この男への報告だったのか。てっきり、「あちら側」だと思い込んでいた。

「古葉君のこと敵だと思ってた？　逆だよ、彼はカイのことをとっても心配して、俺の口車《くちぐるま》に乗せられたの」

「口車？」

冬基は心配そうな笑顔を作り、少しだけ首を傾けた。

「色々と危うい弟が外国で長期の発掘調査なんて、兄としては心配だよ。よかったら時々、報告してくれるかな。――あ、いい年した兄貴から見張られてるって知ったらカイは怒るだろうから、内緒にしてくれる？」

そう言って、古葉を丸め込んだのか。

「君も弟さんがいるなら、俺の気持ちは分かってくれるよね。カイが桃と離れて長期過ごせるか、兄としては本当に心配なんだ。あ、もちろんタダでとは言わないよ。――と、まあ」

冬基はうさんくさい笑顔を引っ込め、軽く肩をすくめた。

「こんな感じで頼んだらあっさりだったよ。しかし報酬《ほうしゅう》は受け取ってくれなかったから、代わりに発掘プロジェクトに寄付しておいた」

「……お前がスノウか……」

「そういうこと。東森教授デザインのTシャツ、楽しみだな」

「何のつもりだ」

「何が？」

「こんなところまで追いかけてきて、何のつもりだ」

「追いかけてきたなんて、自意識過剰だなあ。俺は仕事でたまたまテジェニスタンに来ただけだよ。そしたら弟がたまたま近くで発掘してるって聞いたから」

「ふざけるな！」

久しぶりに大声が出た。

地獄の業火を背に、長年いがみ合ってきた長兄と対峙《たいじ》する。

「今ね、桃もこっちに向かってるよ。もうテジェニスタンには入国してる」

「――」

カイは今度こそ大きく動揺した。

桃が。

桃が、この国へ。

「カイが何者かも、大体は知ってるみたいだ。『お兄ちゃんを止めなきゃ、助けなきゃ』って必死でね、泣きべそかきながらも一生懸命、こんな国までやって来た」

彼は唇を歪《ゆが》めて笑った。

「カイ。妹って、可愛いね」

返事が出来ない。

これまで目の前を塗りつぶしていた『目的』が一瞬で薄くなっていく。

頭を大きく振った。

目の端で、レナトがそっとナイフを抜いたのを捕らえた。

そうだ、障害は排除しなければならない。

そのためにはこの男だって。

「もし俺の邪魔をするつもりなら――」

「邪魔？」

冬基は悪魔みたいな笑顔を浮かべた。

いや、悪魔みたいというより、この男の本質が悪魔そのものなのだ。

「邪魔なんてしないよ、その逆だ」

「……何？」

「まさか俺が、桃みたいに『弟を助けなきゃ』って目的でここに来たと思ってんの？　そんなわけねえだろ」

どこか投げやりな口調になった冬基は、夜空に舞い上がる炎に目をやった。

「俺の目的はね、カイ。お前と出会った十五年前から全く変わっていないよ」

炎を映《うつ》す彼の目が、カイを真っ直《ます》ぐに見る。血で染まっているかのようだ。

「カイ。お前は何者だ？」

――自分は。

自分は何者なのか。

「俺はそれが知りたいだけだ。もし、お前が『目的』を果たそうとすることでその正体が知れるなら、俺はお前を応援するよ」

つまり、冬基はカイの邪魔をしにきたのではない。

「……桃の邪魔をしにきたのか」

「そう。二番目のお兄ちゃんを止めようとする桃を、一番目のお兄ちゃんは止めに来たのさ」

つまり、この男はカイの味方だ。

——この期《ご》に及んで、憎み合ってきたこの男に背中を押されるなんて。

「もちろん、お前を無理に止めようともけしかけようともしないよ。後ろで怖そうなお兄さんがナイフ持ってるし、俺はお前に言葉をかけるだけ」

この男の言葉もまた、呪いだった。

カイの母親のようにナイフで皮膚を傷つけることなく、セリフそのものが強烈な呪文《じゅもん》だ。

「カイ。お前を応援する俺と、止めようとする桃。——どちらを選ぶ?」


翌朝、桃と真礼は軍のジープでオアシスに到着した。

あっという間に丸め込んだイサエフ教授から軍に口利《くちき》きしてもらい、適当な理由をつけて送ってもらったのだ。

発掘隊が滞在する宿に駆け込むと、中庭で朝食をとっていた古葉と安藤が驚愕《きょうがく》した。

「も、桃ちゃん⁉」

「真礼ちゃ――え、えええええっ⁉」

二人に構っている余裕は無かった。

東森教授に駆け寄った桃は、つかみかからんばかりに尋ねた。

「カイお兄ちゃんは⁉　帰ってきましたか⁉」

彼はしばらく、戸惑った顔で桃を見上げていた。

そして小さく首を振りながら言った。

「戻ってないよ。何の連絡も無い」

「――」

「しかも、コーディネーターとして雇ったはずのアンドレイ君、レナト君も姿を消している」

桃はどさりとその場に膝《ひざ》をついた。

雇った傭兵《ようへい》二人と共に、カイが消えた？

「僕が知っているのは、カイ君が地獄に向かった。それだけだ」

微笑みの小さな国

水曜日の夜、桃《もも》が妙に興奮した様子で牛乳を二パックも買い込んでいるので、真礼《まれい》は一応、尋ねてみた。

「今日は何の映画を観たのさ」

聖カテリナ女学院では、生徒一人で映画館に入るのを禁じている。今日の放課後は真礼が付き合えなかったので、家政婦兼ボディガードの宮崎《みやざき》さんを誘って渋谷まで出かけていた桃が、満面の笑みで答えた。

「『レオン』のリバイバル上映に行ってきたの！」

「それって、テレビで何度もやってる昔の奴だろ。桃が生まれる前の映画じゃないかい」

うっかりそう言ってしまったのがまずかった。桃はスーパーの乳製品売り場で牛乳を抱えて突っ立ったまま、もの凄《すご》い勢いでしゃべり出す。

「そうなの！　劇場版も、22分のシーンが追加された完全版も、何度も何度もテレビ放映されてるんだけどね、それでもフィルムをかけてくれる映画館があって、それが結構大きな箱で、音響がいいからずっと楽しみにしてて、殺し屋のレオンはプロに徹してて体臭を消すために毎日牛乳を二パック飲んでて……」

こうなったら止まらないので、真礼はふんふんと聞き流していた。スーパーが流す「コロッケの歌」をＢＧＭに、怒濤《どとう》の解説が続いている。

確か、殺し屋の男と十二歳の少女の物語だ。お互いに天涯孤独となった彼らの交流と、アクションを交えた復讐譚《ふくしゅうたん》が軸《じく》だったと思う。真礼が住んでいたアメリカでもテレビでしょっちゅう流れていたので、観たことがある。

銃撃戦のシーンは正直、画面映《ば》えが優先でリアリティに欠けるな、と思ったものだ。まあ大概《たいがい》の映画やドラマがそうなので気にしてもしょうがないが。

だが一つだけ、あの映画で真礼が感心したことがある。

――殺し屋の孤独だ。

自分が孤独とさえ知らなかった男が、少女と触れ合ううちにそれを知る。あの映画をテレビで観た時、真礼はヒロインの少女と同じ年頃だったが、彼女よりは殺し屋の中年男に感情移入してしまった。

桃はまだ「レオン」の監督や演出について前のめりで語っていたが、ヨーグルトを買いたい主婦から「ちょっとすみません」と言われ、慌ててその場を動いた。自分が邪魔な位置に突っ立っていたことにようやく気づいたようだ。

「じゃ、そろそろ行こうか桃。一回屋敷に戻って牛乳置いてくるかい」

「えっ、もうそんな時間？　遅れそうだからこのまま行くね」

今から冬基《ふゆき》とカイと待ち合わせて食事の予定だ。それなのに牛乳を買ってしまう桃はどうかと思うが、映画館から出た直後に映画に登場した何らかを買うのはしょっちゅうなので、まあいい。

それよりも気になるのは、豆腐売り場の前からこちらをチラチラ見ている若い男だ。大学生ぐらいだ。

真礼は桃の背中を押して歩き出しながら言った。

「映画館で、映画友達にでも会ったかい？」

「ん？　名作リバイバルだとよくミニシアターオーナーとかち合うけど、今日は会わなかったよ」

「そうか」

ということは、あれは桃をよく知るストーカーではなく、その辺で見初《みそ》めてついて来た奴か。横浜近辺のは大概追っ払ったはずだから、渋谷界隈《かいわい》か東急東横《とうよこ》線内で拾ってきたのだろう。

聖カテリナの制服、かつ小柄で愛らしい容姿の桃は、変態に目をつけられやすい。何とかホイホイみたいなものだ。

真礼はこっそりとその男の写真を撮り、冬基に送った。

『また桃が拾った。たぶん店まで付いてくる。どうする？』

ちょっとトイレ、と桃に言い置いてこの場を離れ、男を暗がりに引きずり込んでボコる、という方法もある。だが逆恨みで桃に危害を加えられても困るので、真礼は最近、ストーカーらしき男を発見したら冬基に連絡することにしている。

彼からはすぐに返信があった。

『わりと真っ当そうに見えるけど、どんなタイプの男？』

『プロの変態じゃないみたいだ。身を隠そうとしていないし、桃が気になってしょうがなくて、思わず後をつけてきたってとこか』

『ふーん。じゃ、放っといていいよ』

妹をつけ回す男を放っとけとは何事だ、と憤《いきどお》りそうになったが、冬基に限って考えなしに意見を述《の》べるはずもない。このまま待ち合わせの店まで誘導すれば、あっちが何とかするつもりだろう。

牛乳二パックを大事に抱えた桃と共に、真礼は待ち合わせ場所の日本丸《にっぽんまる》メモリアルパークへと向かった。水曜日は本来なら三ツ野《みつの》家兄妹《きょうだい》水入らずで晩餐《ばんさん》の日だが、今晩はキッチンのコンロが壊れているとかで、急遽《きゅうきょ》、真礼も交えての外食となったのだ。

大学生風の男も跡をつけてきたが、近づいてはこなかった。公園内をウロウロし、帆船《はんせん》の写真を撮るふりで桃を観察している。目障《めざわ》りだが、まだ迷惑というほどの迷惑はかけられていない。

冬基とカイは五分近く遅れてきた。連れ立って来たわけではなく、そこでばったり会ったらしいが、常に無表情のカイが「実に不本意」の顔をしていたのには笑いそうになった。

冬基は大学生風の男にちらりと目をやると薄笑いを浮かべただけだった。しかも唐突に妙なことを言い出す。

「野毛《のげ》の方にいい飲み屋があるんだ。ホテルディナー止《や》めて、そっちにしない？」

「は？　高い飯おごるっつうから、あたし来たんだけど」

「その店も美味《おい》しいよ。明治時代から理髪店だった建物を改造してて、いい雰囲気なんだ」

まあ、真礼としては気取った飯より酒場《さかば》の方が有《あ》り難《がた》い。

しかしホテルのレストランならさすがにストーカーも入れないだろうが、そのような気軽な店だと追って入店されてしまう。いったい冬基はどういうつもりだろう。

だが桃が賛成し、カイはいつも通り無反応だったので、冬基先導で店を変えることになった。どうせ彼の財布なので、こっちはどうでもいいが。

停泊するにっぽん丸の前を通り過ぎ、桜木町《さくらぎちょう》の雑踏を抜け、野毛の緩《ゆる》い坂道を四人で歩く。なぜか冬基が真礼の肩を抱いてきたので、短く警告した。

「殺す」

「まあまあ。一応、考えがあるんだよ」

彼が目線で背後を示し、真礼は肩越しに振り返った。

桃が夢中になって「レオン」のカメラワークについて語っており、カイは聞いているのかいないのか、時折、機械みたいに頷いている。

その十メートルほど後ろを、大学生風の男が付いてきていた。桃の横顔をじっと見つめている。

何となく冬基の目論見《もくろみ》が分かり、肩を抱かれているのは不問にしてやった。その代わり脇腹に思い切り肘鉄《ひじてつ》を入れると、ぐふっ、とくぐもった声を出す。

背後からは相変わらず、桃の「十三歳で鮮烈なデビューを果たしたナタリー・ポートマンは大注目を浴びて……」という声が聞こえてくる。案山子《かかし》と同レベルの聞き手であるカイに向かって延々しゃべっているようだ。

冬基の行きつけだという店は食事も出来るバー、という感じだった。南欧《なんおう》のバルに近い形式だが、メニューは無国籍で実に雑多、赤茶けた髪の若いマスターも感じが良い。桃の牛乳パックにもすぐ目を留め、冷蔵庫で預かってくれた。

そう広くない店のテーブルを一つ占拠《せんきょ》した四人は、様々な国の料理を注文した。

和食に洋食、エスニック、中華、次々出てくる皿はどれも美味しく、酒の種類も豊富だ。とても店主一人で回しているとは思えないほど手際がよく、冬基が「未成年でも楽しめるカクテルを」と頼めば桃をメインにしたノンアルコールのサングリアを作ってくれた。桃の名前を聞いてすかさずそれを出すなど、気の利《き》いた店主だ。

桃のサングリアでさらに勢い込んだ桃は、いかに映画が素晴らしかったかをまだまだ語っていた。本当に酒は混じっていないかと疑いたくなるほど前のめりだ。

四人が店に入って二十分後、バーのドアが遠慮がちに開いた。――あの若い男だ。

迷ったあげく、桃を追って店に入ってきたらしい。カウンターの一番隅に座り、ジントニックを注文している。

店はほどよく混んでおり、BGMも流れているので、こちらの会話は聞こえないだろう。だが男は横目でずっと、桃を見ている。

やはり鬱陶《うっとう》しい、店を出ても付いてきたら殴るか、と真礼が考えていると、ふいに冬基が言った。

「でもさ、映画館とDVDじゃ翻訳が違うことあるよね。俺は昔、テレビで流れてた吹き替え版を何となく観ただけだけど」

すると桃が勢い込んで頷いた。

「そうなの、劇場公開版とソフト版じゃ翻訳者が違うこと結構あって、レオンも――」

すると冬基は桃の言葉をさえぎるように言った。

「カイ。俺たちが子供の頃、テレビで観たバージョンでは殺し屋の最期《さいご》のセリフ何て言ってたっけ。ほら、十五年ぐらい前に母さんと一緒に観たやつ」

真礼は少しだけ驚いた。冬基とカイに子供時代があり、しかも母親と一緒に並んでテレビ映画を観ただなんて。まるで普通の親子じゃないか。

するとカイは、少し目を伏せ、また目を上げてから答えた。

「君は俺に生きる喜びを与えてくれた」

その声はいつも通り抑揚《よくよう》が無く、無感動だった。

だが不思議と何らかの感情がこもっているようにも聞こえた。こんな能面みたいな顔で、ぼそぼそしゃべっているだけなのに。

しかも、いつものことなのだが冬基の顔を見たくもないカイは常に桃に向かって話す。なので、まるで桃に向かって言っているセリフのようだ。

なぜか店は静まり返っていた。BGMはちょうど曲と曲の境目だったたし、隣のテーブルではしゃいでいた女性グループは会話の切れ目だった。カイは淡々と続ける。

「幸せになるんだ。ベッドで寝て、大地に根を張って暮らしたい。決して君を独りにはさせない」

それを聞いた桃は、ふわりと笑った。

まるで自分が映画の中のあの少女で、殺し屋からそう言われたかのように。

「十五年も前に観た映画のセリフを一字一句覚えてるなんて、さすがだね」

彼女がそう言った時にはもう、店のざわめきは戻っていた。

隣のテーブルは再びはしゃぎだしたし、BGMはアップテンポで華やかな曲に変わっていた。カウンター内からは軽やかな包丁の音が聞こえてくるし、何もかも元通りだ。

まるで、映画の監督がカイのセリフの間だけ無音にしたかのようだった。

そこで真礼はようやく思い出し、カウンターへ目をやった。大学生風の男はただ、こちらを凝視していた。桃とカイを見比べている。

彼は真礼の視線に気づき、慌てて顔を伏せた。

「お会計お願いします」

それが初めて聞いた彼の声だった。ジントニック一杯分の勘定《かんじょう》を終え、うなだれて店を出て行く。どうも彼は、カイが桃に愛のセリフを告げたと勘違いしたらしい。

しかも桃が「映画のセリフを覚えてるなんて」と答えた声は聞こえなかっただろう。ただ笑顔で、カイの告白を受け入れたように見えたはずだ。

桃に一目惚れした数時間後、あっさり失恋した見知らぬ男。哀れなものだが、まあ付きまとわずに帰っただけ今までのストーカーよりマシだ。

それから散々飲み食いし、四人で店を出た。結局カイが口を開いたのは映画のセリフを再現した時だけだったが、桃がせっせと取り分ける料理はちゃんと食べていたし、酒もそこそこ飲んでいた。能面は能面なりにこの晩餐を楽しんでいたのかもしれない。

酔い覚ましにと野毛山《のげやま》動物園の方向へと歩いた。

数本のボトルを空けた冬基と真礼は全く酔っておらず、カイも表情一つ変えていなかったが、なぜかノンアルコールだったはずの桃の頬が少し赤かったのだ。四人で食事が出来て楽しかったと、しきりと言っている。

歩く途中、また冬基が真礼の肩を抱いてきたので、今度こそ殺しそうな目で睨んだ。彼が苦笑して言う。

「さっきの男がまだ見てるかもしんないからさ、一応、二組のカップルのふりで」

「図々しい兄貴だよ、全く」

真礼は一応、冬基の手の甲をつねっておいたが、振り払いはしなかった。肩越しにちらっと振り返ると、桃がまだまだ熱く映画について語っている。今は「レオン」の監督の別作品について解説中のようだ。

桃とカイが並んで歩く距離。赤の他人ではない、友達でもない、だがカップルでもない。本当にごく自然な、「兄妹」の距離感だ。決して近すぎはしないのに、桃に何かあればすぐ守れる位置にカイはいる。真礼は冬基に尋ねた。

「カイに映画のセリフを言わせた時、ずいぶんと都合よく店が静まり返ったもんだね。店主と組んでたのかい？」

「まさか。あのマスターは空気読める人だけど、さすがにそこまでは。ただ俺が、そろそろＢＧＭの変わり目だなーって思ってた所に、隣のテーブルの一番うるさかった子がトイレに立ってたから、今だって思って」

タイミングを見計らってカイに話を振ったら、ちょうど静かになった瞬間、カイがあのセリフを言ったわけか。

——君は俺に生きる喜びを与えてくれた。

ふと、孤独な殺し屋とカイの姿が重なった。

真礼はカイの過去に何があったか知らない。だが、桃と「兄妹」になってからの彼は明らかに人間に近づいている。

桃と出会い、カイは孤独とは何かを知った。もし、その桃を失うようなことがあったなら？

真礼が考え込んでいると、冬基がうっすら笑って言った。

「でもさ、全てが偶然だと思う？　カイがあのセリフをタイミングよく言ったとしてもさ、それを愛の告白って勘違いする確率、どれぐらいかな？」

「そりゃあの大学生は桃に一目惚れしてくっついて来たんだから、カイみたいなツラの男が芝居がかったこと言ったら誤解もするだろう」

「でも俺はさ、一番誤解させたのは桃の笑顔だと思うんだよね」

「桃の？」

「カイに向かって微笑んで見せただろう。あれで大学生は絶望した。ああ、あの可愛い子にはもう好きな男がいるんだなって勘違いしたんだ。――いや、させられたんだ」

冬基の言葉に、真礼はハッと息を飲んだ。

少しだけ、ほんの少しだけ、自分も桃の笑顔に違和感を感じていたのだ。「十五年も前に聞いたセリフを覚えてるなんて、さすがお兄ちゃん！」という誇《ほこ》らしげな笑顔ではなかった。

君は俺に生きる喜びをくれた。愛する男にそう言われた女が、「ああ、私は彼に生きる喜びを与えたのだ」と慈愛《じあい》の笑みを浮かべているかのようだった。

「……まさか」

「そう、桃は自分をずっと見てる見知らぬ男に気づいてた。だから、カイに向かってあの聖母の微笑みを浮かべた。あれを見りゃ誰だって誤解するさ」

たった一つの微笑みで、男を失恋させる桃。

――ならばたった一つの微笑みで、男を惚れさせることも可能だろう。

「ね？　俺の妹は順調に成長してるだろ？」

あとがき

こんにちは、嬉野君です。

異人街シネマも三巻へ突入しましたが、相変わらず私の欲望を反映させた内容です。外国行きたいなー、美味《おい》しいもの食べたいなー、とブツブツ言いながら書いてます。空から時間と旅費が降ってこないかな。あと翻訳コンニャクが欲しい。

さて外国の映画やドラマを観《み》る時、みなさんは字幕派ですか？　吹き替え派ですか？

私は基本的には字幕派なんですが、これは「映画を観つつ外国語に耳が慣れればいいな」との思惑からです。英語なら字幕読みながら「なるほどネイティブはこう言うのかー」って勉強になるし、中国語だと「いま『夫唱婦随《ふしょうふずい》』って言った！」みたいに漢語派生の四字熟語なんかを聞き取れたりして嬉しくなりますしね。漢字文化圏の映画だと日本で聞いたような単語、結構出てきます。

北欧やインドの映画だと地元の言語にいきなり英語が混じったりして興味深いし、全く分からないロシア語やアラビア語だと響きが不可思議で面白い。世界には色んな言葉があるんだなあ、と当たり前のことを今さら映画で思い知ったりもします。まあその辺りの映画だと、そもそも字幕版しか公開されてないことがほとんどですが。

が、字幕派の私が他人にも字幕を勧《すす》めるかというと、そうでもありません。

まず、字幕は吹き替えに比べて圧倒的に情報量が少ない。古くはエディ・マーフィがよく演じてたマシンガントークキャラ、最近ではＢＢＣドラマのシャーロックみたいな立て板にジェット水流キャラだと字幕が追いつかず、セリフの半分近く削《けず》られることもザラ。一秒間に4文字までしか映せないという制限があるので仕方ありませんが、ちょっとしたギャグなんかはカットされること多いですよね。ギリギリの字数で上手いこと意訳されてたりもしますが、やはり全てを伝えるのは難しい。

これが吹き替えだと、情報量はそんなに遜色《そんしょく》ありません。どんなマシンガンだろうとジェット水流だろうと日本語で大放出、するりと耳に入ってきます。

しかも、字幕だと表現しにくい「各地の訛《なま》り」「子供っぽさ」「ムカつく女のしゃべり方」などのニュアンスも見事に再現してますしね。プロの声優さんの演技、凄《すご》いもんです。最近は「なるべく俳優本人に似せるよう」声優さんに指示が出ることも多いそうで、原語と聞き比べても違和感無いですね。まあ、日本の配給会社の意向でタレントさんが吹き替えに起用されることもありますが、それについては口をつぐみます。たまにタクアン投げつけたくなる、とだけ恨《うら》み節《ぶし》。

さらに最近多い体感型４ＤＸ上映も、個人的には吹き替えがいいかなと思ってます。ガタガタ振動するシートで立体画像を追いながら字幕まで読んでたら酔う、ってのが理由なんですが。おえーってなってるとこにヒロインの香水らしき匂いが漂ってきても追い打ちにしかならないんで。

と、吹き替えの利点を述《の》べると「結局、字幕とどっちがいいんだよ！」と言われそうですが、お答えします。――好きにしろ!!!

俳優や監督で選んでもいい、ポスターが良かったからでもいい、暇だったからでもいい、面白そうと思った映画を字幕でも翻訳でもいいから観て、感想を家族や友人やＳＮＳにぶつければいいと思いますよ。その際、異人街シネマの宣伝もちょっと付け加えてくれればいいとも思いますよ。

嬉野君

この本を読んでのご意見、ご感想などをお寄せください。
嬉野 君先生・カズアキ先生へのはげましのおたよりもお待ちしております。
〒113-0024　東京都文京区西片2-19-18　新書館
【編集部へのご意見・ご感想】小説ウィングス編集部
【先生方へのおたより】小説ウィングス編集部気付　○○先生

【初出一覧】
怪物は夜にささやく：小説Wings'16年春号（No.91）〜'16年夏号（No.92）
水底のひまわり：小説Wings'16年秋号（No.93）〜'17年冬号（No.94）
リトル・ミス・サンシャイン、地の果てへ：小説Wings'17年春号（No.95）
微笑みの小さな国：書き下ろし

異人街シネマの料理人③

初版発行：2017年10月10日

著者　嬉野 君　©Kimi URESHINO
発行所　株式会社新書館
［編集］〒113-0024　東京都文京区西片2-19-18
電話(03) 3811-2631
［営業］〒174-0043　東京都板橋区坂下1-22-14
電話(03) 5970-3840
［URL］http://www.shinshokan.co.jp/
印刷・製本　加藤文明社

ISBN978-4-403-22118-7